Sans feu ni lieu

Fred Vargas

Sans feu ni lieu

J'AI LU

1

Le tueur fait une seconde victime à Paris. Lire p. 6.

Louis Kehlweiler jeta le journal du jour sur sa table. Il en avait assez vu et n'avait pas l'intention de se ruer page six. Plus tard, peut-être, quand toute l'histoire serait calmée, il découperait l'article et le classerait.

Il passa dans la cuisine et s'ouvrit une bière. C'était l'avant-dernière de la réserve. Il inscrivit un grand « B » au bic sur le dos de sa main. Avec cette canicule de juillet, on était obligé d'accroître notablement sa consommation. Ce soir, il lirait les dernières nouvelles sur le remaniement ministériel, la grève des cheminots et les melons déversés sur les routes. Et il sauterait paisiblement la page six.

Chemise ouverte et bouteille en main, Louis se remit au travail. Il traduisait une volumineuse biographie de Bismarck. C'était bien payé, et il comptait bien vivre plusieurs mois aux crochets du chancelier de l'Empire. Il progressa d'une page puis s'interrompit, les mains levées au-dessus du clavier. Sa pensée avait quitté Bismarck pour s'occuper d'une boîte à ranger les chaussures, avec un couvercle, qui ferait soigné dans le placard.

Assez mécontent, il repoussa sa chaise, fit quelques pas dans la pièce, se passa la main dans les cheveux. La pluie tombait sur le toit en zinc, la traduction avançait bien, il n'y avait pas de raison de s'en faire. Pensif, il passa un doigt sur le dos de son crapaud qui dormait sur le bureau, installé dans le panier à crayons. Il se pencha et relut à mi-voix sur son écran la phrase qu'il était en train de traduire : « *Il est peu probable que Bismarck ait conçu dès le début de ce mois de mai...* » Puis son regard se posa sur le journal plié sur sa table.

Le tueur fait une seconde victime à Paris. Lire p. 6. Très bien, passons. Ça ne le regardait pas. Il revint à l'écran où attendait le chancelier de l'Empire. Il n'avait pas à s'occuper de cette page six. Ce n'était plus son boulot, tout simplement. Son boulot à présent, c'était de traduire des machins d'allemand en français et de dire aussi bien que possible pourquoi Bismarck n'avait pas pu concevoir un truc au début de ce mois de mai. Quelque chose de calme, de nourricier, et d'instructif.

Louis tapa une vingtaine de lignes. Il en était à « *car rien n'indique en effet qu'il en ait alors pris de l'humeur* » quand il s'interrompit à nouveau. Sa pensée était revenue butiner sur cette affaire de boîte et cherchait obstinément à régler la question du tas de chaussures.

Louis se leva, sortit la dernière bière du frigo et but à petits coups au goulot, debout. Il n'était pas dupe. Que ses pensées s'acharnent du côté des astuces domestiques était un signal à considérer. À vrai dire, il le connaissait bien, c'était un signal de déroute. Déroute des projets, retraite des idées, discrète misère mentale. Ce n'était pas tant qu'il pense à son tas de chaussures qui le souciait. Tout homme peut être amené à y songer en passant sans qu'on en fasse une histoire. Non, c'était qu'il puisse en tirer du plaisir.

Louis avala deux gorgées. Les chemises aussi, il avait pensé à ranger les chemises, pas plus tard qu'il y a une semaine.

Pas de doute, c'était la débâcle. Il n'y a que les types qui ne savent plus quoi foutre d'eux-mêmes qui s'occupent de réorganiser à fond le placard à défaut de raccommoder le monde. Il posa la bouteille sur le bar et alla examiner ce journal. Parce qu'au fond, c'était à cause de ces meurtres qu'il était au bord de la calamité domestique, du rangement de la maison de fond en comble. Pas à cause de Bismarck, non. Il n'avait pas de gros problèmes avec ce type qui lui rapportait de quoi vivre. Là n'était pas la question.

La question était avec ces foutus meurtres. Deux femmes assassinées en deux semaines, dont tout le pays parlait, et auxquelles il songeait intensément, comme s'il avait un droit de pensée sur elles et sur leur assassin, alors que cela ne le regardait en rien.

Après l'affaire du chien sur la grille d'arbre[1], il avait pris la décision de ne plus se mêler des crimes de ce monde, estimant ridicule d'entamer une carrière de criminaliste sans solde, sous prétexte de sales habitudes contractées en vingt-cinq ans d'enquêtes à l'Intérieur. Tant qu'il avait été chargé de mission, son travail lui avait paru licite. À présent qu'il était livré à sa seule humeur, ce boulot d'enquêteur lui semblait prendre de louches allures de chercheur de merde et de chasseur de scalps. Fureter sur le crime tout seul, quand personne ne vous a sonné, se jeter sur les journaux, entasser les articles, qu'est-ce que ça devenait d'autre qu'une scabreuse distraction, et qu'une douteuse raison de vivre?

C'est ainsi que Kehlweiler, homme prompt à se soupçonner lui-même avant que de soupçonner les autres, avait tourné le dos à ce volontariat du crime, qui lui paraissait soudain chanceler entre perversion et grotesque, et vers lequel semblait tendre la part la plus suspecte de lui-même. Mais, à présent stoïquement réduit à la seule compagnie de Bismarck, il surprenait

1. Cf. du même auteur, *Un peu plus loin sur la droite* (éd. Viviane Hamy, coll. Chemins Nocturnes, 1996; éd. J'ai lu n° 5690).

sa pensée en train de s'ébattre dans le dédale du superflu domestique. On commence avec des boîtes en plastique, on ne sait pas comment ça se termine.

Louis laissa tomber la bouteille vide dans la poubelle. Il jeta un œil sur son bureau où, menaçant, reposait le journal plié. Le crapaud, Bufo, était provisoirement sorti de son sommeil pour venir s'installer dessus. Louis le souleva doucement. Il estimait que son crapaud était un imposteur. Il affectait d'hiberner, en plein été en plus, mais c'était une feinte, il bougeait sitôt qu'on ne le regardait plus. Pour dire le fond des choses, Bufo, sous le coup de la condition domestique, avait perdu tout son savoir au sujet de l'hibernation, mais il refusait de l'admettre, parce qu'il était fier.

— Tu es un puriste imbécile, lui dit Louis en le reposant dans le panier à crayons. Ton hibernation à la noix n'impressionne personne, qu'est-ce que tu te figures ? Tu n'as qu'à faire ce que tu sais faire, et puis c'est tout.

D'une main lente, il fit glisser le journal vers lui.

Il hésita une seconde puis l'ouvrit à la page six. *Le tueur fait une seconde victime à Paris.*

2

Clément s'affolait. C'est maintenant qu'il aurait eu besoin d'être intelligent, mais Clément était un imbécile, cela faisait plus de vingt ans que tout le monde le lui répétait. « Clément, tu es un imbécile, efforce-toi. »

Ce vieux prof, au collège de redressement, s'était donné beaucoup de mal. « Clément, efforce-toi de penser à plus d'une chose à la fois, par exemple à deux choses à la fois, comprends-tu ? Par exemple l'oiseau et la branche. Pense à cet oiseau qui se pose sur la branche. Petit a, l'oiseau, petit b, le ver de terre, petit c, le nid, petit d, l'arbre, petit e, tu classes tes idées, tu fais les liens, tu imagines. Saisis-tu la combine, Clément ? »

Clément soupira. Ça lui avait pris des jours pour comprendre ce que le ver de terre était venu trafiquer dans cette histoire.

Ne pense plus à l'oiseau, pense à aujourd'hui. Petit a, Paris, petit b, la femme assassinée. Clément s'essuya le nez avec le dos de sa main. Son bras tremblait. Petit c, trouver Marthe dans Paris. Cela faisait des heures qu'il la cherchait, qu'il la demandait partout, à toutes les prostituées qu'il avait croisées. Au moins vingt, ou quarante, enfin beaucoup. C'était impossible que personne ne se souvienne de Marthe Gardel. Petit c, trouver Marthe. Clément reprit sa marche, suant dans la chaleur de ce début juillet, serrant son accordéon bleu sous son bras. Elle avait peut-être quitté Paris, sa Marthe, depuis quinze ans qu'il était parti. Ou peut-être, elle était morte.

Il pila au milieu du boulevard du Montparnasse. Si elle était partie, si elle était morte, alors lui, c'était foutu. Foutu, c'était foutu. Il n'y avait que Marthe qui l'aiderait, il n'y aurait que Marthe qui le cacherait. La seule femme qui ne l'ait jamais traité de crétin, la seule qui lui passait la main dans les cheveux. Mais à quoi ça sert, Paris, si on ne peut y retrouver personne ?

Clément chargea son accordéon sur son épaule, il avait les mains trop moites pour le retenir sous son bras, il avait peur qu'il ne glisse. Sans son accordéon et sans Marthe, et avec la femme assassinée, c'était foutu. Il promena les yeux sur le carrefour. Dans la petite rue en biais, il repéra deux prostituées et ça lui redonna courage.

Postée rue Delambre, la jeune femme vit arriver vers elle un type moche et mal fringué, les poignets dépassant d'une chemise trop courte, un petit sac sur le dos, la trentaine, l'air d'un abruti. Elle se crispa, il y avait des types à éviter.

— Pas moi, dit-elle en secouant la tête quand Clément s'arrêta devant elle. Va voir Gisèle.

La jeune femme lui désigna du pouce une collègue campée trois immeubles plus loin. Gisèle avait trente ans de métier, elle n'avait jamais peur de rien.

Clément ouvrit grands les yeux. Ça ne lui faisait pas de peine d'être repoussé avant d'avoir demandé. Il avait l'habitude.

— Je cherche une amie, dit-il péniblement, qui s'appelle Marthe, Marthe Gardel. Elle n'est pas dans l'annuaire.

— Une amie ? demanda la jeune femme avec méfiance. Tu sais plus où elle travaille ?

— Elle travaille plus. Mais avant, c'était la plus belle, à la Mutualité. Marthe Gardel, tout le monde la connaissait.

— Je suis pas tout le monde et je suis pas le Bottin. Qu'est-ce que tu lui veux ?

Clément recula. Il n'aimait pas qu'on lui parle trop fort.

— Qu'est-ce que je lui veux ? répéta-t-il.

Il ne fallait pas trop en dire, pas se faire repérer. Il n'y avait que Marthe qui pourrait comprendre.

La jeune femme secoua la tête. Ce type était vraiment un abruti, et il parlait comme un abruti. Fallait se tenir au large. En même temps, il faisait un peu peine. Elle le regarda déposer son accordéon au sol, tout doucement.

— Cette Marthe, si je comprends, elle était du métier ?

Clément hocha la tête.

— Bon. Bouge pas.

La jeune femme se dirigea vers Gisèle en traînant les pieds.

— Il y a un type là-bas qui cherche une copine, une retraitée de Maubert-Mutualité. Marthe Gardel, t'aurais ça dans tes casiers ? En tout cas, à la Poste, ils l'ont plus.

Gisèle releva le menton. Elle savait beaucoup de choses, des choses que la Poste elle-même ignorait, et elle en tirait de l'importance.

— Ma petite Line, dit Gisèle, celle qu'a pas connu Marthe, autant dire qu'elle a rien connu. C'est l'artiste, là-bas ? Dis-lui de venir, j'aime pas bouger de ma porte, tu le sais.

De loin, la jeune Line fit un signe. Clément sentit son cœur battre. Il souleva son instrument et courut vers la grosse Gisèle. Il courait mal.

— L'air d'un manche, diagnostiqua Gisèle à voix basse en tirant sur sa cigarette. À l'air en bout de rouleau.

11

Clément renouvela la manœuvre de l'accordéon aux pieds de Gisèle et leva les yeux.

— Tu demandes après la vieille Marthe ? Tu lui veux quoi ? Parce que la vieille Marthe, on n'approche pas comme ça, vaut mieux que tu le saches. Classée monument historique, faut des autorisations. Et toi, t'as l'air un peu spécial, je m'excuse. Je voudrais pas qu'elle ait des malheurs. Tu lui veux quoi ?

— La *vieille* Marthe ? répéta Clément.

— Et alors ? Elle a passé les soixante-dix ans, t'es pas au courant ? Tu la connais, oui ou quoi ?

— Oui, dit Clément en reculant d'un demi-pas.

— Qu'est-ce qui me prouve ?

— Je la connais, elle m'a appris tout.

— C'est son boulot.

— Non, elle m'a appris à lire.

Line éclata de rire. Gisèle se retourna vers elle d'un air sévère.

— Ris pas, idiote. Tu connais rien à la vie.

— Elle t'a appris à lire ? demanda-t-elle plus doucement à Clément.

— Quand j'étais petit.

— Remarque, c'était son genre. Tu lui veux quoi ? C'est quoi ton nom ?

Clément fit un effort. Il y avait le meurtre, la femme assassinée. Il fallait mentir, inventer. « Petit e, tu imagines. » C'était ce qu'il y avait de plus difficile.

— Je veux lui rendre des sous.

— Ça, dit Gisèle, ça peut se faire. Elle est toujours à court, la vieille Marthe. Combien ?

— Quatre mille, dit Clément au hasard.

Cette conversation le fatiguait. C'était un peu rapide pour lui, il avait une peur terrible de dire ce qu'il ne fallait pas.

Gisèle réfléchit. Le type était sans doute étrange mais Marthe savait se défendre. Et quatre mille, c'est quatre mille.

— Bon, je te crois, dit-elle. Les bouquinistes, sur les quais, tu vois ça?

— Les quais? Les quais de la Seine?

— Ben oui, la Seine, andouille. Les quais, il n'y en a pas trente-six sur la terre. Alors, les quais, rive gauche, à la hauteur de la rue de Nevers, tu peux pas la rater. Elle a un petit éventaire de bouquiniste, un de ses amis qui lui a trouvé ça. C'est que la vieille Marthe n'aime pas tourner en rond. Tu te souviendras? Sûr? Parce que t'as pas l'air d'un fortiche, je m'excuse.

Clément la regarda fixement sans répondre. Il n'osait pas redemander. Et pourtant, le cœur lui cognait, il fallait retrouver Marthe, tout en dépendait.

— Je vois ce que c'est, soupira Gisèle. Je vais te l'écrire.

— Tu te donnes trop de mal, dit Line en haussant les épaules.

— Tais-toi, répéta Gisèle. Tu connais rien.

Elle fouilla dans son sac, sortit une enveloppe vide et un bout de crayon. Elle écrivit clairement en grandes lettres, elle avait l'impression que le gars n'était pas bien doué.

— Avec ça, tu la retrouveras. Passe-lui le bonjour de Gisèle de la rue Delambre. Et pas de bêtises. Je te fais confiance, hein?

Clément fit oui. Il empocha rapidement l'enveloppe et souleva son accordéon.

— Tiens, dit Gisèle, joue-moi un air, que je voie si c'est pas du flan. Je serai plus rassurée, je m'excuse.

Clément accrocha son instrument et déplia consciencieusement le soufflet, en tirant un peu la langue. Et puis il joua, le visage penché vers le sol.

Comme quoi, se dit Gisèle en l'écoutant, faut pas se fier aux abrutis. Celui-ci était un vrai musicien. Un vrai abruti-musicien.

3

Clément remercia longuement et repartit vers Montparnasse. Il était presque sept heures du soir et Gisèle avait dit de faire vite s'il voulait attraper la vieille Marthe avant qu'elle ne replie la boutique. Il dut demander son chemin plusieurs fois en montrant son papier. Enfin, la rue de Nevers, le quai, et les boîtes en bois vert bourrées de livres. Il scruta les éventaires, il ne repérait rien de familier, il fallait encore réfléchir. Gisèle avait dit soixante-dix ans. Marthe était devenue une vieille femme, il ne devait pas chercher la dame aux cheveux bruns qu'il avait en mémoire.

De dos, une femme âgée aux cheveux teints, aux vêtements de couleur vive, repliait une petite chaise de toile. Elle se retourna et Clément mit ses doigts sur sa bouche. C'était sa Marthe. En vieux, d'accord, mais c'était sa Marthe, celle qui lui passait la main sur les cheveux sans le traiter de crétin. Il essuya son nez et traversa au vert en criant son nom.

La vieille Marthe examina l'homme qui l'appelait. Ce gars-là avait l'air de la connaître. Un homme en sueur, petit et maigre, avec un accordéon bleu sous le bras qu'il portait comme un pot de fleurs. Il avait un grand nez, des yeux vides, la peau blanche, des cheveux clairs. Clément s'était planté devant elle, il souriait, il reconnaissait tout, il était sauf.

— Oui ? demanda Marthe.

Clément n'avait pas imaginé que Marthe ne le reconnaîtrait pas, et l'affolement le reprit. Et si Marthe l'avait oublié ? Et si Marthe avait tout oublié ? Et si elle avait perdu la tête ?

L'esprit vidé, il n'eut même pas l'idée de dire son nom. Il posa son accordéon et chercha fiévreusement son portefeuille. Il en sortit avec précaution sa carte d'identité et la tendit à Marthe, d'un geste inquiet. Il aimait énormément sa carte d'identité.

Marthe haussa les épaules et regarda la carte usée. Clément Didier Jean Vauquer, vingt-neuf ans. Bon, ça ne lui disait rien du tout. Elle regarda l'homme aux yeux flous et secoua la tête, un peu désolée. Puis à nouveau la carte, puis l'homme, qui respirait bruyamment. Elle sentit qu'elle devait faire un effort, que le type attendait désespérément quelque chose. Mais ce visage maigre, teigneux et peureux, elle ne l'avait jamais vu. Pourtant, ces yeux presque au bord des larmes, et cette attente anxieuse, ça lui disait quelque chose. Les yeux vides, les petites oreilles. Un ancien client ? Impossible, trop jeune.

L'homme s'essuya le nez avec le dos de sa main, de ce geste rapide de l'enfant sans mouchoir.

— Clément… ? murmura Marthe. Le petit Clément… ?

Le petit Clément, bon sang ! Marthe replia rapidement les volets de bois de l'éventaire, donna un tour de clef, attrapa sa chaise pliante, son journal, deux sacs en plastique, et tira rapidement le jeune homme par le bras.

— Viens, dit-elle.

Comment avait-elle pu oublier son nom de famille ? Il faut dire qu'elle ne s'en servait jamais. Elle l'appelait Clément, c'est tout. Elle l'entraîna cinq cents mètres plus loin sur le parking de l'Institut, où elle redéposa son barda entre deux voitures.

— Là, on est plus tranquille, expliqua-t-elle.

Soulagé, Clément se laissait faire.

— Tu vois bien, reprit Marthe, je te disais que plus tard tu me dépasserais d'une tête et tu ne voulais pas me croire. Qui c'est qu'avait raison ? Tu penses si c'est loin… T'avais quoi ? Dix ans. Et puis un beau jour, envolé, le petit bonhomme. T'aurais dû me donner des nouvelles. Je ne veux pas te reprocher, mais t'aurais dû.

Clément serra la vieille Marthe contre lui et Marthe lui tapota le dos. Évidemment, il sentait la sueur, mais c'était son petit Clément et puis Marthe n'était pas délicate. Elle était heureuse de le retrouver, ce petit garçon perdu auquel elle avait essayé d'apprendre à lire et à parler proprement, pendant cinq années. Quand elle l'avait connu, sur le trottoir, toujours laissé à la rue par son fumier de père, il ne disait pas un mot, il ne faisait que bougonner « J'm'en fous, de toute façon, j'irai en enfer ».

Marthe le regarda, inquiète. Il avait l'air totalement déglingué.

— Toi, ça ne va pas, déclara-t-elle.

Clément s'était assis sur une voiture, les bras tombants. Il fixait le journal que Marthe avait posé sur ses sacs en plastique.

— T'as lu le journal ? articula-t-il.

— J'en suis aux mots croisés.

— La femme assassinée, tu as vu ?

— Tu penses si j'ai vu. Tout le monde a vu. Un sauvage pareil.

— Ils me cherchent, Marthe. Il faut que tu m'aides.

— Qui c'est qui te cherche, mon bonhomme ?

Clément fit un grand geste circulaire.

— La femme assassinée, répéta-t-il. Ils me cherchent. Ils m'ont mis dans le journal.

Marthe déplia brutalement sa chaise en toile et s'assit. Le cœur lui battait dans les tempes. Ce n'étaient plus les images du petit garçon studieux qui lui revenaient en tête, c'étaient toutes les conneries qu'avait accumulées Clément entre neuf et douze ans. Les vols, les bagarres, sitôt qu'on le traitait d'imbécile, les voitures rayées, les bâtons de craie dans les réservoirs à essence, les vitrines cassées, les poubelles brûlées. Il ronchonnait, tout maigre, «de toute façon, j'irai en enfer, c'est papa qui le dit, alors j'm'en fous, de toute façon». Combien de fois Marthe avait-elle été le repêcher chez les flics? Heureusement, à cause de la profession, elle connaissait à fond les commissariats et ceux qui étaient dedans. Vers treize ans, Clément s'était presque calmé.

— C'est pas Dieu possible, dit-elle à voix basse après quelques minutes. C'est pas Dieu possible que c'est toi qu'ils cherchent.

— C'est moi. Ils vont me prendre, Marthe.

Marthe eut une boule dans la gorge. Elle entendait une cavalcade dans les escaliers, et la voix du petit qui criait «Ils vont me prendre, Marthe, ils vont me prendre!», en tambourinant derrière la porte. Marthe ouvrait, le petit se jetait contre elle en sanglotant. Elle le mettait en boule sur le lit, l'édredon rouge par-dessus, et elle lui caressait les cheveux jusqu'à ce qu'il s'endorme. Il n'était pas bien malin, le petit Clément. Elle le savait, mais elle se serait fait couper en morceaux plutôt que d'en convenir. Ils étaient assez nombreux comme ça à lui cracher dessus. C'était pas de sa faute, à ce gosse, il se calmerait, et il apprendrait. Et on verrait ce qu'on verrait.

Eh bien on avait vu, aurait dit Simon, la vieille crapule qui tenait l'épicerie en bas, dans le temps. Toujours le premier pour dézinguer les autres. Il appelait Clément «la mauvaise graine». De repenser à ce vieux salaud réveilla l'énergie de Marthe. Elle savait ce qu'elle avait à faire.

Elle se releva, replia sa chaise et ramassa ses sacs.

— Viens, dit-elle. On reste pas là.

4

Marthe habitait à présent une pièce au rez-de-chaussée près de la Bastille, dans une petite impasse.

— C'est un ami qui m'a trouvé ça, dit-elle fièrement à Clément en ouvrant la porte. S'il n'y avait pas tout mon fouillis, ça aurait de l'allure. Les quais, c'est lui aussi. Ludwig, il s'appelle. T'aurais dit qu'un jour je vendrais des bouquins ? Trottoir pour trottoir, tu vois, tout arrive.

Clément ne suivait qu'à moitié.

— Ludwig ?

— C'est l'ami dont je te parle. Un homme comme t'en verras pas des milliers. Et tu sais que je m'y connais en hommes. Pose ton accordéon, tu me fatigues, Clément.

Clément agita le journal, il aurait voulu parler.

— Non, dit Marthe. Pose ton accordéon d'abord, et assieds-toi, tu vois bien que tu ne tiens plus debout. Tu m'expliqueras pour l'accordéon, mais ça ne presse pas. Écoute-moi, mon petit bonhomme : on va dîner, on va boire un bon verre, et puis tu me raconteras ton affaire, bien au calme. Il faut faire les choses dans le bon ordre. Pendant que je prépare, tu vas te passer un coup. Et pose cet accordéon, bon sang.

Marthe entraîna Clément dans un recoin de la pièce et tira un rideau.

— Regarde ça, dit-elle. Une vraie salle de bains. Ça t'épate ? Tu vas prendre un bain chaud, parce qu'on doit toujours prendre un bain chaud quand ça ne va pas. Si t'as des habits propres, change-toi. Et passe-moi ton sale, je lui donnerai un coup ce soir. Ça sèche vite avec cette chaleur.

Marthe fit couler l'eau, poussa Clément vers la salle de bains et tira le rideau.

Au moins, il ne sentirait plus la sueur. Marthe soupira, elle se faisait du souci. Elle attrapa le journal sans bruit et relut lentement tout l'article en page six. La jeune femme dont on avait retrouvé le corps hier matin, à son domicile de la rue de la Tour-des-Dames, avait été assommée, étranglée, et lardée de dix-huit coups de lame, des ciseaux peut-être. Une boucherie. *On attend beaucoup des témoignages des riverains qui, tous, signalent la présence d'un homme posté devant l'immeuble de la victime au cours des quelques jours qui précédèrent le meurtre.* Un bruit d'eau fit sursauter Marthe, Clément vidait son bain. Elle repoussa doucement le journal.

— Installe-toi, mon garçon. Ça cuit.

Clément s'était changé et coiffé. Il n'avait jamais été beau, peut-être à cause de son nez en boule, de sa peau blême, de ce vide dans les yeux surtout. Marthe disait que c'était parce qu'il les avait tellement noirs qu'on ne pouvait pas distinguer la pupille de l'iris, mais que si on voulait bien se donner la peine, il n'était pas si mal, et qu'est-ce que ça pouvait foutre après tout. Tout en remuant les pâtes, Marthe se récitait l'avis de recherche que publiait le journal en bas de l'article : *... l'enquête s'oriente vers un jeune homme de race blanche, âgé de vingt-cinq à trente ans, petit de taille, maigre ou très mince, cheveux ondulés et clairs, imberbe, vêtu modestement, pantalon gris ou beige, chaussures de sport.* La police serait en mesure de fournir un portrait-robot d'ici deux jours, ou moins.

Pantalon gris, corrigea Marthe en jetant un œil à Clément.

Elle remplit les assiettes de pâtes et de fromage et cassa un œuf coque sur le tout. Clément regarda son plat sans rien dire.

— Mange, dit Marthe. Les pâtes, ça ne reste pas longtemps chaud, et on ne sait pas pourquoi. En revanche, le chou-fleur, oui. Pose la question à qui tu veux, tu trouveras personne pour t'expliquer des choses comme ça.

Clément n'avait jamais su parler en mangeant, il était incapable de faire les deux choses ensemble. Marthe avait donc décidé d'attendre la fin du dîner.

— N'y pense pas et mange, répéta-t-elle. Les sacs vides ne tiennent pas debout.

Clément hocha la tête et obéit.

— Et pendant qu'on mange, je vais te raconter des histoires de ma vie, comme quand tu étais petit. Hein, Clément ? Celle du client qui enfilait deux pantalons l'un sur l'autre, je suis certaine que tu ne t'en souviens pas du tout.

Ce n'était pas compliqué pour Marthe de distraire Clément. Elle avait la capacité d'enchaîner des petites histoires pendant des heures, et il lui arrivait même couramment de se parler toute seule. Elle raconta donc l'histoire de l'homme aux deux pantalons, celle de l'incendie de la place d'Aligre, celle du député qui avait deux familles et qu'elle était seule à connaître, celle du petit chat roux qui était tombé du sixième sur ses quatre pattes.

— Elles ne sont pas formidables mes histoires, ce soir, conclut Marthe avec une moue. Je ne suis pas à ce que je dis. J'apporte le café et puis maintenant, on cause. Prends tout ton temps.

Clément se demandait anxieusement par où commencer. Il ne savait plus du tout où était le « petit a ». Ce matin, au café, sans doute.

— Ce matin, Marthe, je prenais un café au café.

Clément s'interrompit, les doigts sur les lèvres. C'était ça, être imbécile. Comment faisaient tous les autres pour ne pas dire «un café au café»?

— Continue, dit Marthe. Ne te laisse pas impressionner, c'est des bêtises et on s'en fout.

— Je buvais un café au café, répéta Clément. Un des hommes a lu le journal à haute voix. J'ai entendu le nom «rue de la Tour-des-Dames», j'ai écouté personnellement, et ensuite, ils décrivaient l'assassin, dont c'était moi, Marthe. Rien d'autre que moi. Alors après j'étais foutu. Je ne comprends pas comment ils ont su. J'ai eu très peur, dont je suis revenu à mon hôtel duquel j'ai repris mes affaires, et puis après, la seule chose dont j'ai pensé, c'est à toi, pour ne pas qu'ils me prennent.

— Et qu'est-ce qu'elle t'avait fait cette fille, Clément?

— Quelle fille, Marthe?

— La fille qui est morte, Clément. Tu la connaissais?

— Non. Juste je l'espionnais depuis cinq jours. Mais elle ne m'avait rien fait, je t'assure.

— Et pourquoi tu l'espionnais?

Clément appuya sur l'aile de son nez et fronça les sourcils. C'était très difficile de mettre dans l'ordre.

— Pour savoir si elle avait un amoureux. C'était pour ça. Et la plante en pot, c'est moi qui l'avais achetée, et c'est moi qui l'avais portée. Ils l'ont trouvée avec, tombée toute la terre sur le parterre, c'est dans le journal.

Marthe se leva et chercha une cigarette. Enfant, Clément n'était pas très futé, mais il n'était ni fou ni cruel. Et ce jeune homme qu'elle avait à sa table, dans sa chambre, lui fit brusquement peur. Elle songea une seconde à descendre appeler les flics. Son petit Clément, ce n'était pas Dieu possible. Qu'avait-elle espéré? Qu'il avait tué par hasard? Sans le savoir? Même pas. Elle avait espéré que ça ne serait pas vrai.

— Qu'est-ce qui t'a pris, Clément ? murmura-t-elle.

— Pour la plante en pot ?

— Non, Clément ! Pourquoi tu l'as tuée ? hurla Marthe.

Son cri se termina dans un sanglot. Affolé, Clément contourna la table et s'agenouilla près d'elle.

— Mais Marthe, balbutia-t-il, mais Marthe, tu sais bien que je suis brave gosse ! C'est toi, c'est toi qui l'as toujours dit ! C'était pas la vérité personnelle ? Marthe ?

— Je le croyais ! cria Marthe. Je t'ai donné toute l'éducation ! Et maintenant, t'as vu ce que tu as fait ? Tu crois que c'est propre ?

— Mais Marthe, elle m'avait rien fait...

— Tais-toi ! Je ne veux plus t'entendre !

Clément serra sa tête dans ses mains. Où s'était-il trompé ? Qu'est-ce qu'il avait oublié de dire ? Il s'était trompé de « petit a », comme d'habitude, comme toujours, il n'avait pas démarré où il fallait, et il avait fait une peine terrible à Marthe.

— J'ai pas dit le début, Marthe ! dit Clément en la secouant. Je n'ai pas tué la femme !

— Et si c'est pas toi, c'est le bon Dieu peut-être ?

— Il faut que tu m'aides, continua Clément en chuchotant, les mains accrochées aux épaules de Marthe, parce qu'ils vont me prendre !

— Tu mens.

— Je sais pas mentir, c'est toi qui le disais aussi ! Tu disais, ça demande trop d'idées, pour mentir.

Oui, elle s'en souvenait. Clément ne savait rien inventer. Ni une petite blague, ni une astuce, encore moins un mensonge. Marthe repensa à ce salaud de père Simon, qui crachait tout le temps par terre en insultant le petit. « De la mauvaise graine... De la graine d'assassin... » Des larmes lui piquèrent les yeux. Elle décrocha les mains de Clément de ses épaules, se moucha bruyamment dans la serviette en papier, prit une longue inspiration. C'est elle et Clément qui auraient raison, ça ne pouvait pas être autrement. Eux, ou le vieux Simon, fallait choisir.

— Bon, dit-elle en reniflant. Recommence.

— Petit a, Marthe, reprit Clément essoufflé, je surveillais la fille. C'était pour le travail qu'on m'avait demandé. Et le reste, c'est juste une… une…

— Coïncidence ?

— Coïncidence. Ils me cherchent parce qu'on m'a vu dans sa rue, quant à moi. Je travaillais. Pas longtemps avant, j'avais surveillé une autre fille. Pareil pour le travail.

— Une *autre* fille ? dit Marthe, la voix affolée. Tu te souviens où ?

— Attends, dit Clément en appuyant son doigt sur l'aile de son nez. Je cherche.

Marthe se leva brusquement et alla chercher son tas de journaux rangé sous l'évier. Elle en tira un de la pile et le parcourut en hâte.

— Pas au square d'Aquitaine, Clément ?

— C'est ça, dit Clément en souriant, soulagé. La première fille habitait là. Une toute petite rue, tout au bord de Paris.

Marthe se laissa tomber sur sa chaise.

— Mon pauvre garçon, murmura-t-elle. Mon pauvre garçon, t'es pas au courant ?

Clément, toujours à genoux, regardait Marthe la bouche ouverte.

— Ce n'est pas une coïncidence, dit Marthe à voix basse. On a tué une femme il y a dix jours, au square d'Aquitaine.

— Il y avait une plante en pot ? demanda Clément en chuchotant à nouveau.

Marthe haussa les épaules.

— Une jolie fougère, continua Clément dans un murmure, c'est moi qui l'avais choisie, personnellement. C'était ce qu'on m'avait demandé de faire.

— De qui tu parles ?

— Celui qui m'avait appelé à Nevers, pour être accordéoniste à Paris, dans son restaurant. Mais le restaurant n'était pas prêt, finalement. Il a demandé de surveiller deux serveuses desquelles il pensait engager, mais il fallait savoir avant si elles étaient sérieuses.

— Mon pauvre Clément…

— Tu crois qu'on m'a vu dans la rue d'Aquitaine aussi ?

— Évidemment qu'on t'a vu. C'est même pour ça qu'on t'a mis là, mon pauvre garçon : pour qu'on te voie. Bon sang, tu ne pouvais pas te douter que c'était bizarre comme travail, non ?

Clément fixa Marthe en ouvrant grands les yeux.

— Je suis un imbécile, Marthe. Quand même, toi, tu sais bien ça.

— Mais non, Clément, tu n'es pas un imbécile. Et le premier meurtre, tu l'as pas su aux nouvelles ?

— J'étais à l'hôtel, j'avais pas la radio.

— Et le journal ?

Clément baissa un peu la tête.

— C'est la lecture, j'en ai oublié des bouts.

— Tu ne sais plus lire ? cria Marthe.

— Pas très bien. C'est trop petit sur le journal.

— Voilà, soupira Marthe en s'agitant. Tu vois ce que c'est quand on termine pas l'instruction.

— Je suis coincé dans une machinerie, dans une machinerie horrible.

— Dans une machination horrible, Clément. T'as raison. Et crois-moi, c'est trop fort pour nous.

— On est foutus ?

— On n'est pas foutus. Parce que tu vois, mon petit bonhomme, la vieille Marthe, elle connaît du monde. Et du monde compétent. C'est à ça que ça mène l'instruction, tu comprends ?

Clément hocha la tête.

— Une chose d'abord, continua Marthe en se levant. Tu n'as dit à personne que tu venais ici ?

— Non.

— Tu es bien sûr ? Réfléchis. Tu n'as pas parlé de moi ?

— Ben si, aux filles. J'ai interrogé quarante filles dans les rues pour te trouver. Je lis pas l'annuaire, c'est trop petit.

— Ces filles, est-ce qu'elles pourraient te reconnaître, d'après la description du journal ? Est-ce que tu leur as parlé longtemps ?

— Non, elles me repoussaient tout de suite personnellement. Sauf une seule, c'est Madame Gisèle et son amie, desquelles ont été très gentilles. Elle a dit de te dire le bonjour de Gisèle, de la rue…

— Delambre.

— Oui. Elles, elles me reconnaîtraient. Mais peut-être qu'elles ne savent pas lire ?

— Si. Tout le monde sait lire, mon garçon. T'es un cas.

— Je ne suis pas un cas. Je suis un imbécile.

— Celui qui dit qu'il est un imbécile n'est pas un imbécile, dit Marthe d'une voix péremptoire en tenant Clément par l'épaule. Écoute-moi, mon garçon. Tu vas te coucher, je vais te mettre un lit derrière le paravent. Moi, je vais filer voir Gisèle, lui dire de la boucler et sa copine pareil. Tu sais le nom de la copine ? C'est pas la jeune Line qui est rue Delambre maintenant ?

— C'est ça. Tu es épatante.

— C'est juste de l'instruction, tu vois.

Clément mit brusquement ses mains sur ses joues.

— Elles diront que je suis venu te voir, murmura-t-il, et ils viendront me prendre ici. Faut que je parte, ils vont me prendre.

— Tu restes ici, au contraire. Gisèle et Line, elles ne parleront pas, parce que je leur demanderai. Question de métier, cherche pas plus loin. Mais faut que je me dépêche, que j'aille les voir maintenant. Et toi, tu ne sors pas, sous aucun prétexte. Et tu n'ouvres pas. Je vais rentrer tard. Dors.

5

Il était plus de onze heures quand Marthe tapa sur l'épaule de Gisèle, qui somnolait à moitié, debout dans l'encoignure de sa porte. Gisèle avait la faculté de se reposer debout, comme les chevaux disait-elle. Elle en tirait la fierté d'un sportif, mais Marthe avait toujours trouvé cela un peu triste. Les deux femmes se serrèrent dans les bras, quatre ans qu'elles ne s'étaient pas vues.

— Gisèle, dit Marthe, j'ai pas tout mon temps. C'est à propos de l'homme qui m'a demandée tantôt.

— Je m'en doute. J'ai fait une bourde ?

— T'as fait comme il fallait. Mais si on t'en cause, il faut pas que t'en causes. C'est même possible que tu le voies dans le journal. Eh bien, il faut pas que t'en causes.

— Aux flics ?

— Par exemple. C'est un petit gars à moi, c'est moi qui m'en charge. Tu me comprends, Gisèle ?

— Il n'y a rien à comprendre. Je cause pas, c'est tout. Qu'est-ce qu'il a fait ?

— Rien. C'est un petit à moi, je te dis.

— Dis voir, ce serait pas le petit bonhomme d'il y a si longtemps ? Le petit à qui tu apprenais à lire ?

— Tu as trop de tête, Gisèle.

— C'est que depuis que je l'ai vu, ça fonctionne drôlement là-dedans, dit Gisèle avec un sourire, en faisant un moulinet avec son doigt sur sa tempe. Dis voir, je m'excuse, mais j'ai pas l'impression qu'il lui en est resté beaucoup là-dedans, justement, à ton môme ?

Marthe haussa les épaules, embarrassée.

— Il a jamais su se mettre à son avantage.

— C'est le moins que tu puisses dire. Mais enfin, si c'est ton Clément, on n'a rien à y redire, je suppose. Ça se commande pas.

Marthe sourit.

— Tu te souviens de son nom ?

— Je t'ai dit, Marthe, dit Gisèle en remettant son doigt à sa tempe, ça fonctionne drôlement là-dedans. Tu penses, avec toutes ces heures à rester debout sans rien faire, c'est un peu normal, si tu veux aller chercher par là. T'en sais quelque chose.

Marthe hocha la tête, pensive.

— Si tu calcules bien, reprit Gisèle, t'as quand même passé trente-cinq ans à réfléchir sur les trottoirs. Ça finit par compter.

— Remarque qu'à la fin, dit Marthe, je travaillais surtout depuis le téléphone de ma chambre.

— N'empêche, on pense aussi sans rien faire dans une chambre. Tandis que si t'as les mains toujours occupées, comme à la Poste par exemple, tu peux toujours courir pour essayer de réfléchir.

— C'est vrai que pour réfléchir, faut avoir les mains libres.

— Si je te le dis.

— Mais pour Clément, vaut mieux que tu l'oublies. Faut pas que tu en causes, tu comprends ?

— Tu me l'as déjà dit, je m'excuse.

— Ne t'offense pas. C'est pour me rassurer.

— Il a fait du grabuge, ton Clément ?

— Il a rien fait. C'est tous les autres qui en veulent après lui.

— Tous les autres qui ?

— Les cons.

— Je comprends.

— Je me sauve, Gisèle. Je compte sur toi, comme du diamant. Passe le mot à Line, surtout. Et embrasse tes petits. Et pense à dormir un peu.

Les deux femmes se serrèrent à nouveau dans les bras et Marthe s'éloigna à petits pas rapides. Pour Gisèle, elle ne se faisait aucun souci. Même quand elle comprendrait que Clément était le tueur des deux femmes, dès que le portrait-robot serait dans la presse, elle ne l'ouvrirait pas. Pas avant d'être venue en référer à Marthe, de toute façon. En revanche, convaincre Ludwig de l'aider ne lui semblait pas acquis d'avance. Que Clément ait appris à lire de ses mains ne lui semblerait pas nécessairement une preuve d'innocence. Comment s'appelait donc ce sacré livre de lecture ? C'était un monde de ne pas se rappeler ça. Elle revoyait très bien la couverture, avec une fermette, un chien et un petit garçon.

Le Chien de René.

Voilà. C'était le titre du livre.

6

Marthe écouta d'abord à la porte de Ludwig, pour voir s'il ne dormait pas. C'était un type à se coucher vers trois heures du matin, ou à traîner dehors la nuit, mais sait-on jamais. Elle hésitait, elle n'avait pas prévenu, et elle ne l'avait pas vu depuis presque trois mois. On racontait que Ludwig ne s'intéressait plus aux faits divers. Et Marthe, qui se tenait elle-même pour un fait divers, pour des raisons assez embrouillées, redoutait que son amitié avec l'Allemand ne s'arrête avec la fin de ses quêtes criminelles. Ludwig était un des rares types qui pouvaient impressionner la vieille Marthe.

— Ludwig, appela-t-elle en pianotant sur la porte. Faut que je te dérange, c'est un cas d'urgence.

L'oreille collée au battant, elle entendit l'Allemand qui repoussait sa chaise, venait vers la porte, d'un pas tranquille. Il pressait rarement l'allure.

— Ludwig, répéta Marthe, c'est moi, c'est la vieille Marthe.

— Forcément c'est toi, dit Louis en ouvrant. Qui veux-tu qui gueule dans le couloir à deux heures du matin ? Tu vas réveiller tout l'immeuble.

— J'ai chuchoté, dit Marthe en entrant.

Louis haussa les épaules.

— Tu ne sais pas chuchoter. Assieds-toi, je viens de faire du thé. Je n'ai plus de bière.

— Tu as lu le journal, le deuxième crime ? Tu en dis quoi ?

— Que veux-tu que je t'en dise ? C'est moche, voilà ce qu'on peut en dire. Assieds-toi.

— Alors c'est vrai, ce qu'on raconte ? Que t'as dételé ?

Louis croisa les bras, et la regarda.

— C'est ça, ton urgence ? demanda-t-il.

— Je me renseigne. Il n'y a pas de mal.

— Eh bien c'est vrai, Marthe, dit-il en s'asseyant face à elle, bras croisés, jambes tendues. Avant, on me payait pour aller remuer la vase. Ce serait carrément suspect de continuer à le faire aujourd'hui.

— Je ne comprends pas, dit Marthe en fronçant les sourcils. Ça a toujours été carrément suspect, et ça m'épate que tu ne t'en aperçoives qu'aujourd'hui. Autant que tu fasses le boulot, puisque ça te réussit.

Louis secoua la tête.

— Pour le moment, dit-il, je m'intéresse exclusivement à Bismarck et aux boîtes de rangement pour chaussures. Tu vois, ça ne peut pas nous mener loin.

— C'est quoi ce « B » sur ta main ?

— C'est ma liste de courses. De la Bière, des Boîtes à chaussures, du Bismarck. Pourquoi es-tu venue ?

— Ben je te l'ai dit, Ludwig. Pour le crime. Enfin… pour les deux crimes.

Ludwig versa le thé et sourit.

— Ah oui, ma vieille ? Tu as peur ?

— C'est pas ça, dit Marthe en haussant les épaules. C'est le meurtrier.

— Quoi le meurtrier ? dit Louis sans s'impatienter.

— Rien. C'est juste qu'il est chez moi. Il dort. Ça m'a paru important de te le dire, dételé ou pas dételé.

Marthe versa du lait dans sa tasse et tourna son thé avec application, le corps tendu, l'air négligent.

Louis, stupéfait, respira à fond et s'adossa à son fauteuil. Il était indécis, il se méfiait des manœuvres de Marthe.

32

— Marthe, scanda-t-il, qu'est-ce que le meurtrier fout dans ta piaule ?

— Ben je viens de te le dire : il dort.

Marthe leva sa tasse et croisa le regard de Louis. Elle examina le vert de ces yeux qu'elle connaissait bien, et y trouva du scepticisme, de l'inquiétude, en même temps qu'un intérêt ardent.

— Sous mon édredon, ajouta-t-elle rapidement, sur le lit pliant. Crois pas que je te raconte des canulars, Ludwig, c'est pas mon genre de te faire perdre ton temps. Et c'est pas non plus pour que tu réattelles, crois pas. Ça te regarde si tu veux décrocher, encore qu'à mon avis c'est du gâchis dans ton cas. Tout ce que je peux dire, c'est qu'il est chez moi et que je ne sais pas quoi faire. Je ne voyais que toi pour me tirer de là, encore que je ne me figure pas du tout comment tu pourrais t'y prendre. De toute façon, tu ne me crois pas.

Louis baissa la tête et resta quelques secondes sans rien dire.

— Pourquoi tu dis que c'est le meurtrier ? demanda-t-il doucement.

— Parce que c'est le gars qu'ils recherchent dans le journal. C'est celui qu'ils ont vu attendre devant les immeubles des deux femmes.

— Si c'est vrai, Marthe, pourquoi t'appelles pas les flics ?

— T'es pas dingue ? Pour qu'ils l'arrêtent ? Ce gosse-là, c'est Clément, et Clément, c'est comme mon garçon.

— Ah, dit Louis en se rejetant en arrière. Il me manque des éléments, je pressentais quelque chose comme ça. Tu n'es pas facile à suivre ce soir, crois-moi. Tu racontes les choses n'importe comment. Sois gentille, fais en sorte que je comprenne quelque chose à ta salade de meurtrier et d'édredon.

— Ce doit être d'avoir parlé avec Clément, ça m'a mis le cerveau à l'envers. Tout est mélangé dans sa tête, il y a pas de file d'attente, alors ça se bouscule dans toutes les directions.

Marthe fouilla dans son énorme sac en faux cuir rouge, sortit un petit cigare en marmonnant et l'alluma consciencieusement en plissant les yeux.

— Je récapitule, dit-elle en soufflant brutalement la fumée. Il y a plus de vingt ans de ça, je travaillais à Maubert-Mutualité. Je t'ai déjà raconté, j'avais toute la place Maubert pour moi seule, on peut bien dire que j'étais au faîte de ma carrière.

— Je sais tout cela, Marthe.

— N'empêche, au faîte. Toute la place et le début de la rue Monge, pas l'ombre d'une qui aurait osé m'en chiper un rectangle. Les clients, je pouvais me permettre d'en refuser comme ça me chantait. La vraie reine, quoi. Quand il faisait trop froid, je travaillais à domicile, mais aux beaux jours, je prenais mon trottoir, parce que la vraie clientèle, c'est là qu'elle se fabrique, c'est pas au téléphone. J'aurais voulu que tu voies dans quoi j'habitais à l'époque…

— Oui, Marthe. Mais avance.

— J'y arrive, ne me bouscule pas. Je tiens mon fil, je le suis. Et mon fil, c'est un trottoir. Parce que sur mon trottoir, il y avait aussi un petit garçon, un tout petit garçon, gros comme mon doigt, dit Marthe en levant son auriculaire sous le nez de Louis. À partir de quatre heures et demie, il était là, tout seul. Son fumier de père habitait dans une piaule dans le coin, et le petit, eh bien il attendait qu'on se souvienne de lui, parfois des heures, qu'on lui ouvre la porte, que le père revienne des champs de courses où il travaillait. Un drôle de boulot si tu veux mon avis.

Louis sourit. Marthe, parfois, devenait inexplicablement rigoriste, comme si elle avait travaillé toute sa vie comme dame d'église.

— En attendant, le petit Clément restait là, jusqu'au soir, ou jusqu'à la nuit, qu'on vienne le prendre. Il avait huit ans, mais son fumier de père voulait pas lui passer de clefs, rapport aux sous qu'il enfermait chez lui. Il n'avait pas confiance dans le garçon, c'est ce qu'il disait, et que son fils était un crétin et un malfaisant, c'est ce qu'il disait aussi, si on peut appeler ça dire quelque chose. Parce qu'à mon idée, des saletés pareilles, ça s'appelle pas des mots.

Marthe tira violemment sur son petit cigare et secoua la tête.

— Un sac à merde, voilà ce que c'était le père, dit-elle à voix forte.

— Baisse un peu le ton, dit Louis. Mais continue.

Marthe brandit à nouveau son auriculaire devant les yeux de Louis.

— Comme ça je te dis qu'il était, le gosse. Alors forcément, ce petit bonhomme, ça fendait le cœur. Au début on causait, lui et moi, comme ça. Il était farouche, un vrai petit rat. Je ne sais pas si une autre que moi en aurait tiré trois mots. Et puis de fil en aiguille, on est devenus copains. Je lui apportais un goûter, parce que ce gosse-là, je sais pas quand il mangeait, à part la cantine. Bref, quand ça a été l'automne, le petit attendait tout pareil, dans le noir, dans le froid, sous la flotte, crois-moi si tu veux. Un soir, j'ai emmené le gosse chez moi. C'est comme ça que ça a commencé.

— Qu'est-ce qui a commencé?

— Ben l'éducation, Ludwig. Il savait pas lire, Clément, à peine écrire son nom. Il savait rien faire, de toute façon, tout juste dire oui et non avec sa tête et aligner des conneries. Pour ça il était champion. Pour le reste, il ne comprenait rien à rien, et au début, il ne savait que pleurer en se mettant en boule sur mes genoux. Ça me ferait chialer rien que d'y repenser.

Marthe secoua la tête et tira un peu crânement sur son cigare, en tremblant des lèvres.

— On va boire un petit coup, dit vivement Louis en se levant.

Il sortit deux verres, déboucha une bouteille de vin, vida le cendrier, alluma une lampe supplémentaire, et demanda à Marthe de les servir. Bouger lui fit du bien.

— Active ton histoire, ma vieille. Il est presque trois heures du matin.

— D'accord, Ludwig. Je me suis occupée du petit environ cinq ans. J'arrêtais le boulot à quatre heures et demie et je me chargeais de lui jusqu'au soir, la lecture, l'écriture, les récitations, la toilette, le dîner, enfin l'éducation, quoi. Au début, je me souviens, je lui apprenais seulement à lever la tête pour regarder les gens. Et puis à dire des phrases qui lui faisaient envie. Je te garantis qu'il a fallu de la patience. Après un an et demi, il lisait et il écrivait. Pas très bien mais il y arrivait. Souvent, il restait là pour dormir, et son père ne s'en apercevait même pas. Le dimanche, il restait toute la journée. Et je peux te dire une chose, Ludwig, c'est que Clément et moi, on s'aimait comme une mère.

— Et après, Marthe ?

— Après il avait treize ans, et un soir, il n'est pas venu. Je l'ai jamais revu. J'ai su que son fumier de père avait quitté Paris sans crier gare. Voilà comment ça s'est fini. Et tout d'un coup, ajouta Marthe après un silence, cet après-midi, il est là devant moi, et on le cherche pour les meurtres. Alors moi, je l'ai lavé, je l'ai mis sous l'édredon, et il dort. Tu comprends l'histoire, maintenant ?

Louis se leva et marcha dans la pièce, une main passée dans les cheveux. Il connaissait la vieille Marthe depuis des années, et elle n'avait jamais parlé de ce gars.

— Tu ne m'en as jamais parlé, de ce fiston.

— Pour quoi faire ? Je ne savais plus où il était.

— Eh bien tu le sais, maintenant. Et moi, j'aimerais savoir ce que tu comptes faire avec un meurtrier dans ton lit.

Marthe posa brutalement son verre.

— Ce que je compte faire, c'est que personne ne s'approchera de lui, et personne ne lui fera du mal, tu comprends ? Il n'y a pas à sortir de là.

Louis fouilla sur son bureau et retrouva le journal du matin. Il le plia à la page six et le posa d'un geste un peu sec sur la table, devant les yeux de Marthe.

— T'oublies des trucs, Marthe.

Le regard de Marthe se posa sur le titre, examina les visages des deux femmes mortes. *Le tueur fait une seconde victime à Paris.*

— Allez, dit Louis, relis. Des femmes étranglées avec un bas, achevées à la main, décorées d'une dizaine de coups de ciseaux dans le torse, ou de tournevis, ou de burin, ou de…

— Tu ne comprends pas, dit Marthe en haussant les épaules. Ce n'est pas Clément qui a fait ces saletés. Où tu vas dénicher des idées pareilles ? Rappelle-toi que je lui ai donné cinq ans d'éducation à ce gosse. Ce n'est pas rien. Et tu crois qu'il serait revenu chez sa Marthe s'il avait fait ça ?

— Je me demande, Marthe, si tu as une bonne intelligence de ce qui peut se passer dans la tête d'un assassin.

— Toi oui ?

— Plus que toi.

— Et Clément, tu le connais mieux que moi, aussi ?

— Et qu'est-ce qu'il dit, Clément ?

— Qu'il connaissait ces deux femmes, qu'il les a surveillées, qu'il leur a porté des plantes en pot. C'est bien le type qu'ils décrivent dans le journal. Il n'y a pas de doute là-dessus.

— Mais ces deux femmes, il ne les a pas touchées, bien entendu ?

— C'est vrai, Ludwig.

— Et pourquoi les surveillait-il ?

— Il ne sait pas.

— Non ?

— Non, il dit que c'était un boulot qu'on lui avait demandé.

— Qui ?

— Il ne sait pas.

— C'est un crétin ou quoi, ce type ?

Marthe resta quelques secondes silencieuse, les lèvres serrées.

— Justement oui, Ludwig, dit-elle en s'agitant, c'est là qu'est le truc. Il n'est pas très... enfin... pas très éveillé.

Marthe avala un coup de vin et poussa un soupir. Louis regarda les tasses de thé auxquelles ils n'avaient touché ni l'un ni l'autre. Il se leva lentement et les déposa dans l'évier.

— Alors, dit-il en rinçant les tasses, s'il n'a rien fait, pourquoi se planque-t-il sous tes couvertures ?

— Parce que Clément pense qu'il est idiot, que les flics lui tomberont dessus dès qu'il sortira, et qu'il sera incapable de sortir du piège.

— Et toi, tu crois tout ?

— Oui.

— Il n'y a pas d'espoir que tu nuances ?

Marthe tira sur son cigare sans répondre.

— Il fait quelle taille, ton espèce de fiston ?

— Moyen. Un mètre soixante-quinze à peu près.

— Large ?

— Penses-tu ! dit Marthe en levant l'auriculaire.

— Attends-moi vers midi demain et ne le laisse pas filer.

Marthe sourit.

— Non, ma vieille, dit Louis en secouant la tête, ne te fais pas d'illusions. Je n'ai pas ta foi dans ce type, loin de là. Je trouve toute l'affaire chaotique, dramatique, et un peu grotesque. En outre, je n'ai aucune idée de ce qu'on pourrait faire. Moi, en ce moment, c'est les boîtes à chaussures et rien d'autre. Je te l'ai dit.

— Ce n'est pas incompatible.

— Tu tiens vraiment à rentrer chez toi ?

— Évidemment.

— Si demain je te retrouve étouffée, becquetée de coups de ciseaux, tu en prends la responsabilité ?

— Je ne crains rien. Il ne s'en prend pas aux vieilles.

— Tu vois, murmura Louis, que tu n'es pas si sûre de lui.

7

Louis Kehlweiler n'eut pas la volonté de se lever à dix heures comme il l'avait prévu. Il voulait passer voir Marc Vandoosler avant d'aller chez Marthe, et il allait être en retard. Il imaginait Marthe en train de l'attendre crispée sur son tabouret de cuisine, couvant du regard une espèce de bête meurtrière imbécile. Toute la France recherchait ce type, et Marthe ne trouvait rien de plus malin que de le planquer au nid comme s'il s'agissait d'un bibelot. Louis râla tout seul et se reversa une tasse de café. Tenter d'arracher ce type aux pattes protectrices de la vieille Marthe n'allait pas être une partie de plaisir. Une partie sûrement longue, où il faudrait apporter mille preuves de ses crimes, jusqu'à ce que Marthe en soit aveuglée. Et encore, il n'était même pas sûr qu'elle accepte alors de le lâcher.

Bien sûr, prévenir les flics réglerait tout. Dans dix minutes ils seraient chez Marthe, ils emmèneraient le gars et on n'en parlerait plus.

Ce serait une traîtrise abominable et Marthe en claquerait sur le coup. Non, pas question évidemment d'alerter le moindre flic. Surtout qu'ils boucleraient Marthe avec. Louis poussa un soupir d'exaspération. Il se retrouvait en impasse, à protéger un assassin, à risquer des vies, sans compter celle de Marthe qui pouvait y passer à tout moment, si l'idée l'en prenait, à ce type.

Il passa plusieurs fois la main dans ses cheveux, un peu tendu. La rencontre n'allait pas être facile autour de ce Clément, entre Marthe qui ne voyait en lui que le petit garçon désarmé qu'elle avait tant aimé, et lui qui y voyait un homme à l'enfance déchiquetée, lancé sur l'atroce voie des tueurs de femmes. Marthe n'y voyait que tendresse et lui qu'épouvante. Il faudrait pourtant bien trouver un moyen de lui arracher doucement ce monstrueux enfant.

Louis termina de s'habiller en pensant à tous les types qui avaient tenté d'enlever un ourson à sa mère et qui en étaient morts, même un ourson moche comme tout. Il fouilla dans son tiroir de cuisine, y prit un couteau à cran d'arrêt qu'il fourra dans sa poche. Il n'y avait que Marthe pour ne pas redouter des tueurs à ciseaux.

Il frappa à la porte de la baraque de Marc Vandoosler, rue Chasle, vers midi. Dans le quartier, on l'appelait communément la baraque pourrie[1], en dépit des améliorations apportées par Marc et par les deux types qu'il avait recrutés pour l'habiter avec lui. Il semblait n'y avoir personne, pas même le parrain, Vandoosler le Vieux, qui habitait les combles et qui passait la tête par son vasistas dès qu'il entendait approcher. Louis n'y était venu que deux fois et il leva les yeux pour en examiner la façade. Fenêtres bouclées au troisième étage, c'est-à-dire, s'il se rappelait bien, l'étage occupé par Lucien Devernois, l'historien contemporanéiste perpétuellement engouffré dans l'étude des boyaux de la Première Guerre mondiale. Personne non plus au second, où logeait le médiéviste Marc Vandoosler, et personne en dessous, l'étage du préhistorien Mathias Delamarre. Louis secoua la tête

---

1. Cf. du même auteur, *Debout les morts* (éd. Viviane Hamy, coll. Chemins Nocturnes, 1995 ; éd. J'ai lu n° 5482).

en parcourant du regard l'extérieur délabré de cette haute baraque où les trois chercheurs du temps s'étaient soigneusement empilés dans l'ordre chronologique. À défaut de structure sociale et de perspective professionnelle, Marc Vandoosler avait décrété vital de maintenir au moins l'ordre du Temps dans le bon sens. Ils se superposaient ainsi tous trois, pris entre le rez-de-chaussée collectif, qui avait vocation de foutoir originel, et les combles où logeait Vandoosler le Vieux, un ex-flic à la carrière assez confuse, qui se préoccupait essentiellement de son propre temps et de la meilleure manière de l'occuper. Et tout compte fait, constatait Louis, cette espèce de conglomérat de personnalités mal conciliables, hâtivement conçu deux années plus tôt pour parer à la débâcle économique, tenait la route mieux qu'on eût pu l'espérer.

Louis poussa la vieille grille qui n'était jamais fermée et traversa une sorte de petit jardin en friche qui entourait la baraque. À travers les carreaux, il examina la grande pièce du rez-de-chaussée, que Marc appelait le réfectoire. Tout était vide, et la porte d'entrée bouclée.

— Salut l'Allemand. Tu cherches les évangélistes ?

Kehlweiler se retourna et salua Vandoosler le Vieux qui arrivait en souriant, tirant d'une main un chariot plein de bouffe. Vandoosler avait pris l'habitude d'appeler ses cohabitants Saint Marc, Saint Matthieu et Saint Luc, ou encore « les évangélistes », pour aller plus vite, et tout le monde avait dû s'y faire, vu que le Vieux, de toute façon, ne voulait pas en démordre.

— Salut, Vandoosler.

— Ça fait longtemps qu'on ne t'a pas vu, dit Vandoosler le Vieux en cherchant ses clefs. Tu déjeunes ? Je fais du poulet à midi et du gratin pour ce soir.

— Non, je dois filer vite. Je cherche Marc.

— T'es sur quelque chose ? On raconte que t'as dételé.

Décidément, pensa Louis irrité, pas moyen de s'intéresser aux boîtes à chaussures sans que ça fasse le tour de Paris et que tout le monde s'en mêle. Il y avait de la réprobation dans la voix du vieux flic.

— Écoute, Vandoosler, fais pas le flic, tu veux? Tu es bien placé pour savoir qu'on ne peut pas se vautrer dans le crime la vie entière.

— Tu ne te vautrais pas, tu enquêtais.

— C'est la même chose.

— C'est possible, dit le Vieux en poussant la porte. Tu fais quoi à la place?

— Je pense à ranger mes chaussures, dit Louis sèchement.

— Ah oui? C'est moins vaste comme domaine.

— C'est très certainement moins vaste. Et après? Tu t'occupes bien de faire du gratin, toi.

— Mais sais-tu au moins pourquoi je fais du gratin? dit Vandoosler le Vieux en le regardant fixement. Tu balayes le sujet d'un coup de main, sans savoir, sans prêter attention, sans même te demander : « Pourquoi Armand Vandoosler fait-il du gratin? »

— Je m'en fous de ton foutu gratin, dit Louis un peu excédé. Je cherche Marc.

— Je fais le gratin, continua Armand Vandoosler en ouvrant la porte du réfectoire, parce que j'*excelle* dans la confection du gratin. Je suis donc acculé par mon talent, que dis-je, mon génie, à gratiner. Et toi, l'Allemand, tu aurais dû rester sur tes enquêtes, chargé de mission ou pas chargé de mission.

— Nul n'est tenu d'accomplir ce qu'il sait faire.

— Je n'ai pas parlé de ce qu'on sait faire, mais de ce qu'on excelle à faire.

— C'est bien au deuxième? demanda Louis en se dirigeant vers l'escalier. Ça n'a pas changé, leurs histoires de chronologie de l'escalier? Magma au rez-de-chaussée, Préhistoire au premier étage, Moyen Âge au second et Grande Guerre au troisième?

— C'est cela. Et moi dans les combles.

— Tu symbolises quoi, là-haut ?

— La décadence, dit Vandoosler en souriant.

— C'est vrai, murmura Louis, j'avais oublié.

Louis entra dans la chambre de Marc et ouvrit la porte de l'armoire.

— Pourquoi es-tu sur mes talons ? demanda-t-il à Vandoosler qui le regardait faire.

— Ça me plaît de savoir pourquoi tu viens fouiller dans les affaires de mon neveu.

— Il est où ton neveu ? Je ne l'ai pas vu depuis des semaines.

— Il travaille.

— Ah bon ? dit Louis en se retournant. Il fait quoi ?

— Il t'expliquera.

Louis choisit deux tee-shirts, un pantalon noir, un pull, une veste et un sweat-shirt. Il étala le tout sur le lit, examina l'effet d'ensemble, ajouta une ceinture à boucle d'argent et hocha la tête.

— Ça ira, murmura-t-il. C'est un bon échantillon de la préciosité immature de Marc. Tu as une valise ?

— En bas, dans le magma, dit Vandoosler le Vieux en montrant le plancher.

Louis choisit une vieille valise, rangée dans l'arrière-cuisine, y plia proprement les habits et salua le Vieux. Il croisa Marc Vandoosler dans la rue.

— Je préfère ça, dit Louis. Je suis en train d'embarquer tes affaires.

Il cala la valise sur son genou, et l'ouvrit.

— Tu vois, dit-il. Tu peux faire l'inventaire si tu veux. Je te les rends dès que possible.

— Qu'est-ce que tu fous avec mes fringues ? dit Marc plutôt contrarié. Et où tu vas ? Tu viens boire ?

— Pas le temps. J'ai un rendez-vous désagréable. Tu veux venir voir où vont tes fringues ?

— C'est intéressant ? Parce qu'il paraît que tu as dételé.

Louis soupira.

— Oui, dit-il. Oui, j'ai dételé.

— Tu t'occupes de quoi ?

— De boîtes pour ranger les chaussures.

— Ah bon ? dit Marc sincèrement étonné. Et tu vas ranger mes habits ?

— Tes habits, c'est pour habiller une brute qui a massacré deux femmes, dit durement Louis.

— Deux femmes ? Tu veux parler de qui ? Du type aux ciseaux ?

— Oui, du type aux ciseaux, dit Louis en refermant la vieille valise. Et après ? Ça te gêne que je lui passe tes fringues ?

— Tu m'emmerdes, Louis ! Je ne t'ai pas vu depuis des semaines, tu me piques ma meilleure veste pour emmitoufler un meurtrier et ensuite tu m'engueules !

— Ta gueule, Marc ! Tu ne veux pas que toute la rue t'entende, non ?

— Je m'en fous. Je ne comprends rien. Je rentre, j'ai du repassage à faire en urgence. Pique mes fringues si ça t'amuse.

Louis l'attrapa par l'épaule.

— Ça ne m'amuse pas, Marc. On n'a pas le choix et cette histoire me donne le vertige. On n'a pas le choix, je te dis. Faut qu'on planque ce type, qu'on le protège, qu'on l'habille, qu'on le coiffe, qu'on le lave.

— Comme une poupée ?

— Tu ne crois pas si bien dire.

Il était presque une heure. La chaleur montait.

— Tu n'es pas clair, dit Marc en baissant le ton.

— Je sais. Il semble que ce type sème la confusion dans tous les esprits qu'il approche.

— Qui ? Lui ?

— Lui, la poupée.

— Pourquoi dois-tu t'occuper de cette poupée ? continua Marc calmement. Je croyais que tu avais dételé.

Louis posa la valise d'habits sur le trottoir, mit lentement ses mains dans ses poches et regarda le sol.

— Ce type, scanda-t-il à voix lente, ce type aux ciseaux, ce tueur de femmes, *c'est la poupée de la vieille Marthe*. Si tu ne me crois pas, viens. Viens avec moi, mon vieux. Il est venu se mettre sous son édredon.

— Le gros rouge ?

— De quoi tu parles ?

— De l'édredon.

— On s'en fout, Marc. Ce qui compte, c'est que c'est là qu'il habite. On dirait que tu fais exprès de ne rien comprendre ! ajouta Louis en élevant à nouveau la voix.

— Ce que je ne comprends pas, dit Marc sèchement, c'est pourquoi ce type est la poupée de Marthe, merde !

— Tu as quelle heure ?

Louis n'avait jamais de montre, il se débrouillait avec la sensation du temps.

— Une heure moins dix.

— On sera en retard, mais viens au café, je vais t'expliquer pourquoi Marthe a une poupée. Moi-même, je ne le sais que depuis cette nuit. Et je t'assure qu'il n'y a pas de quoi rigoler.

8

Louis et Marc, silencieux, marchèrent jusqu'à la Bastille. De temps à autre, Marc lui prenait la valise, parce que Louis boitait un peu, à cause d'un genou bousillé dans un incendie, et qu'il fatiguait avec cette chaleur et cette valise. Marc aurait volontiers pris le métro, mais Louis n'avait jamais l'air de se souvenir que cela existait dans la ville. Il aimait circuler à pied, à la rigueur en bus, et comme c'était un homme assez emmerdant quand on le contrariait, Marc laissait faire.

Vers deux heures, Louis s'arrêta devant la porte du petit logement de Marthe, dans une courte impasse pas loin de la Bastille. Il regarda Marc, le visage crispé, les yeux très verts, très fixes. Un peu raide et inquiétant, il faisait, comme disait Marthe, sa tête d'Allemand. Ce que Marc appelait, quant à lui, sa tête de Goth du bas Danube.

— Tu hésites ? demanda Marc.

— Je crois qu'on fait une connerie, dit Louis à voix basse, s'appuyant sur le battant de la porte. On aurait dû prévenir les flics.

— On ne peut pas, chuchota Marc à son tour.

— À cause ?

— À cause de la poupée, dit Marc toujours chuchotant. Tu as très bien expliqué ça tout à l'heure au café. Pour les flics, c'est l'assassin, mais pour Marthe, c'est son garçon.

— Et pour nous, c'est le merdier.

— C'est cela. Maintenant, sonne, on ne va pas suer des heures devant cette porte.

Marthe ouvrit prudemment et dévisagea Louis avec la même expression butée que la veille. Pour la première fois de sa vie, elle ne faisait qu'à moitié confiance à Louis.

— Ce n'est pas la peine de faire ta tête d'Allemand, dit-elle avec un mouvement des épaules. Tu vois bien qu'il ne m'a pas bouffée. Entre.

Elle les précéda dans la petite pièce et vint s'asseoir sur le lit, à côté d'un garçon maigre qui tenait sa tête baissée, et dont elle tapota la main.

— C'est l'homme dont je t'ai parlé, lui dit-elle doucement. Il est avec un ami.

L'homme lui jeta un regard voilé et Louis eut un choc. Tout ou presque était déplaisant dans ce visage : la forme longue, les contours mous, le front haut, la peau blanche, un peu marbrée, les lèvres fines. Même les oreilles, dont le bord n'était pas enroulé, étaient désagréables à regarder. Les yeux amélioraient un peu le tout, grands, noirs, mais totalement inexpressifs, et les cheveux, clairs, abondants et bouclés. Louis était fasciné de voir Marthe caresser sans retenue la tête de ce type plutôt répulsif.

— C'est l'homme dont je t'ai parlé, répéta Marthe machinalement, tout en continuant à lui frotter la tête.

Clément fit une sorte de salut muet. Puis il recommença à l'adresse de Marc.

Et Louis vit que cet homme avait une tête d'imbécile.

— On est servis, murmura-t-il en déposant la valise sur une chaise.

Marthe vint vers lui, franchissant avec prudence les trois mètres qui les séparaient, en jetant des coups d'œil vers le lit, comme si cet éloignement mettait en danger son protégé.

— Qu'est-ce que tu as à l'observer comme ça? dit-elle d'une voix basse et rageuse. C'est pas une bête sauvage.

— Ce n'est pas non plus un ange, dit Louis entre ses dents.

— Je ne t'ai jamais dit que c'était le beau gosse. C'est pas une raison pour le regarder comme tu fais.

— Je le regarde pour ce qu'il est, répondit Louis d'une voix impatiente et presque inaudible. Pour le type qu'on a décrit dans le journal, en train de guetter sous les fenêtres des deux femmes. Parce que tu as raison, Marthe, c'est lui, il n'y a pas de doute. Cette tête de pou et ce froc de militaire, tout correspond.

— Parle pas de lui comme ça, menaça Marthe. Qu'est-ce qui te prend?

— Il me prend que je trouve qu'il n'a vraiment rien pour lui.

— Il a moi. Et si tu veux pas aider, ça lui suffira. Tu peux sortir.

Marc regardait s'affronter Louis et Marthe, déconcerté par la brutalité de Kehlweiler. D'ordinaire, l'Allemand était un type ample et tranquille, et ne jugeait pas à l'emporte-pièce. Adversaire de la perfection, respectueux des déficiences, maître du doute et du cafouillis, il n'insultait que quand cela en valait réellement le coup. Son rejet dédaigneux du pauvre type installé sur l'édredon était déroutant. Mais Louis n'aimait pas les exterminateurs, et il aimait les femmes. De toute évidence, l'innocence de l'homme ne lui crevait pas les yeux. Clément, les doigts serrés sur ses genoux, ne lâchait pas Marthe du regard et semblait s'efforcer de comprendre ce qui se disait autour de lui. Marc estima qu'il avait surtout l'air d'un abruti, et ça le rendit triste. Marthe s'était choisi une drôle de poupée.

Il alla boire au robinet, s'essuya les lèvres d'un revers de manche et tapota sur l'épaule de Louis.

— On ne l'a même pas écouté, dit-il doucement, en désignant Clément du menton.

Louis prit une inspiration, constata avec surprise que Marc était parfaitement calme et lui-même presque hors de lui, alors que c'était l'inverse qui se produisait ordinairement.

— C'est bien ce que je t'ai dit tout à l'heure, dit-il en s'apaisant. Ce type dévisse la tête à tout le monde. Trouve-moi une bière, Marthe, on va essayer de parler.

Il jeta un regard circonspect vers l'homme à tête de crétin qui n'avait pas bougé du lit, les doigts toujours collés aux genoux, et qui le fixait de ses beaux yeux vides dans son visage blanc.

Marthe, hostile, avança une chaise en bois à Louis. Marc prit un gros coussin et s'assit par terre, jambes en tailleur. Louis lui jeta un fugace regard d'envie, s'assit sur la chaise, allongea ses deux grandes jambes devant lui. Il respira un bon coup avant de commencer.

— Tu t'appelles Clément ? Clément comment ?

Le jeune homme redressa le dos.

— Vauquer, répondit-il avec l'expression appliquée du type résolu à donner toute satisfaction.

Puis il jeta un regard à Marthe qui lui fit un signe d'assentiment.

— Pourquoi es-tu venu trouver Marthe ?

L'homme fronça les sourcils et mâchonna quelques instants dans le vide, comme s'il broyait quelques pensées. Puis il revint à Louis.

— Petit a, parce que je ne connaissais personne par-devers moi, petit b, parce que je m'étais mis personnellement dans une machinerie horrible. La machinerie, petit c, était dans les journaux. Dont j'avais pu l'entendre par moi-même le matin.

Louis, abasourdi, regarda Marthe.

— Il parle toujours comme ça ? lui souffla-t-il.

— C'est parce que tu l'impressionnes, dit-elle agacée. Il cherche à faire de grandes phrases et il n'y arrive pas. T'as qu'à être plus simple.

— Tu n'habites pas Paris ? reprit Louis.

— Nevers. Mais je connais Paris dans mon enfance personnelle. Avec Marthe.

— Mais tu n'étais pas venu pour Marthe ?

Clément Vauquer secoua la tête.

— Non, j'étais venu d'après le coup de téléphone.

— Qu'est-ce que tu fais à Nevers ?

— Je fais des airs d'accordéon sur les places dans la journée et dans les cafés le soir.

— Tu es musicien ?

— Non, je fais juste de l'accordéon.

— Tu le crois pas ? interrompit Marthe.

— Laisse, Marthe, laisse-moi faire. Ce n'est déjà pas facile, crois-moi. Assieds-toi au lieu de rester debout prête à bondir, tu crispes tout le monde.

Louis avait retrouvé sa voix lente et apaisante. Il se concentrait sur ce maigre jeune homme, et Marc, buvant une bière à petites gorgées, le regardait faire. Il avait été surpris du timbre de voix de Clément, qui était beau et musical. Il était agréable à écouter, dans le fouillis de ses mots.

— Et puis ? reprit Louis.

— Quoi ? dit Clément.

— Qu'est-ce qui s'est passé avec ce coup de téléphone ?

— Je l'ai reçu dans un café où je vais travailler et surtout le mercredi. Le patron a dit que le téléphone demandait Clément Vauquer, dont c'était moi qu'il s'agissait.

— Oui, dit Louis.

— Le téléphone demandait si je voulais un travail d'accordéon à Paris, dans un restaurant neuf, très bien payé tous les soirs. Il m'avait entendu jouer et il avait ce travail quant à moi.

— Et ensuite ?

— Le patron m'a dit que je devais dire oui. J'ai dit oui.

— Comment s'appelle ce café ? Ce café de Nevers ?

— *À l'œil de lynx*, de son nom.

— Donc, tu dis oui. Et puis ?

— On m'a donné les explications : le jour où j'arrive, l'hôtel où je vais vivre, l'enveloppe qu'on me donnera, le nom du restaurant où je travaillerai. J'ai suivi toutes les explications comme quoi, petit a, je suis arrivé le jeudi, et petit b, j'ai été tout de suite à l'hôtel, et petit c, on m'a donné l'enveloppe avec l'argent d'avance.

— Quel était l'hôtel ?

Clément Vauquer mastiqua dans le vide quelques instants.

— Un hôtel avec des boules. Hôtel des Trois-Boules, ou des quatre, ou des six. Plusieurs en tout cas. À la station Saint-Ambroise. Je saurais le retrouver. Il y a mon nom personnel sur le registre, Clément Vauquer, le téléphone dans la chambre, et les toilettes. Il a appelé pour dire qu'on retardait.

— Explique-toi.

— On retardait. Je devais commencer le samedi, mais le restaurant n'était pas encore prêt, à cause du retard de trois semaines de travaux. Le type a dit que j'allais travailler à autre chose en attendant. C'est comme ça que j'en suis arrivé par-devers moi à m'occuper des femmes.

— Raconte ça du mieux que tu peux, dit Louis en se penchant en avant. C'est toi qui as eu l'idée des femmes ?

— Quelle idée des femmes ?

— Cause clairement, merde ! gronda Marthe en direction de Louis. Tu vois bien qu'il peine, ce gosse. Elle n'est pas commode son histoire, tâche de te mettre à sa place.

— L'idée de trouver des femmes ? continua Louis.

— De trouver des femmes pour quoi faire ? demanda Clément.

Puis il resta la bouche ouverte, les mains toujours sur ses genoux, perplexe.

— Qu'est-ce que tu voulais leur faire, à ces femmes ?

— Je voulais leur offrir une plante en pot et surveiller leur...

Le jeune homme fronça les sourcils, remuant les lèvres sans bruit.

— ...leur moralité, continua-t-il. C'est le mot du téléphone. Je devais surveiller leur moralité, pour que le restaurant soit tranquille de cette morale quand ces femmes allaient y travailler. C'était les serveuses.

— Tu veux dire, dit Louis calmement, que le type t'a demandé de surveiller ses futures serveuses et de lui faire un rapport ?

Clément sourit.

— C'est cela. J'avais les deux noms et les adresses par-devers moi. Je devais commencer par la première et continuer par la deuxième. Ensuite, il y aurait la troisième.

— Tâche de retrouver ce qu'a dit ce type exactement.

Un très long silence suivit. Clément Vauquer agitait ses mâchoires et se pressait l'aile du nez avec l'index. Marc avait l'impression qu'il essayait de faire sortir les idées de son crâne en s'appuyant sur le nez. Et curieusement, ce système eut l'air de fonctionner.

— Je le répète avec sa voix, dit Clément les sourcils froncés et l'index sur le nez. Sa voix est plus grave que moi. Je le dis à peu près comme je me souviens personnellement : « La première fille s'appelle machine et elle a l'air d'une fille sérieuse mais on ne peut pas jurer de son rien. Elle habite square d'Aquitaine au numéro machin et tu vas aller te rendre compte. Ce n'est pas besoin d'être discret, et ce n'est pas fatigant. Mets-toi dans sa rue, voir si elle rapporte des gens à la maison, des hommes, ou si elle va fumer dans les cafés ou quoi ou boire, ou si elle se couche tard ou quoi, en regardant la lumière à la fenêtre ou si elle se lève tôt ou tard ou quoi. Tu le fais cinq jours, vendredi, samedi, dimanche lundi mardi. Ensuite tu iras acheter une plante dans un pot plastique, et tu iras lui porter de la part du restaurant, pour voir un peu comment c'est chez elle. Je t'appellerai mercredi pour savoir et puis tu recommenceras la même chose avec la deuxième fille que je te raconterai. »

Clément poussa un soupir bruyant, jeta un coup d'œil à Marthe.

— Il parle bien mieux que cela, précisa-t-il, mais c'est vraiment ça qu'il voulait dire. C'était le boulot que je devais faire en attendant le restaurant. Mais il parle beaucoup mieux. Alors, petit a, j'ai été au square d'Aquitaine et j'ai fait mon travail. Et d'ailleurs, petit b, la fille était très sérieuse pour ce que j'ai considéré personnellement et le mercredi, j'ai choisi une jolie fougère en pot plastique et j'ai sonné. Ça sent très bon, les fougères. Elle était étonnée mais elle a gardé la plante sans me faire entrer, elle était très sérieuse, je n'ai pas bien vu sa maison, j'étais embêté. Ensuite, petit b...

L'homme s'interrompit, avec, pour la première fois, une nette inquiétude dans le regard. Il se tourna vers Marthe.

— J'ai pas déjà fait le petit b, Marthe ? chuchota-t-il.

— Tu es à « c », dit Marthe.

— Petit c, continua Clément qui s'était aussitôt retourné vers Louis, je me suis occupé de la deuxième fille à compter du lundi d'après. Elle était moins sérieuse, elle avait sa maison rue de la Tour-des-Dames, et elle n'avait pas l'air de devenir bientôt serveuse. Elle n'avait pas d'homme chez elle mais elle en avait dehors, ils partaient en voiture bleue et elle rentrait très tard. Pas sérieuse. Et petit d, je lui ai quand même amené le pot, mais j'ai choisi la fougère un peu moins grosse, à cause du type de la voiture bleue que je n'aimais pas. Elle aussi a gardé la plante, mais elle était étonnée pareil et je n'ai pas pu entrer pareil. Et après j'avais fini mon travail. Au téléphone, le type du restaurant m'a fait plein de félicitations et m'a dit de bouger le moins que je pouvais, qu'il me dirait bientôt où aller pour la troisième, de surtout pas bouger. Surtout.

— Et tu es resté dans ta chambre ?

— Non. J'ai bougé le jour d'après le lendemain. J'ai été boire un café au café.

L'homme s'interrompit, ouvrit les lèvres, regarda Marthe.

— Ce n'est rien, dit Marthe. Continue.

— Là, reprit Clément en hésitant, il y avait des gens et le journal, et ils le lisaient. Ils disaient le nom de la rue, et le nom de la femme morte.

Soudain nerveux, l'homme se leva et marcha dans la petite pièce, entre l'évier et le lit.

— Et voilà, dit-il essoufflé, c'est la fin de l'histoire.

— Mais au café, qu'est-ce que tu as pensé ?

— À la fin merde ! dit brusquement Clément. Je peux plus raconter, j'en ai assez, j'ai plus de mots ! J'ai déjà tout expliqué par-devers moi à Marthe, elle peut vous le dire, elle ! Je veux plus en parler, je suis fatigué avec ces femmes. À force d'en parler personnellement, ça me donne envie d'une.

Marthe s'approcha de Clément et lui passa le bras autour des épaules.

— Aussi il a raison, dit-elle à Louis, tu vas lui user tout le cerveau à ce garçon, avec tes questions. Tu sais quoi, mon bonhomme, dit-elle en se tournant vers Clément, tu vas aller prendre une bonne douche, une douche d'au moins cinq minutes, je te dirai stop. Rince-toi les cheveux aussi.

Clément hocha la tête.

— Tant qu'on y est, dit Louis en attrapant la valise, demande-lui d'enfiler ça. En échange, qu'il me passe ses frusques pour qu'on les escamote une bonne fois.

Marthe tendit les habits noirs à Clément et le poussa dans la petite salle de bains. Puis elle regarda Louis d'un air soupçonneux.

— Te passer ses frusques ? Pour que tu les gardes par-devers toi et que tu ailles les refiler aux flics ?

— Tu parles comme lui, constata Louis.

— Qu'est-ce que j'ai dit ?

— « Par-devers. »

— Et alors ? Ça ne gêne pas, tout de même.

— Ça montre juste que t'es drôlement sous influence, ma vieille. T'es prise, si tu veux mon avis.

— Et alors ? C'est mon petit gars, non ?

— Oui, Marthe, c'est ton petit gars par-devers toi.

— Te fous pas de ma gueule.

— Je ne me fous pas de ta gueule. J'essaie de te montrer que tu tuerais tous tes amis pour cet homme que tu n'as pas vu depuis seize années.

Marthe s'assit d'un bloc sur le lit.

— Je suis toute seule à l'aider, dit-elle en baissant la voix, c'est ça qui me mine, Ludwig. Je suis toute seule à le croire, mais il dit la vérité, parce qu'il n'y a qu'un gars comme Clément pour accepter de faire ce foutu boulot avec ces deux femmes sans se poser de questions, sans se méfier, sans chercher à comprendre, sans lire les journaux. Il a même offert ces pots de fougère, pleins d'empreintes... Ça me mine, ça... Tu te rends compte, ces empreintes ? C'est foutu, Ludwig, foutu ! Clément est bien trop ahuri et l'autre est bien trop malin !

— Tu le crois réellement ahuri ?

— Qu'est-ce que tu crois ? Qu'il triche ?

— Pourquoi pas ?

— Non, Ludwig, non... C'était déjà comme ça quand il était petit. Dieu sait si je me suis esquintée, mais tu vois... Délabré par sa famille, voilà tout, et à ça, tu n'y peux pas grand-chose.

— Où est-ce qu'il a pris cette manière de parler ?

Marthe soupira.

— Il dit que c'est pour parler respectablement... Il a dû piquer toutes ces expressions à droite et à gauche, et puis il les remet n'importe comment... Mais pour lui, ça sonne sérieux, tu comprends ? Que… qu'est-ce que tu penses de lui ?

— Je n'en pense pas trop de bien, Marthe.

Marthe baissa la tête.

— Je m'en doutais. Il ne fait pas bonne impression.

— Ce n'est pas que ça, Marthe. Il est nerveux, peut-être violent. Et il n'est pas stable quand on parle des femmes. Ça le trouble.

— Moi aussi, dit Marc.

Louis se retourna vers Marc qui, toujours assis par terre en tailleur, le regardait en souriant.

— On t'entendait plus, toi, dit Marthe. Ce n'est pas dans tes habitudes.

— Je l'écoutais, dit Marc en faisant un signe de tête vers la salle de bains. Il a une jolie voix.

— Les femmes ? Qu'est-ce que tu disais ? demanda Louis en reprenant une bière.

— Que ça me trouble aussi quand on en parle, dit Marc en épelant distinctement les syllabes. S'il a quelque chose de normal, ça doit être ça. C'est déloyal que Louis se jette là-dessus pour aligner ce type qui a déjà tout pour déplaire. Et puis son amour pour Marthe, je comprends aussi.

Marc fit un clin d'œil à la vieille Marthe. Louis réfléchissait, affalé sur sa chaise, les jambes allongées.

— Tu es peut-être en train de te faire avoir, toi aussi, dit-il, l'œil fixé au mur. À cause du son de sa voix. Il est musicien, et sur une bonne musique, tu partirais en courant à la guerre comme un foutu crétin.

Marc haussa les épaules.

— Je pense seulement que le gars est une rareté, dit-il. Assez hébété pour exécuter point par point ce qu'on lui demande sans se poser de questions, assez aveugle pour ne pas voir le trou qu'on creuse sous ses pas, une véritable aubaine pour un manipulateur. Et ça, on ne peut pas le négliger.

Clément sortit à cet instant de la salle de bains, les cheveux ruisselants, revêtu des habits de toile noire de Marc, tenant à la main la ceinture à boucle argentée.

— Faut que je mette ça aussi personnellement ? demanda-t-il.

— Oui, dit Louis. Mets-la par-devers toi.

Clément s'appliqua à passer la ceinture dans les passants du pantalon, et l'opération fut laborieuse.

— Tu ne m'as pas répondu tout à l'heure. À quoi as-tu pensé dans le café, quand tu as entendu l'histoire du meurtre ?

Clément grogna et alla reprendre sa place sur le lit, pieds nus, chaussettes à la main. Il appuya sur son nez, puis entreprit d'enfiler une chaussette.

— Petit a, que je connaissais la femme qui était morte dont j'avais offert la fougère. Petit b, que je lui avais porté la poisse d'autant que je devais la surveiller. Et on parlait de moi dans le journal. C'est en ressassant personnellement la coïncidence que j'ai eu l'idée que j'étais dans le fond d'un piège duquel j'ai cherché Marthe.

Clément, sa chaussette à la main, approcha son visage de Louis.

— C'est une machinerie, dit-il.

— Une machination, ajouta Marthe.

— Dont à laquelle les sorties n'existent pas, continua fermement Clément, et pour quoi j'ai été choisi exprès et apporté de Nevers par téléphone.

— Et pourquoi est-ce toi, entre tous, qui aurais été choisi ?

— Parce que je suis, entre tous, un imbécile.

Il se fit un silence. L'homme enfilait sa deuxième chaussette. Il était précautionneux dans sa manière d'ajuster ses affaires.

— Comment le sais-tu ? demanda Louis.

— Ben parce qu'on me l'a toujours dit, répondit Clément en haussant les épaules. Parce que par-devers moi je ne comprends pas tout ce qui se passe, ni dans les journaux dont j'ai du mal à les lire. Il n'y a que Marthe qui ne me le disait jamais, mais Marthe est bonne quant à elle-même.

— C'est exact, dit Marc.

Clément regarda Marc, et lui sourit. Il avait un sourire rentré, qui ne découvrait pas les dents.

— Tu sais comment ces femmes sont mortes ? insista Louis.

— Je ne veux pas en parler, ça me trouble.

Marc allait sans doute dire « moi aussi » mais Louis le freina d'un regard.

— Ça va, Marc, on arrête là, dit-il en se levant.

Marthe lui jeta un regard anxieux.

— Non, dit Louis d'un ton mécontent. Je ne sais pas, Marthe. Mais pour le moment, quoi qu'ait fait ton gars, on est coincés comme des cons. Coupe-lui les cheveux bien court, et teins-les. S'il te plaît, pas quelque chose de trop criard, fais-lui un beau brun sombre. Pas de roux, surtout. Qu'il se laisse aussi pousser la barbe, on la teindra dans les jours qui viennent, s'il n'est pas au trou d'ici là.

Marthe eut un mouvement mais Louis lui posa la main sur les lèvres.

— Non, ma vieille, laisse-moi continuer et fais exactement comme je te le demande : ne le laisse sortir d'ici sous aucun prétexte aujourd'hui, même s'il braille qu'il veut aller boire un café au café.

— Je lui lirai des histoires.

— C'est cela, dit Louis d'une voix irritée. Et ferme derrière toi si tu as à sortir. Son baluchon, toutes ses affaires, tu me les donnes. Faut qu'on s'en débarrasse.

— Qu'est-ce qui me dit que tu ne vas pas les garder ?

— Rien. As-tu une arme ?

— J'en veux pas.

Marthe rassembla toutes les affaires de Clément qu'elle entassa dans son petit sac à dos.

— Et son accordéon ? demanda-t-elle. Tu ne vas pas lui retirer tout de même ?

— Il l'avait avec lui quand il surveillait les femmes ?

Marthe interrogea Clément du regard. Mais Clément n'écoutait plus ce qui se passait. Il lissait l'édredon rouge du plat de la main.

— Mon bonhomme, lui dit Marthe, tu avais pris ton accordéon pour guetter les femmes ?

— Ben non, Marthe. C'est trop lourd, et ça ne sert à rien pour la surveillance.

— Tu vois, dit Marthe en revenant vers Louis. Et puis ils n'en parlent pas dans le journal.

— Très bien. Mais qu'il n'en joue pas une note, veille bien à ça. Personne ne doit savoir qu'il y a quelqu'un chez toi. Quand la nuit sera tombée, on viendra le chercher pour l'emmener ailleurs.

— Ailleurs ?

— Oui, ma vieille. Dans un endroit où il n'y aura pas de femmes à tuer et où on pourra le surveiller nuit et jour.

— En tôle ? cria Marthe.

— Cesse de gueuler tout le temps ! s'énerva brusquement Louis, pour la troisième fois de la matinée. Et fais-moi confiance une fois pour toutes ! Il s'agit juste de savoir si ton petit gars est un monstre ou si c'est juste un con ! C'est le seul moyen de le sortir de là ! En attendant, et tant que je ne sais rien, je ne vais pas le donner aux flics, entendu ?

— Entendu. Tu l'emmèneras où, alors ?

— Dans la baraque pourrie. Chez Marc.

— Pardon ? dit Marc.

— On n'a plus le choix, Marc, et je n'ai pas d'autre idée. Il faut mettre en urgence cet imbécile à l'abri des flics en même temps qu'à l'abri de lui-même. Dans ta baraque, il n'y a pas de femmes, c'est déjà un immense avantage.

— Ah bon, dit Marc, je n'avais jamais considéré la situation sous cet angle.

— Ensuite, il y aura toujours quelqu'un pour veiller sur lui : Lucien, Mathias, toi ou ton parrain.

— Qu'est-ce qui te dit qu'on sera d'accord ?

— Vandoosler le Vieux sera d'accord. Il aime les situations merdiques.

— C'est vrai, reconnut Marc.

Louis, inquiet, fit encore plusieurs recommandations à Marthe, jeta un dernier regard à Clément Vauquer qui caressait toujours l'édredon, le visage morne, passa le sac à dos sur son épaule et entraîna Marc dans la rue.

— On va manger, dit Marc. Il est presque quatre heures.

9

— Cherche une table tranquille, dit Louis en entrant dans le café, place de la Bastille. On n'a aucun intérêt à faire de la publicité pour nos embrouilles crasseuses. Je vais téléphoner, commande à bouffer.

Louis rejoignit Marc quelques minutes plus tard.

— J'ai rendez-vous avec le divisionnaire du 9ᵉ arrondissement, dit-il en s'asseyant. C'est le secteur du deuxième meurtre, la Tour-des-Dames.

— Tu vas lui dire quoi ?

— Je ne vais rien lui dire, je vais écouter. Je voudrais savoir ce que les flics pensent de ces deux meurtres, quelles sont leurs hypothèses, à quel point ils en sont. Ils ont peut-être déjà achevé le portrait-robot. J'aimerais voir ça.

— Il va te raconter tout cela, le divisionnaire ?

— Je le crois. On a travaillé ensemble quand j'étais à l'Intérieur.

— Quel prétexte tu vas lui donner ?

Louis hésita.

— Je dirai que ces meurtres me rappellent quelque chose mais que je ne sais pas quoi. Une foutaise de cet ordre-là. Ça n'a pas d'importance.

Marc fit la moue.

— Mais si, ça suffira. Le commissaire m'apprécie, j'ai sorti son fils d'une situation délicate, il y a huit ans de ça.

— Quel genre ?

— Il dealait avec une micro-bande de crânes rasés un crack foudroyant, une véritable mort-aux-rats. Je l'en ai extrait juste avant la descente des flics.

— En quel honneur ?

— En l'honneur qu'il était fils de flic et que ça me serait très utile.

— Bravo.

Louis haussa les épaules.

— Ce n'était pas un gars dangereux. Il n'avait pas le profil.

— On dit ça.

— Je m'y connais, non ? dit Louis d'un ton plus brusque en relevant le regard vers Marc.

— Ça va, dit Marc, mangeons.

— Je ne l'ai jamais revu dans le milieu et ne me casse pas la tête avec tes manières de bonne sœur. Ce qui compte aujourd'hui, c'est l'effarant merdier où s'est fourrée Marthe. Il nous faut les renseignements des flics. C'est capital de savoir où ils vont pour savoir où on va. Je suppose que les flics, comme les journalistes, cherchent un tueur en série.

— Pas toi ?

— Non, pas moi.

— Ça n'a rien d'un règlement de compte, pourtant. Il prend les femmes au hasard.

Louis fit un geste de la main tout en avalant rapidement quelques frites. C'était rare qu'il mange vite, mais il était pressé.

— Bien sûr, dit-il. Je pense comme toi et comme tout le monde : c'est un cinglé, un maniaque, un obsédé, un psychopathe sexuel, appelle-le comme tu veux. Mais ce n'est pas un tueur en série.

— Tu veux dire qu'il n'en tuera plus d'autres ?

— Au contraire. Il en tuera d'autres.

— Merde. Faudrait s'entendre.

— C'est une question de comptage, je t'expliquerai, dit Louis en avalant hâtivement sa bière. Je file. S'il te plaît, emporte les affaires de la poupée de Marthe à ta baraque, je ne peux tout de même pas les traîner avec moi au commissariat. Attends-moi là-bas pour les nouvelles.

— Ne viens pas avant huit heures, je serai au travail.

— C'est vrai, dit Louis en se rasseyant. Il paraît que tu as trouvé du travail ? Dans le Moyen Âge ?

— Pas dans le Moyen Âge. Dans les ménages.

— Les ménages ? Qu'est-ce que tu veux dire ?

— Je parle français par-devers moi, Louis. Les ménages. Depuis trois semaines, je suis femme de ménage à deux tiers temps. Aspiration, époussetage, cirage, lustrage, lavage, rinçage. Et j'emporte aussi du repassage à faire à la maison. Et c'est toi, à présent, qui as une tête de bonne sœur. Va réfléchir chez ton divisionnaire, moi, j'ai des carreaux qui m'attendent.

10

Le commissaire divisionnaire Loisel fit entrer Louis dans son bureau sans le faire attendre. Il paraissait sincèrement content de le revoir. Loisel avait à peu près l'âge de Louis, la cinquantaine, il était menu et blond et fumait des cigarettes fines comme des pailles. Chez les flics et au ministère, Louis Kehlweiler était surtout connu sous son surnom de « l'Allemand », et c'est ainsi que Loisel l'appelait aussi. Louis n'y pouvait pas grand-chose, et il s'en foutait. Moitié Allemand-moitié Français et né de la guerre, il ne savait guère où planter ses racines et il aurait préféré s'appeler le Rhin, mais c'était là un rêve présomptueux dont il ne parlait à personne. On l'appelait Ludwig, ou Louis. Seul Marc Vandoosler, par on ne sait quel génie de l'esprit, disait parfois « le fils du Rhin ».

— Salut l'Allemand, dit Loisel. Heureux de te voir. Ça fait des années.

— Ton fils ? demanda Louis en s'asseyant.

Loisel éleva deux mains rassurantes et Louis répondit d'un signe de tête.

— Et toi ? enchaîna le commissaire.

— J'ai été viré du ministère, il y a quatre ans.

— C'était à prévoir. Plus rien ? Plus de mission ?

— Je vis de traductions.

— Mais l'affaire Sevran[1], c'est toi qui étais dedans,

---

1. Cf. note p. 7.

pas vrai ? Le réseau des néos de Dreux aussi, et le séquestre du vieux dans la mansarde ?

— Tu es assez bien renseigné. J'ai dû traiter quelques affaires, en off. C'est plus difficile qu'on ne se l'imagine de se tenir à l'écart quand on a des fichiers. Ils te harcèlent. Ils hurlent leur mémoire à tes oreilles. Au lieu que l'événement passe à tes côtés, il vient faire de l'écho au cœur de tes armoires. Et ça fait un tel vacarme que tu ne peux plus dormir en paix, voilà tout.

— Et cette fois ?

— Je traduisais paisiblement une vie de Bismarck quand un type est venu assassiner deux femmes à Paris.

— Le tueur aux ciseaux ?

— Oui.

— Et ça t'a fait de l'écho ? demanda Loisel subitement intéressé.

— Ça ne m'a pas laissé indifférent. Cela m'évoque quelque chose, et je ne saurais te dire quoi.

Quelle connerie, pensa Louis.

— Tu me racontes des blagues, dit Loisel. Ça t'évoque quelque chose et tu ne veux pas me dire quoi.

— Je t'assure que non. C'est un écho sans nom ni visage, et c'est pour cela que je suis venu te voir. J'ai besoin d'éléments plus précis. Si ça ne t'ennuie pas qu'on en parle, bien sûr.

— Non, dit Loisel d'une voix hésitante.

— Si ça se confirme, je te confierai ce qui me tracasse.

— Admettons. Je sais que tu es régulier, l'Allemand. Il n'y a pas de mal à ce qu'on discute un peu. Ça m'étonnerait que tu ailles baver aux journaux.

— Ils savent déjà presque tout.

— À peu près, oui. Tu as été voir le collègue du 19e ? Pour le premier meurtre ?

— Non, je suis venu directement ici.

— Pourquoi ?

— Parce que je n'aime pas le commissaire du 19ᵉ. C'est un con.

— Ah… Tu trouves ?

— Vraiment.

Le divisionnaire alluma une de ses cigarettes-pailles.

— Moi aussi, dit-il d'une voix ferme.

Louis sut qu'ils venaient de sceller un pacte solide, car rien n'a d'effet plus fusionnant que de s'accorder sur la connerie d'un tiers.

Loisel se dirigea d'un pas traînant vers sa bibliothèque en métal. Loisel avait toujours traîné des pieds, un truc étonnant chez un homme plutôt porté à cultiver des expressions viriles. Il tira d'un rayonnage un dossier assez volumineux qu'il laissa tomber théâtralement sur sa table.

— Voilà, dit-il en soupirant. La plus sale affaire de meurtres maniaques qu'on ait eue dans la capitale depuis des années. C'est rien de te dire que le Ministre nous met le feu aux fesses. Alors, si tu peux m'aider, et si je peux aider, donnant-donnant, à la loyale. Si tu chopes ce gars…

— Cela va sans dire, assura Louis qui pensait que ce gars était très certainement en ce moment même en train de se reposer en boule sur l'édredon de Marthe, pendant que Marthe lui lisait une histoire pour le distraire de ses pensées béantes.

— Qu'est-ce que tu veux savoir ? demanda Loisel en feuilletant le dossier.

— Les meurtres ? Il y a d'autres détails que ceux relatés dans la presse ?

— Pas vraiment. Tiens, regarde les photos, ça va t'en dire plus. Comme on dit toujours, un bon dessin… Voilà les clichés du premier, celui du 21 juin, square d'Aquitaine. Le commissaire, souple comme une bûche, ne voulait pas me lâcher ses renseignements ! Tu te figures ça ? Il a fallu remonter par l'Intérieur pour lui redescendre sur la tête.

Loisel pointa un doigt sur une des photos.

— Elle, c'est la femme du square d'Aquitaine. Elle n'était pas très jolie, mais tu ne peux pas t'en rendre compte, parce qu'il l'a étranglée. Il est entré on ne sait comment dans l'appartement, sans doute vers dix-neuf heures. Il lui a collé un chiffon dans la bouche, et il l'a assommée violemment, contre le mur, semble-t-il.

— Ils avaient dit « étranglée ».

— Mais assommée avant. Ce n'est pas si facile d'étrangler d'entrée de jeu, si je peux dire. Ensuite, il l'a tirée vers ce tapis, au centre de la pièce. On voit les traînées des chaussures sur la moquette. Et c'est là qu'il l'a étranglée, et puis percée d'une douzaine de coups sur le torse, un peu partout, avec une petite lame, sans doute des ciseaux. Un cauchemar, ce type.

— Des violences sexuelles ?

Loisel leva les mains et les laissa retomber sur sa table, comme interloqué.

— Aucune !

— Ça t'embête ?

— Dans un cas pareil, on s'attendrait à en trouver. Regarde toi-même : vêtements intacts et corps en position décente. Aucune trace de contact.

— Et cette femme… Rappelle-moi son nom…

— Nadia Jolivet.

— Sur Nadia Jolivet, vous avez des renseignements ?

— C'est le collègue qui les a cherchés, sans rien trouver d'épatant. Lis toi-même : trente ans, secrétaire dans le commercial, allait se marier avec un type. Du classique, de l'ordinaire. Quand le deuxième meurtre est tombé dix jours plus tard, le collègue s'est désintéressé des affaires personnelles de Nadia Jolivet. J'aurais fait pareil, dès qu'on a su pour le salaud qui les guettait dehors. Et pour ma victime…

Loisel s'interrompit pour feuilleter son dossier d'où il sortit un nouveau jeu de photos qu'il étala devant Louis.

— La voilà. C'est Simone Lecourt. Même chose, tu vois, exactement la même chose. Elle aussi, on l'a traînée assommée vers le milieu de la pièce avec un chiffon dans la bouche. Et c'est là que le tueur l'a massacrée.

Loisel secoua la tête en écrasant sa cigarette.

— Dégueulasse, compléta-t-il.

— Le chiffon?

— Rien à en tirer.

— Aucun lien entre les deux femmes?

— Non. On a regardé ça vite fait, parce qu'on tient presque notre tueur, mais il est clair que ces deux femmes ne s'étaient jamais croisées. Elles n'ont aucun point commun, si ce n'est qu'elles ont la trentaine et qu'elles sont célibataires, avec un emploi. À part ça, moyennement jolies, et très dissemblables, rien à voir au physique. L'une brune, l'autre plutôt claire, l'une maigrichonne, l'autre assez baraquée… Si c'est censé rappeler sa mère à l'assassin, son souvenir est un rien brouillé.

Loisel rigola un peu et reprit une cigarette.

— Mais on va trouver ce gars, reprit-il d'un ton ferme, c'est une affaire de quelques jours. Tu as lu les journaux… Les témoins ont tous décrit un homme à l'affût dans les rues des victimes, quelques jours avant leur assassinat. Il m'a tout l'air d'un drôle de crétin, ce type, et c'est pour ça qu'on va l'avoir en un rien de temps. Tiens-toi bien, on a sept témoins fiables… Sept! Rien que ça. Le type était tellement visible, planté devant les portes des immeubles, que toute la France aurait pu le remarquer. On a aussi le témoignage d'une collègue de bureau de Nadia, la première victime, qui a vu le même gars la suivre à la sortie de son travail, deux jours de suite. Et celui du petit ami de Simone, qui l'a remarqué en la raccompagnant chez elle, très tard le soir. Alors tu comprends, ça va être du billard.

— Paraît qu'on a ses empreintes?

— On a ses dix doigts imprimés sur des pots de fleurs. Rends-toi compte, cet imbécile. Une fougère en pot chez les deux victimes, et les mêmes empreintes dessus… On suppose que c'est l'astuce qu'il utilisait pour entrer chez elles. Un type qui livre une plante, la fille est déjà trois fois moins méfiante. Encore qu'une fougère… il aurait pu choisir plus plaisant. Un crétin, je te dis, un dangereux débile.

— Ça sent bon tout de même, les fougères. Il a laissé ses empreintes ailleurs ?

— Non, sur les pots seulement.

— Comment tu expliques ça ? Il apporte le pot mains nues, mais il ne laisse aucune trace ailleurs ? Et s'il enfile des gants pour la tuer, comment se fait-il qu'il ne prenne pas la précaution de remporter le pot après ?

— Oui, je sais. On y a pensé.

— Je m'en doute.

— Il a pu l'assommer, l'étrangler et la larder de coups sans laisser de trace de doigts. C'est du tapis par terre, pas du parquet ni du sol plastique. C'est peut-être aussi un complet crétin, comme je te l'ai dit, qui n'a tout simplement songé à rien. Ça peut arriver.

— Pourquoi pas… dit Louis, dont la pensée retourna aussitôt au petit homme aux yeux vides que Marthe protégeait comme une porcelaine. En ce moment, ils avaient peut-être terminé l'histoire et Marthe devait sans doute lui couper les cheveux dans la minuscule salle de bains, s'apprêtant à lui faire une teinture de sa composition.

— Quelle tête a-t-il ? demanda Louis brusquement.

Loisel se dirigea une nouvelle fois en traînant les pieds vers l'armoire métallique et en tira un autre classeur.

— C'est tout frais, dit-il en l'ouvrant. Ça vient de sortir de l'ordinateur. Sept témoins fiables, je te dis. Tiens, regarde-le, et dis-moi si ce salaud-là n'a pas une véritable tête d'imbécile.

Loisel fit glisser le portrait sur le bureau et Louis eut un choc. C'était terriblement ressemblant.

11

Clément Vauquer s'était endormi dès le départ de Louis, sans même manger. Depuis, il dormait, roulé sur l'édredon rouge, et Marthe circulait à pas feutrés dans la petite pièce, dans la mesure de son possible, car Marthe n'était pas douée pour le silence. De temps à autre, elle s'approchait du lit et considérait son Clément. Il dormait la bouche ouverte, et il avait bavé sur l'oreiller. C'est pas grave, elle changerait le linge. Elle comprenait bien qu'il ait pu être antipathique à Louis, elle voyait bien qu'il était vilain à regarder. Pour les autres sans doute, sûrement même. Ce qu'il y a, c'est qu'elle n'avait pas pu finir son éducation, c'était le truc qui avait tout gâché. Il n'était pas comme il semblait. Cet air faux jeton, c'était juste de l'embarras, et cette bouche un peu mauvaise, c'était juste de la défense. Ses yeux, ils avaient toujours été comme ça, d'un brun si profond qu'on ne voyait pas le milieu. C'est joli le brun profond, ça peut aussi faire des yeux de rêve. Si on pouvait lui laisser son Clément quelque temps, elle savait qu'elle pourrait le changer. Beaucoup de bouffe, un peu de soleil, et il aurait meilleure peau, il grossirait du visage. Elle lui lirait des histoires, elle lui réapprendrait à parler, au lieu de cette espèce de sabir qu'il avait été bricoler Dieu sait où. Elle lui apprendrait à ne pas dire à tout bout de champ « personnellement » ou « moi-même », comme s'il n'existait pas et qu'il fallait qu'il réaffirme le contraire à chaque phrase. Oui, elle voyait bien comme elle retaperait son petit bonhomme. Il était fourré dans une affreuse histoire, mais s'il s'en sortait, elle le retaperait, et c'était une chance qu'il soit revenu vers elle. Elle le ferait beau. Personne n'avait dû s'occuper de lui depuis seize ans. Elle le referait beau, et Ludwig serait épaté par son boulot.

Ça lui rappela un bouquin qu'elle avait quand elle était petite, et qui s'appelait *La Laide qui devint jolie*. La petite fille était laide, mais finalement, à force que tout le monde s'en mêle, elle ne savait plus pourquoi d'ailleurs, les gouttes de pluie, les écureuils, les oiseaux et tout le bric-à-brac qu'il y a dans une forêt, elle était devenue *toute gracieuse* et donc reine du patelin. Et l'autre livre qu'elle aimait, c'était *Le Caneton téméraire*, l'histoire d'un canard simplet qui alignait connerie sur connerie avec une culotte à carreaux, mais à la fin, il s'en tirait, un vrai miracle. Marthe soupira. Tu dérailles, ma vieille. C'est plus de ton âge, ces affaires-là. Ni le caneton téméraire ni le laid qui devint joli. La vérité, c'était que Ludwig n'avait pas aimé son petit gars et qu'il était mal parti, même si tout le bric-à-brac de la forêt venait se ruer à son secours, ce qui n'avait aucune raison de se produire.

Marthe fit le tour de la pièce en marmonnant. Non, ce n'était certainement pas avec des écureuils qu'on allait changer tout ça. En attendant, ce ne serait tout de même pas plus mal de le remplumer, ce garçon, et puis de lui faire la coupe de cheveux comme Ludwig avait dit. L'Allemand était mécontent, c'était certain, mais il n'allait pas le donner aux flics. Pas tout de suite. Elle avait un peu de temps pour arranger son gars.

Elle secoua Clément tout doucement par l'épaule.

— Réveille-toi mon garçon, dit-elle, il faut que je t'arrange la tête.

Elle l'installa sur un tabouret dans la salle de bains et lui noua une serviette autour du cou. Le jeune homme se laissait faire docilement sans dire un mot.

— Faut que je te les coupe court, annonça Marthe.

— On va voir mes oreilles, dit Clément.

— Je vais t'en laisser un petit peu sur le dessus.

— Pourquoi elles ne sont pas roulées, mes oreilles ?

— Je ne sais pas, mon gars. Ne t'inquiète pas de ça. Regarde celles de Ludwig, elles ne sont pas mieux. Il a des oreilles immenses et ça l'empêche pas d'être beau.

— Ludwig, c'est l'homme qui m'a posé toutes les questions ?

— Oui, c'est lui.

— Il m'a fatigué personnellement, dit Clément d'une voix plaintive.

— C'est son métier de fatiguer les gens. On choisit pas toujours. Lui, il cherche des salauds sur la terre, toutes sortes de salauds, alors pour ça, il fatigue tout le monde. C'est comme tu voudrais secouer un arbre pour y faire tomber les noix. Si tu secoues pas, t'as pas les noix.

Clément hocha la tête. Ça lui rappelait les leçons que lui donnait Marthe quand il était petit.

— Bouge pas comme ça, je vais te rater. J'ai les ciseaux de cuisine, je ne sais pas ce qu'ils valent pour les cheveux.

Clément leva la tête brusquement.

— Tu ne vas pas me faire mal avec les ciseaux, hein, Marthe ?

— Mais non, mon grand. Tiens-toi tranquille.

— Qu'est-ce que tu disais avec les oreilles ?

— Que si tu te mets à vraiment regarder les oreilles des gens, à les regarder à fond, à ne regarder que ça, dans le métro, par exemple, eh bien tu verras qu'elles sont toutes horribles à donner le tournis. Et puis tiens, on arrête de parler d'oreilles, ça vient très vite à me dégoûter.

— Moi aussi. Surtout sur les femmes.

— Eh ben moi, c'est surtout sur les hommes. Tu vois, mon garçon, c'est comme ça la nature. C'est bien fait.

Oui, se disait Marthe en taillant dans les boucles de cheveux, elle allait reprendre son éducation, si on lui laissait le temps.

— Après, je vais te faire la couleur en brun très foncé, comme tes yeux. Et puis je te mettrai un peu de fond de teint, de l'invisible bronzé pour t'unifier. Fais-moi confiance. Tu verras, tu seras beau, et les flics, ils pourront toujours courir pour te reconnaître. Et puis on mangera les côtes de porc pour dîner. Ce sera bien.

12

Marc Vandoosler avait terminé assez tard son ménage chez Mme Mallet, et les autres avaient commencé de dîner quand il était arrivé dans le réfectoire. C'était le tour du parrain de faire la bouffe, et il y avait du gratin. Le parrain excellait au gratin.

— Bouffe. Ça va être froid, dit Vandoosler le Vieux. Au fait, l'Allemand est venu te piquer des nippes à midi. J'aime mieux que tu le saches.

— Je le sais, répondit Marc, on s'est croisés.

— Et c'était pour quoi faire, ces nippes ?

Marc se servit de gratin.

— C'est pour planquer quelqu'un que les flics recherchent.

— C'est bien un truc de Kehlweiler, ça, dit le parrain en bougonnant. Il a fait quoi, le type ?

Marc regarda tour à tour Mathias, Lucien, et le parrain, qui se bourraient de gratin sans savoir.

— Pas grand-chose, dit-il d'un ton morne. C'est juste l'acharné qui a assassiné ces deux femmes à Paris, le tueur aux ciseaux.

Les visages se levèrent ensemble, Lucien poussa un rugissement, Mathias ne dit rien.

— Et je dois vous dire aussi, continua Marc de la même voix lasse, qu'il vient dormir ce soir à la maison. Il est invité.

— Qu'est-ce que c'est que cette blague ? demanda Vandoosler le Vieux d'un ton assez enjoué.

— Je te résume ça en une minute.

Marc se leva et alla vérifier que les trois fenêtres de la grande salle étaient fermées.

— Cellule de crise, murmura Lucien.

— Ta gueule, dit Mathias.

— Le tueur aux ciseaux, reprit Marc en se rasseyant, le type dont tous les journaux parlent, est venu se réfugier chez la vieille Marthe qui l'a couvé quand il était petit et malheureux. Et Marthe est agrippée sur sa poupée comme une lionne et elle hurle son innocence. Elle a demandé à Louis de s'en charger. Mais si Louis balance la poupée aux flics, il balance Marthe avec. C'est la vieille affaire du bébé avec l'eau du bain, je vous laisse soupeser le problème. Et Louis nous amène l'homme ce soir, parce qu'il a peur qu'il ne dézingue Marthe, tandis qu'ici, il n'y a pas de femme, strictement aucune, je ne félicite personne. Il y a juste quatre gars virils et solitaires sur qui il croit pouvoir compter. On est chargés de le surveiller à chaque minute de sa vie. Voilà.

— Mobilisation générale, dit Lucien en reprenant du gratin. Faut d'abord songer à nourrir les troupes.

— Ça a l'air peut-être marrant, dit Marc sèchement en le regardant, mais si tu voyais la tête de Marthe qui a vieilli de dix ans, si tu voyais la tête d'abruti du type, et surtout si tu voyais la tête des deux femmes qui y sont déjà passées, tu rigolerais moins.

— Je sais. Tu me prends pour un con ?

— Excuse-moi. J'ai fait tous les carreaux chez Mme Mallet, je suis claqué. À présent que je vous ai résumé, je pause, je mange, et je vous détaillerai le reste au café.

Marc prenait rarement du café, ça le rendait nerveux, et tout le monde était d'accord pour dire qu'il n'avait pas besoin de ça, car il avait tout à fait l'air au naturel d'un type qui en boit dix par jour. Dans un autre registre, le café n'arrangeait pas non plus l'agitation haute en verbe de Lucien Devernois, mais comme Lucien trouvait un singulier plaisir à faire du tapage, il ne se serait privé d'excitant pour rien au monde. Quant à Mathias Delamarre, dont la placidité confinait parfois à un impressionnant mutisme, sa carcasse était insensible à ce genre de détail. Le parrain emplit donc trois tasses pendant que Marc essayait de déplier sa planche à repasser. Mathias lui donna un coup de main. Marc brancha son fer, tira jusqu'à lui un grand panier bourré de linge, étala consciencieusement une chemisette sur sa planche.

— C'est un mélange coton-viscose, dit-il, il faut y aller tout doux sur le fer.

Puis il hocha la tête, comme pour mieux se convaincre de ce principe, assez nouveau pour lui, et exposa les détails de l'affaire de la poupée de Marthe. De temps en temps, il s'interrompait pour mouiller son linge avec un vaporisateur, car Marc s'était décrété hostile au fer à vapeur. Mathias trouvait qu'il s'en sortait très bien. Depuis trois semaines que Marc rapportait du repassage à la maison, il n'était pas rare que les quatre hommes s'attardent ensemble en bas, rassemblés autour de la planche fumante, pendant que Marc officiait sur sa pile. Marc avait fait ses calculs : pour quatre heures de ménage par jour, et deux heures de repassage à la maison, il se ferait sept mille deux cents francs par mois. Ça lui laissait le temps de bosser à son Moyen Âge le matin, et pour le moment, Marc parvenait parfaitement à dépouiller des baux du XIIIe siècle le matin et à courir passer l'aspirateur l'après-midi. C'est un soir, en voyant Lucien lustrer la grande table en bois du réfectoire avec un chiffon doux, et en l'entendant pérorer sur sa passion du cirage, que Marc Vandoosler, qui n'y connaissait rien en arts ménagers, avait décidé de passer professionnel, après douze années de chômage en histoire médiévale. Il avait été demander une rapide formation à Marthe et en moins de quinze jours, il avait trouvé quatre places à cumuler. Lucien, pessimiste par vocation, avait suivi avec la plus grande inquiétude la reconversion professionnelle de son ami. Que le Moyen Âge risquât d'y perdre un chercheur ne le souciait pas, car Lucien, en historien exclusivement préoccupé des temps contemporains et du cataclysme de 1914, se foutait éperdument du Moyen Âge. Non, il avait surtout redouté que Marc ne s'adapte pas à son nouveau boulot et qu'il ne se casse la gueule dans le gros écart qui sépare l'idée d'un acte de sa pratique. Mais au contraire, Marc s'accrochait, et il était clair à présent qu'il prenait même un authentique intérêt à comparer les mérites respectifs des produits d'entretien, par exemple les lavants-cirants par rapport aux lavants tout court – les premiers ayant plutôt un effet encrassant, d'après Marc.

Marc en avait terminé avec les détails de l'affaire de Marthe et de son assassin et chacun était tendu, à sa manière, à l'idée de devoir planquer et surveiller ce type.

— On le met où ? demanda Mathias, pratique.

— Là, dit Marc en montrant du doigt la petite pièce attenante à la grande salle. Où veux-tu qu'on le mette ?

— On aurait pu l'installer dans la cabane à outils, dehors, suggéra Lucien, en mettant le verrou. Il ne fait pas froid.

— Et comme ça, dit Marc, tout le quartier nous verrait faire des allées et venues pour lui apporter la bouffe, et les flics viendraient nous faire une visite dans deux jours. Et les toilettes, tu y as pensé ? C'est toi qui vas vider son seau ?

— Non, dit Lucien. C'est juste que je n'ai pas envie d'avoir ce cinglé ici. On n'a pas vocation à se calfeutrer avec des assassins.

— Tu n'as décidément pas l'air de bien saisir la situation, dit Marc en élevant la voix. C'est Marthe, le problème. Tu veux pas l'envoyer en tôle, si ?

— Ton fer ! dit Mathias.

Marc poussa un cri et souleva le fer.

— Tu vois, imbécile. Un peu plus et je brûlais la jupe de Mme Toussaint. Je t'ai déjà expliqué que Marthe croit toute l'histoire de son Clément, qu'elle croit à son innocence, et que nous, on n'a pas d'autre choix que de croire ce que croit Marthe jusqu'à ce qu'on arrive à lui faire croire ce qu'on croit.

— Au moins c'est plus clair comme ça, soupira Lucien.

— Bref, dit Marc en débranchant son fer, on le logera dans la petite pièce en bas. Il y a des volets qui ferment de l'extérieur. Pour la garde de cette nuit, je propose Mathias.

— Pourquoi Mathias ? demanda le parrain.

— Parce que moi je suis claqué, parce que Lucien est opposé à toute l'opération et donc non fiable, tandis que Mathias est un homme sûr, courageux et robuste. C'est le seul ici qui soit tout cela à la fois. Mieux vaut que ce soit lui qui essuie les premiers plâtres. On le relaiera demain.

— Tu ne m'as pas demandé mon avis, dit Mathias. Mais ça va. Je dormirai devant la cheminée. S'il...

Marc l'arrêta d'une main.

— Les voilà, dit-il. Ils poussent la grille. Lucien, les ciseaux suspendus au mur ! Décroche-les, planque-les. Ce n'est pas la peine de tenter le diable.

— Ce sont mes ciseaux pour couper la ciboulette, dit Lucien, et ils sont très bien où ils sont.

— Décroche-les ! cria Marc.

— J'espère que tu te rends compte, dit Lucien en attrapant lentement les ciseaux, que tu es un trouillard compulsif, Marc, et que tu aurais été déplorable en soldat de tranchée. Je te l'ai déjà fait remarquer plusieurs fois, d'ailleurs.

À bout de nerfs, Vandoosler le Jeune marcha vers Lucien et attrapa le revers de sa chemise.

— Mets-toi bien dans la tête une fois pour toutes, dit-il en serrant les dents, qu'à l'époque de tes foutues tranchées, moi, je me serais planqué à l'arrière pour faire de la poésie avec quatre femmes dans mon lit. Quant à tes ciseaux à ciboulette, je n'ai pas envie de les voir plantés dans le ventre d'une fille cette nuit. Et rien d'autre.

— Bon, dit Lucien en écartant les bras, si tu le prends comme ça.

Il ouvrit le buffet et laissa tomber les ciseaux derrière une pile de torchons.

— Les hommes de troupe sont nerveux, ce soir, murmura-t-il. Ce doit être la chaleur.

Vandoosler le Vieux ouvrit la porte à Kehlweiler et au protégé de Marthe.

— Entre, dit-il à Louis. On s'engueule ce soir, ne fais pas attention. L'arrivée du jeune homme secoue le navire.

Vauquer tenait la tête basse et personne ne prit la peine de se saluer et de se présenter. Louis le fit asseoir à la table, en le guidant d'une main dans le dos, et Vandoosler alla faire réchauffer du café.

Seul Marc se dirigea vers Clément, l'expression intéressée, et il tâta ses cheveux courts et brun sombre à plusieurs reprises.

— C'est bien, dit-il, c'est très bien ce que t'a fait Marthe. Montre voir derrière ?

L'homme pencha sa tête en avant, puis la releva.

— Parfait, conclut Marc. Elle t'a mis un peu de fond de teint aussi... C'est bien. C'est du drôlement bon travail.

— Il y a intérêt, dit Louis. Si tu voyais leur portrait-robot...

— Réussi ?

— Très. Tant qu'il n'a pas dix jours de barbe, ce gars ne sort pas d'ici. Ce serait judicieux de lui trouver des lunettes.

— J'ai, dit Vandoosler le Vieux. Des lunettes de soleil assez grosses. C'est de saison, ça planque bien, ça ne lui fera pas mal aux yeux.

On attendit en silence que le parrain ait grimpé ses quatre étages. Clément Vauquer touillait bruyamment son café, sans dire un mot. Marc eut l'impression qu'il avait envie de pleurer, qu'il avait peur de se retrouver sans Marthe parmi des étrangers.

Le parrain rapporta les lunettes, que Marc essaya doucement sur le visage de Clément.

— Ouvre les yeux, lui dit-il. Elles ne te tombent pas ?

— Tomber quoi ? demanda Clément d'une voix hésitante.

— Les lunettes ?

Clément fit signe que non. Il avait l'air exténué.

— Finis ton café, je vais te montrer ta chambre, reprit Marc.

Il entraîna Clément par le bras jusqu'à la petite pièce et tira la porte derrière eux.

— Voilà. C'est chez toi pour le moment. N'essaie pas d'ouvrir les volets, ils sont bloqués de l'extérieur. Ce n'est pas la peine qu'on te voie. N'essaie pas de te tirer non plus. Tu veux quelque chose à lire ?

— Non.

— Tu veux la radio ?

— Non.

— Alors, dors.

— Je vais essayer.

— Écoute… dit Marc en baissant la voix.

Comme Clément ne l'écoutait pas, Marc lui prit l'épaule.

— Écoute, répéta-t-il.

Cette fois, il attrapa son regard.

— Marthe viendra te voir demain. Je te le promets. Alors, tu peux dormir maintenant.

— Personnellement ?

Marc ne savait pas si la question concernait Marthe ou le sommeil.

— Oui, personnellement, affirma-t-il à tout hasard.

Clément parut soulagé et s'installa en boule sur le petit lit. Marc revint dans la grande pièce, embarrassé. Il ne savait pas quoi penser de ce type, au bout du compte. Machinalement, il alla dans sa chambre lui chercher un tee-shirt et un short pour dormir. Quand il rouvrit la porte pour les lui donner, Clément dormait déjà tout habillé. Marc posa les habits sur la chaise et ferma la porte sans bruit.

— C'est fait, dit-il en prenant place à la grande table. Il dort personnellement.

— Il paraît que c'est moi qui l'ai éreinté avec mes questions, commenta Louis. Marthe m'accuse de lui user tout le cerveau comme un savon. J'attends demain pour recommencer.

— Qu'est-ce que tu espères apprendre d'autre ? dit Marc. On a fait le tour avec lui.

— Pas si Marthe a raison.

Marc se leva, rebrancha son fer et sortit une robe à fleurs du panier.

— Explique-toi, dit-il en lissant son tissu sur la planche avec application.

— Si Marthe a raison, si Clément Vauquer sert de tête de Turc, il a été soigneusement choisi. Choisi pour ses qualités d'imbécile, sans aucun doute, mais pas que pour ça. Parce que des imbéciles, on peut en trouver plein à Paris, et c'est se donner beaucoup de peine que d'aller en chercher un jusqu'à Nevers et de lui louer une chambre à l'hôtel. Ces complications n'ont de sens que si le tueur voulait précisément Clément parmi tous les imbéciles du pays, et pas un autre. Cela veut dire que l'Autre utilise à bon escient ses talents de crétin, mais qu'il assouvit en même temps un conflit personnel. Il connaît Clément Vauquer, et il le hait. Tout cela en admettant que Marthe ait raison.

— À propos de Marthe, il faut qu'elle vienne le voir demain.

— Ce n'est pas prudent, dit Louis.

— Je le lui ai promis, il faudra se débrouiller. Sinon, il se tirera d'une manière ou d'une autre. Le gars ne tiendra pas le coup.

— Il ne tiendra pas le coup! s'exclama Louis. Merde! Il a presque trente ans, ce type, tout de même!

— Je te dis qu'il ne tiendra pas le coup.

— Et devant les filles qu'il a massacrées, il a bien tenu le coup, non, notre poupon?

— On vient de dire, énonça Marc en pliant la petite robe fleurie, que l'on partait de l'idée de Marthe, de la certitude de Marthe. Au moins pour une journée, au moins pour l'interroger dans ce sens-là. Et toi, tu ne tiens même pas deux minutes.

— Tu as raison, dit Louis. On doit tenir le coup une journée. Je viendrai le voir demain vers deux heures.

— Pas plus tôt?

— Non, le matin, je veux repasser au commissariat du 9e. Je voudrais revoir les photos. Qui prend la garde, ce soir?

— Moi, dit Mathias.

— Excellent choix, approuva Louis. À demain.

— Je t'accompagne, dit Marc.

— Dis-moi, demanda Louis en hésitant, je te vois repasser des robes. Il y a une femme dans la maison ou quoi?

— Ce serait si stupéfiant? demanda Lucien avec hauteur.

— Non, répondit rapidement Louis. Mais… c'est à cause de lui, de Vauquer.

— Je croyais qu'on le présumait innocent, dit Lucien. Donc, il n'y a pas de souci à se faire.

13

Une fois dehors, les deux hommes remontèrent la rue en silence.

— Alors quoi ? demanda Louis. C'est oui ou c'est non ?

— C'est non, répondit Marc d'un ton abrupt. Il n'y a pas de femme dans la baraque, pas l'ombre d'une seule, un vrai désert. Cela ne t'autorise pas à cracher dans le sable.

— Les robes ?

— C'est le linge de Mme Toussaint. Je prends du repassage à la maison, je te l'ai dit.

— Ah c'est vrai, ton travail.

— Parfaitement mon travail. Tu as quelque chose à lui reprocher ?

— Mais qu'est-ce que vous avez en ce moment ? demanda Louis en s'arrêtant de marcher. Vous passez votre temps à gueuler !

— Si tu parles de la baraque, c'est normal. On gueule tout le temps, Lucien adore ça. Et puis ça secoue Mathias, si bien que tout le monde en tire profit, et ça nous distrait de nos soucis, de nos histoires de fric, et de nos histoires de robes avec pas de femmes dedans.

Louis hocha la tête.

— Tu crois, reprit Marc, qu'il y a une seule chance pour que la poupée de Marthe ne soit pas dans le coup ?

— Il y en a plus que ça. Attends-moi, je vais à la petite fontaine et je reviens. Je vais mouiller Bufo.

Marc se crispa.

— Tu as pris ton crapaud avec toi ? dit-il d'une voix criarde.

— Oui, je suis passé le chercher tout à l'heure. Il se faisait chier dans le panier à crayons, et si tu veux bien y réfléchir une minute, on le comprend. Il faut que je l'aère, moi, cette bête. Je ne te demande pas de le prendre.

Marc, hostile et dégoûté, regarda Louis humecter son gros crapaud grisâtre, lui faire quelques recommandations et l'enfourner à nouveau dans la grande poche droite de sa veste.

— C'est dégueulasse, ajouta-t-il pour tout commentaire.

— Tu veux une bière ?

Les deux hommes s'installèrent à la terrasse d'un café presque désert. Marc prit soin de s'asseoir à la gauche de Louis, à cause de la poche à crapaud. Il était onze heures et demie, et on n'avait pas froid.

— Je crois, dit Louis, que la poupée de Marthe est un authentique imbécile.

— C'est aussi mon avis, dit Marc en levant le bras pour appeler le serveur.

— Dans ce cas, il ne serait pas capable d'imaginer tout seul l'histoire de ce patron de restaurant, même pour sauver sa peau.

— Oui. Le type existe.

— Quel type ?

— Eh bien, dit Marc, le bras toujours levé, celui qui manipule la poupée. « L'Autre ». Le tueur. Il existe.

— Ton bras ne marche pas, observa Louis.

— Je sais, dit Marc en le laissant retomber sur sa cuisse. Je n'arrive jamais à faire venir le serveur.

— Manque d'autorité naturelle, proposa Louis qui leva le bras à son tour.

Il commanda aussitôt deux bières au serveur et se retourna vers Marc.

— Je m'en fous, dit Marc. Ça ne m'impressionne pas. On disait que le type existait.

— Sans doute. On ne peut pas être sûrs. S'il existe, on sait deux ou trois choses de lui : il connaît Clément Vauquer, il le hait, et ce n'est pas un tueur en série.

— Je ne comprends toujours pas.

Louis fit une grimace et but une gorgée.

— C'est parce que ce type compte. Il *compte*. La première femme, la deuxième, la troisième... Tu te souviens de ce qu'a raconté Vauquer ? Le type du téléphone parlait comme ça... « la première fille »... « la deuxième fille »... Il les compte. Et si tu comptes, c'est que tu sais où tu veux arriver, c'est que tu espères un total. Ou bien ce n'est pas la peine de compter. Il y a une limite, un but. Un type qui se lance dans un massacre universel ne se met pas à compter. On ne compte pas vers l'infini, à quoi bon ? Je crois que ce tueur s'est donné un nombre précis de femmes à tuer et que sa liste a une fin. Ce n'est pas un tueur en série. C'est le tueur d'*une* série. Tu saisis la différence ? Le tueur d'*une* série.

— Oui, dit Marc sans conviction. Tu donnes de l'importance à des vétilles.

— Les chiffres ne sont jamais des vétilles. Ajoute à cela qu'un tueur en série n'aurait pas loué les services d'un bouc émissaire. Le type qui a fait cela comptait utiliser Vauquer pour un nombre limité de victimes. Vauquer est la tête de Turc d'une opération bien cadrée, mais pas d'une tuerie perpétuelle. S'il y a bien un homme derrière lui, il est dangereux au possible, et parfaitement maître de son système. Il a choisi son bouc et il a choisi les femmes. Pas au hasard, certainement pas au hasard. Sa série, pour avoir une valeur, doit avoir un sens. À ses yeux, bien sûr.

— Quelle valeur ?

— Valeur symbolique, valeur représentative. Tuer sept femmes pour tuer toutes les femmes du monde, par exemple. Tu comprends bien alors que ces sept femmes ne peuvent pas être prises au petit bonheur la chance. Elles doivent constituer un ensemble, former un sens, un univers.

Louis pianota sur son verre de bière.

— Je crois que c'est comme cela que ça marche, reprit-il, et si tu veux bien y penser, tu verras que c'est même un fonctionnement simple et banal. En tous les cas, sois vigilant : il faut absolument boucler Clément Vauquer, surtout s'il est innocent. Si le troisième meurtre survient, on saura au moins que ce n'est pas ce crétin qui en est responsable. Ça fera du solide.

— Tu crains vraiment un troisième meurtre ?

— Oui, mon vieux. « L'Autre » ne fait que commencer. Le problème, c'est qu'on ne connaît ni la taille de sa série, ni son sens.

Louis rentra chez lui à pied en racontant des trucs à son crapaud.

14

Le lendemain matin, Kehlweiler se rendit dès onze heures au commissariat du 9ᵉ arrondissement. Il avait acheté en route les journaux du matin, et prié le ciel pour que les évangélistes, comme les appelait Vandoosler le Vieux, aient fait bonne garde : le portrait-robot du tueur présumé s'étalait à la une, criant de ressemblance.

Soucieux, Louis entra dans le commissariat d'un pas un peu lourd. Cette fois-ci, on lui demanda d'attendre. Loisel n'appréciait sans doute pas de le voir revenir si vite au dossier. Louis Kehlweiler avait en matière d'enquêtes la réputation peu rassurante d'un animal fouisseur déterminé à explorer l'intégralité des tunnels se présentant à lui. En raison des à-côtés désagréables que pouvait présenter un trop intense furetage, on n'aimait guère le trouver en train de plancher sur un dossier sans qu'on le lui ait demandé. Loisel regrettait peut-être déjà sa franchise un peu trop spontanée de la veille. Après tout, Kehlweiler n'était plus au ministère, Kehlweiler n'était plus rien.

Louis songeait au moyen éventuel de garder la main quand Loisel ouvrit sa porte et lui fit signe d'entrer.

— Salut, l'Allemand. Quelque chose qui te chiffonne ?

— Un détail que je voudrais revoir, et une idée que je voudrais te transmettre. Après quoi, j'irai consulter dans le 19ᵉ.

— Pas la peine, dit Loisel en souriant, c'est moi seul qui suis dorénavant sur les deux affaires. Je coordonne toute l'enquête.

— Excellente nouvelle. Ça fait plaisir d'avoir pu te rendre service.

— De quoi tu parles?

— Ça me souciait que le dossier tombe dans les pattes de ton collègue, dit Louis d'un ton évasif. Si bien qu'hier soir, je me suis autorisé à passer quelques appels au ministère, pour parler de toi. Je suis satisfait d'apprendre que cela a abouti.

Loisel se leva et serra la main de Louis entre les siennes.

— Mais c'est normal, mon vieux. N'en parle pas, tu fusillerais mes entrées.

Loisel eut un signe de muette compréhension et se rassit, épanoui. Louis n'avait pas honte le moins du monde. Mentir aux flics faisait partie de la routine, de la sienne comme de la leur. Tout cela, c'était pour Marthe.

— Qu'est-ce que tu voulais revoir, l'Allemand? demanda Loisel, redevenu l'homme aimable et coopératif de la veille.

— Les photos des victimes *in situ*, en gros plan sur la moitié supérieure du corps, s'il te plaît.

Loisel traîna les pieds jusqu'à l'armoire métallique. Ça faisait un petit bruit de patinage sur le lino. Il revint en bruissant jusqu'à Louis et déposa sur la table les clichés demandés. Louis les examina avec attention, le visage tendu.

— Là, dit-il à Loisel en désignant sur l'une des photos l'espace situé à droite de la tête. Là, sur le tapis, tu ne vois pas quelque chose?

— Si, un peu de sang sur le tapis. Je sais, c'est ma victime, celle-là.

— C'est un tapis à poils longs, n'est-ce pas ?

— Oui, une sorte de peau de chèvre.

— Et tu n'as pas l'impression que près de la tête, une main a tiré les poils du tapis dans tous les sens ?

Loisel fronça ses sourcils clairs et s'approcha de la fenêtre avec la photo.

— Tu veux dire que le tapis semble plus emmêlé ?

— Oui, c'est cela. Froissé, brouillé.

— C'est bien possible, mon vieux, mais un tapis en poil de chèvre, ça s'embrouille comme ça veut. Je ne te suis pas.

— Regarde l'autre photo, dit Louis en le rejoignant à la fenêtre, celle du premier meurtre. Regarde au même endroit, près de la tête, près de l'oreille gauche.

— C'est de la moquette. Qu'est-ce que tu veux qu'on voie ?

— Des traces de grattage, de frottage, comme si la main du type avait griffé le sol au même endroit.

Loisel secoua la tête.

— Non, mon vieux, je ne vois rien. Franchement.

— Bien. Peut-être que je déraille.

Louis enfila sa veste, ramassa ses journaux, et se dirigea vers la porte.

— Dis-moi, avant que je ne sorte, vous vous attendez à quoi au juste ? Un troisième meurtre ?

Loisel hocha la tête.

— Sûrement, si on ne cravate pas le type avant.

— Pourquoi sûrement ?

— Parce qu'il n'a pas de raison de s'arrêter, voilà pourquoi. Avec les maniaques sexuels, mon vieux, quand c'est parti, c'est parti. Où ? Quand ? Aucune piste de ce côté-là. Notre seule chance de sauver la prochaine femme, c'est ça, dit-il en montrant du doigt le portrait-robot du journal. Deux millions de Parisiens, il y en a bien un qui va nous dire où il est. Avec sa tête de crétin, il ne doit pas passer inaperçu. Même s'il se teint les cheveux en roux, on le reconnaîtrait encore. Mais ça m'épaterait qu'il y pense.

— Oui, dit Louis, content d'avoir déconseillé le roux à Marthe. Et s'il se planque dès la sortie du journal ?

— Dans une planque, il y a toujours des gens. Et je ne vois pas qui serait assez branque pour défendre une ordure pareille.

— Oui, répéta Louis.

— À part sa mère, bien sûr... soupira Loisel. Les mères, ça ne fait jamais comme tout le monde.

— Oui.

— Encore que la sienne, ça a dû être un drôle de numéro pour qu'il en arrive là. Enfin, je ne vais pas pleurer sur lui, hein ? Manquerait plus que ça encore. Si ça se trouve, il sera dans ce bureau ce soir. Alors tu vois, pour la troisième victime, je ne m'en fais pas trop. Salut, l'Allemand, et merci encore pour...

Loisel écarta les doigts en mime de combiné téléphonique.

— Ce n'est rien, dit Louis d'un ton sobre.

Dans la rue, Louis souffla un peu. Il imagina quelques instants Loisel en train de le faire suivre, et lui, sans se douter de rien, le conduisant directement en boitillant jusqu'à la baraque pourrie de la rue Chasle. Il se représenta la rencontre Loisel-Vauquer, sous le toit d'un ex-flic pourri et de trois évangélistes douteux, et pensa que ce ne serait pas la meilleure chose qui puisse arriver à sa carrière. Carrière que, se rappela-t-il soudain, il avait abandonnée récemment. Il vérifia qu'il n'avait aucun homme de Loisel aux fesses. Il ne lui était arrivé qu'une seule fois dans sa vie de se faire surprendre par une filature.

Il repensa aux photos, en marchant lentement vers l'arrêt de bus. Ce n'était pas le moment de perdre des heures à traverser Paris à pied, et il avait mal au genou. Il y avait bel et bien des traces à côté de la tête de ces deux femmes. Des traces de quoi ? C'était à peine visible près de la première victime, mais bien net près de la deuxième. Le type avait fait quelque chose près de leur tête.

Dans le bus, penchés sur leur journal, des voyageurs scrutaient le visage de Clément Vauquer en fouillant leur mémoire. Ils pouvaient toujours attendre avant de le dégotter dans l'arrière-salle des évangélistes. Pour l'instant, ils n'étaient encore que six à connaître son nom. Non, huit. Il y avait les deux prostituées de la rue Delambre. Louis serra les dents.

15

Adossée au mur de son immeuble de la rue Delambre, Gisèle fronçait ses gros sourcils en examinant le journal.

— Merde alors, marmonna-t-elle, je me goure pas. C'est lui. Je m'excuse mais c'est lui.

Gisèle chancelait sous la surprise. Elle avait besoin de réfléchir. Le gosse de Marthe, il n'y allait pas avec le dos de la cuiller. Ça donnait drôlement à penser.

Un client s'approchait à pas lents. Elle le reconnut, elle le voyait à peu près une fois par mois. Dès qu'il fut près d'elle, Gisèle fit non avec la tête.

— C'est pas que je peux tellement me permettre de refuser du monde, dit Gisèle, mais je ne peux pas. Faudra repasser.

— Pourquoi? T'en attends un autre?

— Je peux pas, je te dis! dit Gisèle plus fort.

— Et pourquoi tu peux pas?

— Parce que je réfléchis! gueula Gisèle.

Au lieu de répondre, le type, curieusement, s'en alla aussitôt. C'est marrant, ça, se dit Gisèle, les hommes, ils aiment pas trop les femmes qui pensent. Et ils ont pas tort parce que quand je pense, faut pas m'emmerder.

La jeune Line, en entendant Gisèle crier, était arrivée du bout de sa rue.

— T'as des ennuis, Gisèle?

— Mais non, j'ai pas d'ennuis. T'es bien brave mais si j'ai besoin de toi, je sonnerai.

— Dis donc, Gisèle, reprit Line, je me pose un drôle de problème depuis ce matin.

— Eh bien, te pose pas trop, ça fait fuir les clients.

— T'as pas vu, dans le journal?

— Quoi le journal? Si, je l'ai vu. Et après?

— Le type qu'ils recherchent pour le meurtre des deux filles... Tu l'as regardé?

— Ben ouais.

— Et il ne te dit rien?

— Ben non, dit Gisèle avec aplomb.

— Mais Gisèle, rappelle-toi... C'est le type de l'autre jour, l'accordéoniste qui cherchait la vieille Marthe. Je te jure que c'est lui!

— Jure pas! C'est pas beau de jurer.

Gisèle déplia de nouveau le journal avec des gestes brusques et regarda le portrait-robot.

— Ben non, ma petite Line, c'est pas lui. Je m'excuse, mais c'est pas lui du tout. Il a bien un faux air, je dis pas, mais sur le reste, ça a rien à voir. Je m'excuse.

Troublée par l'assurance de la grosse Gisèle, Line regarda à nouveau le portrait. Elle n'était tout de même pas folle. C'était bien le même type. Oui mais Gisèle, Gisèle qui avait toujours raison, Gisèle qui lui avait tout appris...

— Ben quoi, reprit Gisèle, tu vas pas rester pétrifiée à le regarder, cet homme?

— Mais si c'est lui, Gisèle?

— C'est pas lui, fous-toi ça dans le crâne et qu'on en parle plus. Parce que le gars qu'on a vu l'autre fois, dit Gisèle en agitant son doigt sous le visage de Line, c'est le fiston de la vieille Marthe. Tu te figures tout de même pas que le fiston de la vieille Marthe, qui est une entité dans le quartier, il aille zigouiller des filles, avec toute l'éducation qu'il a reçue? Non?

— Non, dit Line.

— Ben alors, tu vois bien que tu dis des conneries.

Comme Line restait silencieuse, Gisèle revint à la charge, un ton plus grave.

— Dis donc, ma petite Line, t'es pas en train de t'imaginer aller donner un innocent chez les flics, par hasard ?

Line regarda Gisèle, un peu inquiète.

— Parce que ton boulot, après, tu pourras lui dire adieu. Alors si tu veux tout paumer sous prétexte que tu sais pas distinguer un poulet d'un canard, c'est toi qui choisis, t'es majeure.

— D'accord, Gisèle. Mais tu me jures que c'est pas le même gars ?

— Je jure jamais.

— Mais c'est pas le même ?

— Non, c'est pas le même. Et puis passe-moi ton journal, tiens, ça t'évitera d'avoir des idées.

Gisèle suivit des yeux la petite Line qui s'éloignait. Cette fille, elle allait se tenir tranquille. Mais sait-on jamais, avec les jeunes. Faudrait qu'elle la surveille serré.

16

Louis, en se hâtant vers la baraque pourrie de la rue Chasle, se demandait si, par hasard, il y aurait du reste du gratin de la veille. Vandoosler le Vieux avait l'air de s'y connaître en bouffe, et ça faisait des siècles qu'il n'avait pas mangé de gratin. Car nécessairement, le gratin, c'est un plat collectif. Et quand on est tout seul, on ne peut pas espérer manger collectif.

Certes, ces trois types qui partageaient une baraque avec le vieil oncle Vandoosler, à presque quarante ans, ça n'avait rien d'un modèle d'accomplissement existentiel. Ça l'avait souvent fait sourire. Mais au fond, peut-être qu'il se trompait. Parce qu'à vrai dire, sa vie d'enquêteur solitaire traducteur de Bismarck et rangeur de chaussures n'avait rien d'un modèle non plus. Et eux, au moins, ils partageaient un seul loyer, ils avaient chacun un étage, ils n'étaient pas seuls et, en outre, ils bouffaient du gratin. À y repenser, ce n'était pas si bête. Et personne n'avait dit que c'était définitif. Louis avait tendance à penser que le premier qui partirait de la baraque avec une femme serait Mathias. Mais si ça se trouve, ce serait peut-être le Vieux.

Il était plus d'une heure quand il frappa à la porte. Lucien le fit entrer en hâte. C'était son jour de service, il se dépêchait de terminer la vaisselle avant d'aller faire cours.

— Tout le monde a déjà mangé? lui demanda Louis.

— J'ai cours à deux heures. On se dépêche toujours le jeudi.

— Marc est là?

— Je l'appelle.

Lucien attrapa le manche à balai et frappa deux coups au plafond.

— C'est quoi ce système? demanda Louis un peu étonné.

— C'est le système de radiocommunication intérieur. Un coup, c'est pour Mathias, deux coups, c'est pour Marc, trois coups, c'est pour moi, quatre, c'est pour le Vieux, et sept coups, c'est le rassemblement général avant le départ pour le front. On ne peut pas s'emmerder à monter sans arrêt les étages.

— Ah, fit Louis, je n'étais pas au courant.

En même temps, il examinait au plafond toute une zone de plâtre creusée de petites cupules.

— Évidemment, ça fait des dégâts dans les enduits, commenta Lucien. Aucun système n'est parfait.

— Et Vauquer? Comment ça s'est passé? Pas d'embrouilles?

— Aucune. Vous avez vu son portrait dans le journal? Ils ne l'ont pas loupé, les gars. À midi, on l'a fait déjeuner ici avec nous, mais volets tirés. Avec cette chaleur, ça n'a rien de bizarre pour les voisins. Maintenant, il se repose. Sieste personnelle, il a dit.

— C'est effarant ce que ce type peut dormir.

— À mon avis, c'est un nerveux, dit Lucien en détachant son tablier à vaisselle.

On entendit Marc dévaler l'escalier.

— Je vous laisse, dit Lucien en serrant son nœud de cravate. Je pars enseigner aux jeunes têtes les cataclysmes de notre vingtième siècle. *Tant de poussière dans une tête d'enfant…* ajouta-t-il dans un murmure.

Il quitta la pièce en coup de vent, saluant Marc au passage. Louis s'était assis, songeur. Dans cette baraque, il perdait un peu ses repères ordinaires touchant à la normalité.

— Il dort, dit Marc à voix basse en montrant la porte de la petite chambre.

— Je sais, dit Louis en chuchotant machinalement à son tour. Il ne vous est rien resté, hier soir ?

— Resté quoi ? demanda Marc, surpris.

— Du gratin ?

— Ah, le gratin. Si, il en reste une grosse part au frigo. Je te la fais chauffer ?

— S'il te plaît, dit Louis avec un soupir de satisfaction.

— Tu veux du café avec ? J'en fais.

— S'il te plaît, répéta Louis.

Il regarda autour de lui. C'est vrai que cette grande pièce, avec ses trois fenêtres hautes en plein cintre, avait quelque chose d'un peu monacal. Plus encore aujourd'hui, avec la pénombre maintenue par les volets tirés et le chuchotis de leurs voix.

— Ça chauffe, dit Marc. T'as vu le journal ?

— Oui, j'ai vu.

— La pauvre Marthe doit s'inquiéter drôlement pour sa poupée. Je vais aller la chercher juste après mes ménages. On ramènera l'accordéon aussi.

— Pas question qu'il joue ici, Marc.

— Je sais. C'est juste pour le moral.

— Réveille-le. On n'a pas de temps à perdre.

Marc entra doucement dans la chambre mais Clément ne dormait pas. Allongé sur le lit, les bras écartés, il regardait la fenêtre fermée.

— Viens, lui dit Marc. On va encore parler.

Clément s'installa face à Louis, les jambes rentrées sous sa chaise, les pieds entortillés autour des barreaux. Marc servit le café et passa le gratin à Louis.

— Cette fois, Clément, commença Louis, il va falloir que tu nous aides. Avec ça, ajouta-t-il en montrant son front. T'as vu ta tête dans les journaux ? Tout

Paris est après toi. Tout Paris, sauf six personnes : une qui t'aime et cinq qui essaient de te croire. Tu me suis ?

Clément hocha la tête.

— Si tu ne me suis pas, Clément, fais-moi un signe. N'hésite pas, il n'y a pas de honte, comme dirait Marthe. La Terre est bourrée de types terriblement intelligents qui sont des vrais salauds. Si tu ne comprends pas, lève la main. Comme ça.

Clément hocha à nouveau la tête et Louis en profita pour avaler du gratin.

— Écoute, continua Louis la bouche pleine. Il y a, petit a, un type qui t'a commandé un travail. Mais, petit b, c'était une grosse machinerie.

— Machination, dit Clément.

— Machination, répéta Louis en pensant que Clément apprenait plus vite que prévu. Et petit c, tu risques d'être condamné à la place de ce type. Ce type, c'est le type du téléphone à Nevers et c'est le type du téléphone à l'hôtel. Réfléchis. Est-ce que tu connaissais sa voix ?

Clément appuya sur son nez en baissant la tête. Louis mangeait.

— Non. Pas par-devers moi.

— C'était la voix d'un inconnu ?

— Je ne sais pas. Je ne l'ai pas reconnu moi-même mais quant à être inconnu, ce dont je ne sais pas.

— Bon. Laisse tomber. Petit c…

— Tu as déjà dit le petit c, souffla Marc. Tu vas l'embrouiller.

— Merde, dit Louis. Petit d, il est possible que ce type te connaisse et t'en veuille à mort.

Clément hésita, puis leva la main.

— Petit d, recommença Louis patiemment, il est possible que ce type fasse exprès de t'emmerder, parce qu'il te déteste.

— Oui, dit Clément, je comprends.

— Donc, petit e : qui te déteste ?

— Personne, répondit aussitôt Clément, le doigt sur le nez. J'y ai pensé aussi toute la nuit quant à moi.

— Ah ? Tu y as pensé ?

— J'ai pensé à la voix du téléphone et à savoir qui me faisait du mal.

— Et tu dis que personne ne t'en veut ?

Clément leva la main.

— Que personne ne te déteste ?

— Personne. Ou alors… sinon… il y aurait bien mon père.

Louis se leva et alla rincer son assiette à l'évier.

— Ton père ? Ce n'est pas idiot ce que tu dis. Il est où ton père ?

— Il est mort depuis des années.

— Bon, dit Louis en revenant s'asseoir. Et ta mère ?

— Elle est en Espagne à l'étranger.

— C'est ton père qui te l'a dit ?

— Oui. Elle nous a quittés quand j'étais pas encore né. Mais elle m'aime, le contraire de mon père. Elle est en Espagne. La voix du téléphone, c'est un homme.

— Oui, je sais, Clément.

Louis jeta un regard un peu découragé à Marc.

— On va discuter autrement, proposa Louis. Dis-moi où tu as vécu, après avoir quitté Marthe.

— Mon père m'a mis à Nevers, dans une école.

— Aucun ennui dans cette école ?

— Ben non, aucun ennui. J'y allais pas.

— Tu te souviens de son nom, à cette école ? demanda Louis en sortant un stylo.

— Oui, l'école de Nevers.

— D'accord, dit Louis en rangeant son stylo. C'est là que tu as appris la musique ?

— C'est après. J'ai eu mes seize ans personnels dont j'ai quitté l'école.

— Tu as été où ?

— Je suis allé faire jardinier dans l'Institut Merlin au long de cinq années.

— À Nevers ?

— Tout près de Nevers.

— L'Institut Merlin, tu dis ? C'est un institut de quoi ?

Clément leva les bras en signe d'ignorance.

— C'est pour des leçons, dit-il. C'est un institut de leçons pour des élèves, des grands élèves, adultes. Et autour, il y a un parc, quant auquel j'étais le deuxième jardinier.

— Et là, pas d'ennuis non plus ?

— Ben non, pas d'ennuis.

— Réfléchis bien. Les autres étaient comment avec toi ? Agréables ?

— Agréables.

— Jamais de bagarre ?

Clément secoua la tête longuement.

— Non, dit-il. Je déteste la bagarre personnelle. J'étais bien là-bas, très bien. Monsieur Henri m'a appris l'accordéon.

— Qui c'était ?

— Le professeur de...

Clément hésita, se pressa le nez.

— Économie, dit-il. Et j'allais aussi aux leçons quand c'était la pluie.

— Quelles leçons ?

— Les leçons de toutes. Il y en avait sans arrêter. J'entrais par la porte de derrière.

Clément regarda Louis attentivement.

— Je ne comprenais pas tous les mots, dit-il.

— Et là, aucun ennemi, rien ?

— Ben non, rien du tout.

— Et ensuite, après l'Institut Merlin ?

— Ce n'était plus pareil... J'ai demandé à tous les jardins de Nevers, mais ils avaient déjà leur jardinier. Alors j'ai fait de l'accordéon. C'est ce que je fais depuis mes années de vingt et un ans.

— Dans les rues ?

— Partout où les gens donnent. On me connaît personnellement à Nevers, je joue dans des cafés où on me loue des samedis. J'ai de l'argent pour ma chambre et pour tout quant à ce qu'un homme doit avoir pour vivre.

— Des bagarres ?

— Pas de bagarres. Je n'aime pas les bagarres, j'en ai jamais moi-même. Je vis tranquillement et l'accordéon aussi. C'est bien. Je préférais jardinier à Merlin.

— Mais pourquoi t'es parti, alors ?

— Ben à cause du viol de cette fille dans le parc.

Louis sursauta.

— Le viol d'une fille ? T'as violé une fille ?

— Ben non.

— Il y a eu une bagarre ?

— Ben non, même pas de bagarre. J'ai pris le tuyau d'eau froide et j'ai arrosé les gars comme on fait dont aux chiens qu'on veut les séparer. Ça les a séparés très bien. L'eau était gelée.

— Sur qui tu as fait ça ?

— Ben sur les gars dégueulasses qui violaient la femme et les autres qui la tenaient. J'ai fait ça avec le tuyau, le tuyau de jardinier. L'eau était gelée.

— Et… dis-moi… ils étaient contents, les gars ?

— Ben non ! L'eau était gelée, et ils avaient les cuisses nues, et les fesses aussi. Ça fait drôlement froid quand même, quant à la température sur la peau. Et puis ça les avait séparés de la femme. Il y en a un qui voulait me tuer. Deux même.

Il se fit un lourd silence que Louis laissa traîner en se passant longuement la main dans les cheveux. Un rai de soleil passait entre les volets et arrivait sur la table en bois. Louis le suivit avec le doigt. Marc le regarda. Ses lèvres étaient serrées, ses traits un peu tirés, mais le vert des yeux était net, clair. Marc savait, comme Louis, qu'on venait de toucher à la côte. Ce n'était peut-être que vase et brisants, mais au moins, c'était la côte. Même Clément semblait se rendre compte de quelque chose. Il les regarda tour à tour, et puis soudain, il bâilla.

— Tu n'es pas fatigué, au moins ? demanda Louis avec inquiétude, en sortant à nouveau son stylo et du papier.

— Ça va aller, répondit Clément avec gravité, comme s'il avait une marche forcée de vingt kilomètres à faire avant la nuit.

— Tiens bien le coup personnellement, dit Louis sur le même ton.

— Oui, dit Clément en redressant le dos.

17

Clément parla pendant plus d'une heure avec, parfois, une relative aisance. Cette histoire, il l'avait déjà racontée plusieurs fois aux flics à l'époque, et des blocs entiers de phrases déjà utilisées lui restaient en mémoire, ce qui lui facilitait la tâche. Parfois, le dialogue s'interrompait, comme une voiture qui cahote sur la route, soit que Louis ne comprît plus Clément, soit que Clément levât la main pour signaler à Louis qu'il avait lâché les pédales. La conversation se déroulait donc souvent à rebours, l'un ou l'autre reprenant avec une égale patience les points qui avaient sauté. La reconstitution de l'histoire fut laborieuse, mais Louis finit par en avoir une idée assez nette, malgré des blancs que Clément n'arrivait pas à remplir. Il manquait à Louis des choses aussi simples que des dates, des lieux, des noms.

Louis regardait ses notes.

Impossible ainsi de savoir s'il s'agissait du mois d'avril ou de juin, mais c'était de toute façon un mois tiède, juste avant que Clément ne fût licencié de l'Institut. C'était il y a donc neuf ans, au printemps. Clément, qui dormait fenêtre ouverte dans une chambre au-dessus du garage, avait entendu crier, assez loin dans le parc. Il avait couru vers les cris qui devenaient presque inaudibles et découvert trois hommes qui s'acharnaient sur une femme. Deux la maintenaient, et le troisième était couché dessus. La nuit était assez claire mais les trois types avaient la tête encagoulée. La femme, il l'avait reconnue, elle enseignait à l'Institut. Clément ne savait plus son nom. Il avait aussitôt pensé à l'eau et couru vers le point d'arrosage qui servait à cette partie du parc. Le temps qu'il dévide le tuyau et qu'il revienne en courant, il lui sembla que le type couché sur la femme n'était plus le même. Il avait ouvert le jet sur sa force maximale et « tiré » sur les types. L'eau était gelée, Clément l'avait bien précisé quinze fois. Et il avait aussi expliqué à Louis avec satisfaction que c'était un jet d'eau puissant conçu pour les pelouses du parc, extrêmement dru, qui faisait très mal quand on le recevait sur le corps à courte distance. L'effet sur les hommes à moitié nus avait été spectaculaire. Ils s'étaient détachés de la femme, qui avait aussitôt rampé dans un coin et s'y était roulée en boule, ils hurlaient et insultaient, essayant de remonter en hâte leurs pantalons trempés. Clément précisa à Louis que ce n'est pas commode du tout de remettre un pantalon serré et ruisselant. Clément arrosait avec rage. L'un des types s'était approché en furie pour lui casser la gueule, pour le tuer, il criait, mais Clément avait projeté directement le jet dans sa cagoule et le gars avait hurlé. Clément en avait profité pour tirer cette cagoule et le gars, tenant son froc à mi-cuisses, s'était enfui à la suite des deux autres sans cesser de se retourner et de l'insulter. Après, il avait fermé le jet d'eau et il avait été voir la femme qui gémissait par terre, « toute sale », avait dit Clément. Elle avait reçu des coups, elle saignait du front, et elle tremblait. Il avait ôté son tee-shirt et l'avait posé sur elle, pour la couvrir, et ensuite, il n'avait plus su quoi faire. C'est à ce moment-là seulement qu'il avait paniqué, ne sachant plus comment s'y prendre. Pour les trois salauds, pour le tuyau, pour l'eau, c'était facile. Mais avec la femme, il était désemparé. À cet instant, le directeur de l'Institut – Clément connaissait son nom, Merlin, c'était facile, comme l'Institut – était arrivé en courant. Sur le coup, en voyant Clément seul auprès de la femme brutalisée, il avait cru que Clément l'avait violée, ce que les flics pensèrent aussi un bon moment, vu que Clément était le seul témoin. En pataugeant dans l'herbe ramollie comme une éponge, le directeur avait soulevé la jeune femme, et demandé à Clément de l'aider à la transporter jusqu'à son pavillon. Sans bruit, ce n'était pas la peine que tous les étudiants accourent en meute. De là, ils avaient appelé les flics, et une ambulance pour la jeune femme qu'on avait emmenée à l'hôpital. Les flics avaient aussi emmené Clément, deux heures au moins avant de le relâcher. Il n'avait pas le droit de quitter la ville.

Mais – et à cet instant Clément avait montré des signes d'agitation – la femme était morte dans la nuit. Et au matin, un des étudiants de l'Institut était retrouvé noyé dans la Loire. On avait fait venir Clément. C'était bien le type dont il avait arraché la cagoule. À l'époque, il savait très bien son nom, c'était un grand mec qui trouvait toujours un moyen de le harceler. Hervé quelque chose. Aujourd'hui, le nom de famille lui échappait. Pousselet, Rousselet, quelque chose comme ça. Les flics avaient conclu que le type, ce Hervé, se sachant reconnu, avait assassiné sa victime à l'hôpital, décidé à bazarder Clément à la suite. Mais il n'avait pas tenu le coup et il s'était jeté dans la Loire.

Ensuite, Merlin, le directeur, avait fait comprendre à Clément qu'il valait mieux pour l'Institut qu'on oublie tout ce drame et qu'il devait aller chercher du travail ailleurs. Il lui avait fait une longue lettre pour dire qu'il était très bon jardinier.

— J'en ai eu gros quand je suis parti, dit Clément. Et le directeur aussi en avait gros. On s'entendait bien.

— Et les deux autres violeurs ? Tu avais une idée de leur identité ?

Clément leva la main.

— Tu savais qui c'était ?

— Je ne pouvais pas les reconnaître, à cause des cagoules. Le plus petit, celui qui s'est échappé le premier, parce qu'il avait encore le pantalon mis...

Clément secoua la tête lentement.

— Je n'ai aucune idée personnelle, dit-il sur le ton du regret. Il était vieux, un vieux d'au moins cinquante ans.

— Ce qui lui ferait soixante aujourd'hui, dit Louis qui notait toujours. Qu'est-ce qui te faisait penser qu'il était vieux ?

— Sa chemisette. Il avait une chemisette de vieux, avec un maillot de corps en dessous.

— Comment tu as pu voir son maillot de corps en pleine nuit ?

— Ben avec l'eau, dit Clément en regardant Louis comme s'il avait affaire à un abruti. Ça rend tout transparent, l'eau.

— Oui. Excuse-moi. Et l'autre ?

— L'autre avait le pantalon en bas, dit Clément avec un sale sourire. Je le détestais. Et sous sa cagoule, pendant que je lui arrosais le ventre moi-même, il criait : « Tu paies rien pour attendre ! Tu paies rien pour attendre ! » Je n'ai pas compris.

— « Tu ne perds rien pour attendre », proposa Louis.

— Je vois pas la différence.

— Ça veut dire qu'il t'en voulait.

Clément leva la main.

— Ça veut dire qu'il te détestait, reprit Louis.

— Moi aussi, je le détestais, dit brutalement Clément.

— Tu l'avais reconnu ? Même avec la cagoule ?

— Oh oui, dit rageusement Clément. Il avait son vieux polo pas propre, beige, et c'était sa voix, sa voix dégueulasse.

Et en ce moment le petit visage déplaisant de Clément, penché vers Louis, semblait se tordre de dégoût.

Le jeune homme était encore plus désagréable à regarder. Louis se recula légèrement. Clément lui mit une main sur l'épaule.

— L'autre homme, continua-t-il en s'accrochant à Louis, c'était « le Sécateur » !

Clément se leva soudain, et plaqua ses deux mains sur la table.

— Le Sécateur ! cria-t-il. Et personne ne m'a cru moi-même ! Ils disaient qu'il n'y avait pas de pieuvres !

— Pas de preuves, dit Louis.

— Et ils lui ont rien fait, rien ! Après toutes les écorces qu'il avait foutues en l'air et la femme après !

Louis s'était levé à son tour et tentait de ramener Clément au calme. Sa peau était devenue rouge par plaques. Finalement, Louis le rassit de force, ce qui ne fut pas très difficile, et le maintint au dossier de sa chaise.

— Qui est ce type ? demanda Louis d'une voix ferme.

Ce ton coupant et les deux mains appuyées sur ses épaules eurent l'air d'apaiser Clément. Il remua les mâchoires dans le vide.

— Le jardinier en chef, dit-il enfin, le monstre des arbres. Avec Maurice et moi-même, on l'appelait « le Sécateur ».

— Qui c'est, Maurice ?

— Ben, c'est l'autre jeune qui s'occupait des serres.

— Un copain ?

— Ben oui.

— Qu'est-ce qu'il faisait, le Sécateur ?

— Il faisait ça, dit Clément en s'échappant des mains de Louis et en se remettant debout. (Puis il imita avec sa main droite le geste du sécateur, en fermant et étendant les doigts plusieurs fois, et en accompagnant son mime de bruits de bouche secs et répétés.) Tchik. Tchik.

— Il coupait les plantes au sécateur, dit Louis.

— Oui, dit Clément, en tournant autour de la table, il était tout le temps avec cette grosse pince qui tranche. Tchik. Tchik. Il aimait que ça dans sa vie. Tchik. Tchik. Quand il avait rien à couper quant aux plantes, il coupait dans le vide, il coupait de l'air. Tchik.

Clément s'immobilisa, la main tendue, et regarda Louis en plissant ses yeux inexpressifs.

— Avec Maurice et moi-même, on trouvait des troncs d'arbres tout tailladés avec un sécateur. Ils souffraient, les arbres. Tchik. Tchik. Tchik. Il en abîmait plein. Même il tuait des jeunes pommiers en leur déchirant l'écorce.

— T'es certain de ce que tu dis ? demanda Louis en arrêtant Clément d'une main dans sa ronde.

— C'était des coups de sécateur. Tchik. Et lui, il l'avait toujours dans sa main personnelle. Mais j'avais pas de pieuvres, ni pour les arbres, ni pour la femme. Mais la voix dont il m'a crié dessus, je suis sûr que c'était la sienne.

Louis réfléchit quelques instants en se mettant à tourner lui aussi autour de la table.

— Tu l'as revu depuis ?

— Pas personnellement.

— Tu le reconnaîtrais ?

— Ben oui bien sûr.

— Tu dis que tu l'as reconnu à la voix. Et la voix du téléphone, à Nevers, à Paris ? Ça pourrait être la sienne ?

Clément arrêta sa ronde et s'appuya sur l'aile du nez.

— Alors ? Tu as de l'oreille, et tu connais sa voix. C'était lui, au téléphone ?

— Le téléphone change tout, dit Clément, bouddeur. La voix n'est plus dans l'air, elle est dans le plastique. On peut pas dire quant à qui c'est.

— Ça pourrait être lui ?

— Je peux pas dire. Je pensais pas à lui quand la voix du téléphone parlait. Je pensais au patron du restaurant.

— Et ça fait neuf ans que tu ne l'avais plus enten-due… Tu sais son nom, au… « Sécateur » ?

— Ben non. Je ne sais plus.

Louis soupira, un peu excédé. À part celui du direc-teur et d'un des violeurs, Clément n'avait gravé aucun nom dans sa mémoire. Mais il fallait être juste : il avait été capable de retracer une histoire entière et cohérente, qui datait pourtant de plusieurs années. Il n'y aurait pas beaucoup de boulot à faire pour la reconstituer en entier, si Clément avait raconté la vérité, ce qu'il croyait.

Il plia soigneusement ses notes et les glissa dans sa poche. Il tenta d'imaginer ce qu'une brute pouvait res-sentir pendant un viol à se faire rincer par un puis-sant jet d'eau glacée. De la douleur, de l'humiliation, de la rage. Virilité brisée par noyade, le type n'a aucune raison de vouloir du bien à l'autre. Dans un esprit tant soit peu primaire, la haine et la vengeance peuvent couver longtemps. Ça faisait des années que Louis n'avait pas croisé sur sa route un mobile aussi inepte et aussi manifeste en même temps.

Il tourna la tête et sourit à Clément.

— Tu peux aller dormir maintenant, si tu veux.

— Je ne suis pas fatigué, dit Clément, contre toute attente.

Louis s'avisa au moment de partir qu'il n'y avait personne pour garder Clément dans la baraque. Et tant qu'on n'était sûr de rien, on ne pouvait pas prendre le moindre risque de le laisser filer. Il songea à monter rapidement jusqu'aux combles pour voir si Vandoosler le Vieux était là, mais il n'osait pas lais-ser Clément seul pour trois minutes. Son regard croisa le manche à balai que Lucien avait appuyé au mur après avoir appelé Marc. Il hésita. Se servir de ce truc lui semblait vaguement contagieux, comme s'il risquait d'y laisser une partie de son intégrité mentale. Mais dans cette baraque, on n'avait guère le choix.

Louis saisit le manche à balai et cogna quatre fois au plafond. Puis il prêta une oreille attentive et perçut le claquement d'une porte. Le vieux flic descendait. Il n'y avait pas à dire, le système fonctionnait parfaitement.

Louis arrêta Vandoosler le Vieux sur le palier.

— Je peux te confier la surveillance de Clément jusqu'au retour des autres ?

— Évidemment. Tu tiens quelque chose ?

— Ça se pourrait. Dis à Marc que je file demain à Nevers. Je l'appellerai ce soir. On peut toujours vous joindre en téléphonant au café du coin ?

— Oui, jusqu'à vingt-trois heures.

Louis vérifia qu'il avait bien le numéro sur lui et serra la main du vieux flic.

— À bientôt. Surveillez-le bien.

18

Louis s'était levé inhabituellement tôt, sept heures, et il était dix heures et demie quand sa voiture approcha les abords de Nevers. La lumière était belle et le temps tiède, et c'est avec une certaine allégresse qu'il avait dépassé le panneau d'entrée dans le département de la Nièvre. Il y a des années, il avait fait bon nombre de missions dans la région, et il venait de revoir la Loire avec un réel plaisir, qui l'étonna. Il avait oublié cette clarté confuse dans laquelle s'enroulent les îles du fleuve, et les paquets d'oiseaux qui volent à sa surface, mais il avait tout reconnu en un clin d'œil. La Loire était basse et découvrait ses bancs de sable. Même dans cette humilité de l'été, il savait le fleuve dangereux. Tous les ans, des nageurs se perdaient dans ses tourbillons, en croyant le maîtriser en quelques dizaines de brasses.

Roulant lentement, comme à son habitude, et laissant le fleuve à sa droite, Louis pensait au violeur qui s'y était noyé le lendemain de son crime. C'était tout à fait possible de se tuer dans la Loire, même en faible débit. Mais c'était tout autant possible d'y noyer quelqu'un. Clément, si tant est qu'il en était capable, n'avait pas remis en doute la version officielle de la mort de la jeune femme et de son bourreau. Mais ce n'était peut-être pas la seule manière de présenter les choses. Louis avait raconté hier soir à Marc toute l'atroce histoire de ce viol collectif, et Marc avait semblé impressionné par ce personnage du « Sécateur ». À dire vrai, Louis l'était aussi.

Dans Nevers, il tâtonna avant de retrouver le chemin du commissariat. Il abandonna sa voiture près du centre, fit une pause au café, boire, pisser, et passa une cravate qu'il ajusta face à la vitrine du bar avant d'aller trouver les flics. Ce dont Kehlweiler était fier, après plus de vingt-cinq années de furetages en tous genres, c'était d'avoir un flic de connaissance dans chaque ville, comme un marin se vante d'avoir une fille dans chaque port. En réalité, la règle connaissait des entorses, surtout depuis sa retraite anticipée. Il ne pouvait plus se mettre au courant des déplacements, des départs et des mutations, et la fiabilité du système était tangente. Mais vaille que vaille, pour le moment, ça tenait. Il sortit un carton de sa poche sur lequel il avait transcrit la veille la liste des flics de Nevers. Il ne connaissait pas le commissaire, mais il avait travaillé sur une délicate affaire de recel avec l'inspecteur Jacques Pouchet, devenu capitaine. Louis retourna le carton. À l'époque, il n'avait pas été très prolixe dans ses commentaires, il avait juste noté : *Jacques Pouchet, inspecteur, Nevers : droite molle – bons résultats flic – m'aime bien, me craint, ne m'a pas mis de bâtons dans les roues – me doit une bière à cause d'un pari sur la couleur des poules nivernaises.* Un pari en instance, ça pouvait être utile, ça fait le type qui se rappelle, ça fait camarade, c'est très efficace.

Louis rempocha son carton en se demandant ce qu'il avait bien pu inventer à l'époque sur les poules nivernaises vu qu'il n'y connaissait rien. Il traversa la rue en direction du commissariat.

Pouchet était dans les locaux. Louis déclina son identité, griffonna un mot amical qu'il remit à la secrétaire, et attendit. Pouchet le reçut trois minutes plus tard.

— Salut l'Allemand, ça fait un bout, lui dit-il en le faisant entrer. Qu'est-ce que tu viens faire dans le coin ? Pas nous emmerder au moins ? ajouta-t-il, à moitié à l'aise.

— Ne te fais pas de soucis, dit Louis, qui tirait toujours satisfaction à voir sa réputation tenir le coup. Je ne suis plus de là-haut. Je suis sur une vieille affaire qui n'a rien de politique.

— Eh bien tant mieux, dit Pouchet en lui offrant une cigarette. On peut te croire ?

— Tu peux. C'est pour ce viol collectif qui avait eu lieu à l'Institut Merlin, il y a neuf ans de ça, dans le…

— Ce n'est que ça ? coupa Pouchet.

— Je trouve que c'est déjà pas mal.

— Je me souviens très bien. Bouge pas, je reviens.

Louis attendit en fumant le retour de son collègue. Soulagé que Kehlweiler ne remue rien de plus inquiétant, Pouchet allait ouvrir le dossier sans autre manière.

— Tu veux toute l'histoire ? demanda Pouchet en revenant, un carton sous le bras.

— Est-ce qu'on peut aller en parler au café ? répondit Louis. Tu me dois une bière. On avait parié sur le plumage des poules nivernaises et tu avais perdu.

Pouchet jeta à Louis un regard trouble, puis il éclata de rire.

— Mais t'as raison, l'Allemand ! T'as raison ! cria-t-il.

Ce fut un inspecteur très camarade que Louis emmena au café du bout de la rue. Cette histoire de plumage avait rendu Pouchet jovial, mais Louis se demandait si, au fond, il s'en souvenait si bien que ça, de cette affaire de volaille, parce que Pouchet n'avait ajouté aucun détail de couleur, pas plus que lui.

Louis passa d'abord aux toilettes du bistrot, vérifia que personne n'arrivait et sortit vivement le crapaud de sa poche. Il le mouilla au lavabo et le remit prestement à sa place. Avec cette chaleur, on n'était jamais assez prudent.

— Alors ? demanda Louis en venant s'asseoir.

— C'était un viol collectif, comme tu as dit. Ça s'est passé dans le parc de l'Institut Merlin…

— C'est un institut de quoi, au juste ?

— C'était une sorte de boîte privée, l'« Institut d'Études Économiques et Commerciales Merlin ». On y donnait deux ans de formation après le bac, avec un diplôme de comptabilité commerciale au bout. Payant, bien sûr, très payant. Bonne réputation, vieille maison, ça marchait bien.

— « Marchait » ?

— Tu penses bien qu'après ce viol dans le parc et ces deux morts, ça a tourné au désastre. L'Institut n'a pas pu ouvrir ses portes à la rentrée suivante, faute d'avoir assez d'inscrits. La faillite, tout bonnement. Il doit y avoir six ans maintenant que Merlin s'est décidé à vendre sa propriété à la ville. C'est une maison pour les vieux, à présent. Très payant aussi.

— Merde. Tout le monde est donc dispersé. Les enseignants… le personnel… Il n'y a plus moyen de retrouver ces gens-là…

— Si tu espérais les voir tous ensemble aujourd'hui, c'est foutu.

— Je vois, dit Louis assez contrarié. Raconte-moi l'histoire. J'en ai une version, et j'ai besoin de savoir si elle est juste.

— Eh bien, c'est cette jeune professeur d'anglais, Nicole Verdot. Elle habitait l'Institut pendant la semaine, comme d'autres profs, le personnel et tous les élèves. C'était le système du pensionnat, plus efficace pour les résultats, il paraît. Qu'est-ce que tu en penses ?

— Rien, dit Louis, qui ne voulait pas compromettre cette bonne entente provisoire.

— En attendant, les gosses ne traînent pas partout après les cours. Ça les tient mieux.

— Si se tenir mieux, c'est violer une femme après les cours, je ne vois pas l'avantage.

— T'as pas tort, je n'y avais pas pensé. En tout cas, qu'est-ce qu'elle faisait dehors la petite prof, à presque minuit, on n'a pas pu le savoir. Une promenade, ou un rendez-vous… Il faisait doux, c'était en mai, le 9 du mois. Et là…

Pouchet leva les mains et les laissa retomber lourdement sur la table en Formica.

— Là, trois types lui sont tombés dessus, comme des chiens enragés. Le jardinier du parc est arrivé par là-dessus, mais un peu tard, malheureusement. C'est curieux, ce type avait trouvé un truc pas idiot, il avait branché la lance d'arrosage. Il les a fait détaler comme ça, au jet d'eau.

— Pourquoi dis-tu « c'est curieux » ?

— Oh… Parce que le jardinier, on a dû l'interroger longtemps vu que c'était le seul témoin… Eh bien, il n'était pas aidé d'ici, si tu vois ce que je veux dire, dit Pouchet en montrant son crâne. Une vraie tête d'abruti. Bon Dieu, il nous a donné du mal à l'interrogatoire, ce mec. Mais son histoire se tenait, au bout du compte : on a bien relevé les traces de pas de trois hommes, dans l'herbe détrempée, en plus des traces du jardinier. Et on a ramassé la cagoule par terre, la fameuse cagoule qu'il a arrachée.

— Il avait reconnu les types ?

— Un seul, Hervé Rousselet, un redoublant de première année, vingt ans, un gosse de riches et une vraie brute. Les quatre cents coups dans Nevers depuis l'adolescence. Le jardinier avait soi-disant « reconnu » un autre des types, son chef-jardinier. Là, en revanche, je crois qu'il nous bassinait pour faire plonger son chef, qu'il avait l'air de détester. « Le Sécateur », il l'appelait. On l'a passé au gril et ça n'a rien donné. La jeune femme avait aussi reconnu un de ses agresseurs. Elle répétait « Je l'ai vu, je l'ai vu… », une vraie litanie. Mais le nom ne lui revenait pas, trop choquée la pauvre. À l'hôpital, ils l'ont fait dormir. Et puis…

Pouchet laissa à nouveau tomber ses mains sur la table, désolé.

— … Le mec l'a tuée, pendant la nuit. Pour ne pas qu'elle parle, tu penses bien.

— Elle n'était pas gardée?

— Si, mon vieux, qu'est-ce que tu crois? L'assassin est entré par la fenêtre, au premier étage, mais le planton était dans le couloir. Une vraie gaffe. Tu ne vas pas ressortir ça, au moins?

— Non. Comment l'a-t-il tuée?

— Il l'a étouffée avec l'oreiller. Et puis étranglée, pour faire bonne mesure.

— Tiens, dit Louis.

— Mais ce Rousselet, ça ne lui a pas profité long-temps. Il s'est noyé dans la Loire aussi sec. On l'a retrouvé le lendemain matin. Et l'affaire s'est bouclée toute seule, tu vois. C'était triste, vraiment triste. Les deux autres types, on ne les a jamais pincés.

Pouchet observa Louis.

— T'es sur leur piste, par hasard?

— Peut-être.

— Ça me ferait plaisir, si tu y arrives. Tu as besoin d'autre chose?

— Parle-moi du jeune jardinier.

— Qu'est-ce que je pourrais t'en dire? Il s'appelle Clément Vauquer, et je te l'ai dit, il n'en avait pas bien gros dans la cervelle. Un pauvre gamin, si tu veux mon opinion, mais un peu bizarre quand même. Brave, remarque, parce qu'il s'est démené pour aider cette femme, tout seul contre trois mecs qui en voulaient. J'en connais des tas qui se seraient débinés. Lui, non. Tu vois, brave, quand même. Et tout ce que ça lui a rapporté, c'est de se retrouver à la rue.

— Tu sais ce qu'il est devenu?

— Je crois qu'il fait des soirées-chansons dans des cafés de la région. À *L'Œil de lynx*, par exemple, tu pourrais te renseigner.

Louis nota que les flics de Nevers n'avaient pas encore fait le rapprochement entre leur accordéoniste et le portrait-robot publié la veille. Ça n'allait pas durer. Tôt ou tard, quelqu'un de Nevers allait l'identifier. Une question d'heures, aurait dit Loisel.

— Et le « Sécateur » ? Il est resté dans le coin ?

— Lui, je ne l'ai jamais revu. Mais je n'ai pas fait gaffe. Son vrai nom, ça t'intéresse ?

Louis hocha la tête et Pouchet parcourut son dossier.

— Thévenin, Jean Thévenin. Il avait quarante-sept ans au moment des faits. Tu devrais aller demander à Merlin, l'ancien directeur. Il l'avait peut-être gardé à son service pour l'entretien du parc, jusqu'à la vente.

— Tu sais où je peux le joindre ?

— Je crois qu'il a quitté la région. Je pourrais peut-être te dire ça au bureau. La secrétaire connaissait un des enseignants.

Pouchet régla les deux bières, avec un clin d'œil, à cause du pari.

La secrétaire assura à Louis que Paul Merlin avait en effet quitté la Nièvre. Après la faillite, il était resté quelque temps à Nevers et puis il avait trouvé un emploi à Paris.

Pouchet emmena Louis déjeuner avec deux de ses collègues. Louis repassa aux toilettes pour humecter Bufo. Il se faisait du souci pour le chemin du retour, avec cette chaleur dans la voiture. Mais Marc n'aurait jamais accepté de garder le crapaud, évidemment. Marc gardait la poupée de Marthe, ce n'était déjà pas mal. Louis se faisait aussi beaucoup de souci pour ce type. Il se demandait pour combien de temps encore ils réussiraient à le soustraire à la traque de tout un pays. Et combien de temps il mettrait pour savoir si c'était un fou dangereux ou un brave mec, comme aurait dit Pouchet. En tous les cas, l'histoire du viol du parc était vraie, Clément n'avait rien inventé. Il y avait donc au moins deux hommes qui le détestaient, deux violeurs. L'un s'appelait Jean Thévenin, alias le « Sécateur ». Louis repensa aux blessures infligées aux deux femmes de Paris, et il frissonna. Il détestait cette image du sécateur.

Quant à l'autre, au troisième homme, on ne savait rien de lui.

Louis s'apprêta à quitter les flics de Nevers assez tard dans l'après-midi. Le plus délicat restait à faire. Il posa la main sur l'épaule de Pouchet et le capitaine lui jeta un regard étonné.

— Suppose, dit Louis d'une voix un peu basse, que tu entendes parler de ce jardinier d'ici peu.

— De l'arroseur ? Je vais en entendre parler ?

— Suppose que oui, Pouchet, et pour une très sale affaire.

Pouchet, interloqué, voulut parler, mais Louis l'arrêta d'un geste.

— Suppose que les flics de Paris et moi, on ne voie pas les choses sous le même angle et surtout, suppose que ce soit moi qui aie raison. Et que j'aie besoin d'un peu de temps, de quelques jours. Suppose alors que ce serait toi qui me les donnerais, ces jours, en oubliant que tu m'as vu. Ce ne serait pas une faute, une simple omission sans conséquence.

Pouchet fixait Louis, indécis, tendu.

— Et suppose, dit le capitaine, que je veuille savoir pourquoi je ferais ça ?

— Ce serait légitime. Suppose que le jeune Vauquer, celui qui ne s'est pas débiné, mérite une chance, et suppose que tu me fasses confiance ? Suppose que je ne te veuille pas de mal ?

Pouchet se passa un doigt sur les lèvres, le regard flottant, puis il tendit la main à Louis, sans le regarder.

— Suppose que je le fais, dit-il.

Les deux hommes se dirigèrent en silence vers la sortie. À la porte, Louis lui tendit à nouveau la main.

— Ce qui serait bien, dit Pouchet de manière inattendue, ce serait de refaire un pari. Comme ça, on pourrait recommencer le coup de la bière.

— Tu as une idée ? demanda Louis.

Les deux hommes se concentrèrent un court moment.

— Tiens, dit Pouchet en montrant l'affiche du concours agricole affichée sur la vitre du restaurant. Une question qui me tracasse : le mulet, c'est le petit de l'ânesse et du cheval ou bien de la jument et de l'âne ?

— Ça fait une différence ?

— Il paraîtrait que oui. Je n'en sais pas plus, parole d'homme. Alors, qu'est-ce que tu paries, l'Allemand ?

— L'ânesse et le cheval.

— La jument et l'âne. Le premier qui a des preuves appelle l'autre.

Les deux hommes se firent un dernier signe et Louis regagna sa voiture.

Installé au volant, il sortit le carton de sa poche et ajouta au nom de Jacques Pouchet, capitaine à Nevers : *Un homme bien, mieux que bien – Jugé un peu hâtivement la première fois – Livré dossier sur viol collectif Nicole Verdot – Me couvre – Deuxième pari en cours sur filiation du mulet (j'ai parié ânesse/cheval) – Le gagnant paie une bière.*

Puis il sortit un chiffon à vitres de la boîte à gants, l'humidifia largement avec l'eau du caniveau, posa Bufo sur le siège avant et le recouvrit du tissu mouillé. Comme ça, l'amphibien lui foutrait la paix.

— Tu vois, Bufo, dit-il à son crapaud en mettant le contact, il y a deux types dans la nature qui n'ont rien de pacifique. Ce n'est pas eux qui penseraient à te mettre un chiffon sur la tête.

Louis braqua lentement et dégagea la voiture.

— Et moi, mon vieux, ajouta-t-il, j'ai l'intention de les retrouver, ces deux types.

19

Louis dormit tard et se réveilla en sueur. La chaleur avait monté d'un cran. Pendant que son café passait, il téléphona au bistrot de la rue Chasle, qui s'appelait, curieusement, *L'Âne rouge*. Cela rappela à Louis le pari qu'il avait engagé la veille avec Jacques Pouchet, et il se demanda comment percer cet épais mystère de la fabrication du mulet, dont, par ailleurs, il se moquait complètement. Mais ce pari n'était pas comme les autres, il était à double fond. Sous le pari, le pacte, et le silence de Pouchet était primordial. Que Loisel apprenne que Louis était averti de l'identité de l'homme du portrait-robot, et Clément Vauquer était carbonisé sur l'heure.

La patronne de *L'Âne rouge* lui demanda de patienter pendant qu'elle allait chercher Vandoosler le Vieux. L'ex-flic passait des heures à jouer aux cartes dans l'arrière-salle du café, avec quelques types du quartier et, depuis quelques mois, avec une femme pour laquelle il avait, semble-t-il, une faiblesse. À tout hasard et sans y croire, Louis ouvrit son dictionnaire à la notice *mulet* et découvrit avec stupeur qu'il s'agissait de *l'hybride mâle d'un âne et d'une jument*. Pour les ignares, il était précisé entre parenthèses que l'hybride de cheval et d'ânesse se nommait un *bardot*. De surprise, Louis déposa machinalement le téléphone sur la table. Ça lui faisait un drôle d'effet de découvrir qu'il ignorait un fait qui semblait être une évidence pour la terre entière. Sauf pour Pouchet, qui était donc aussi con que lui, ce qui ne le consola pas. Si on en était là, il allait peut-être découvrir d'autres gouffres, par exemple le sens réel du mot *chaise*, ou du mot *bouteille*, sur lequel il se trompait peut-être depuis cinquante ans sans s'en douter. Louis chercha le carton sur lequel il avait noté son pari. Il ne se souvenait plus de la combinaison qu'il avait choisie.

Ânesse/cheval, donc bardot. Merde. Il se versa une grande tasse de café et entendit brusquement une voix grésiller dans le téléphone.

— Excuse-moi, dit-il à Vandoosler le Vieux, j'avais un problème de reproduction… Réponds-moi par monosyllabes… Comment s'est passée la nuit ? Vauquer ?… Bien… bien… Et Marthe l'a vu ? Elle était contente aussi ? D'accord, je te remercie… Rien de plus dans les journaux ? Bien… Dis à Marc que toute l'histoire du viol est authentique… Oui… Pas maintenant… Je me mets en quête du directeur…

Louis raccrocha, rangea le dictionnaire, et appela le commissariat de Nevers. Pouchet n'était pas là et sa secrétaire prit l'appel. Dites-lui bien, demanda Louis, qu'on suppose toujours que j'ai raison, sauf pour le mulet, et que je lui dois une bière. La secrétaire fit répéter deux fois, prit note et raccrocha sans commentaires. Louis se doucha, installa Bufo dans la salle de bains, à cause de la chaleur, et descendit à la Poste. Il trouva l'adresse de Paul Merlin sans difficulté. On était samedi, il aurait peut-être la chance de le trouver chez lui. Louis leva les yeux vers la grande pendule. Midi dix. Il allait déranger Merlin en plein déjeuner de famille, c'était ridicule. Sa veste un peu fatiguée ne convenait pas non plus : Merlin habitait le 7e arrondissement, rue de l'Université. Il était clair que la vente de sa propriété neversoise avait dû lui rapporter quelques millions et que l'homme ne vivait pas dans un galetas. Mieux valait sans doute s'habiller en fonction, dans le cas où le directeur serait à cheval sur les convenances vestimentaires, ce qui n'est pas rare chez les éducateurs.

Louis attendit donc deux heures trente pour se présenter rue de l'Université, devant un petit hôtel particulier de deux étages, avec sa courette du XVIIIe siècle. En chemise blanche, léger costume gris et cravate bronze, il s'examina une fois de plus dans la glace de la banque voisine. Il avait les cheveux un peu longs, et il les lissa sur les tempes et derrière les oreilles. Les oreilles étaient trop grandes, mais à cela, nul n'y pouvait rien.

Il sonna et eut Merlin lui-même à l'interphone. Il dut parlementer dans l'engin un certain temps, mais Louis était un homme persuasif et Merlin finit par accepter de le recevoir.

Il repliait des dossiers avec une certaine mauvaise humeur quand Louis entra.

— Je suis confus de vous déranger, dit Louis très aimablement, mais je ne pouvais pas me permettre d'attendre. Mon affaire est assez urgente.

— Et vous dites qu'il s'agit de mon ancien institut ? demanda l'homme en se levant pour venir serrer la main de son visiteur.

Louis constata, médusé, que Paul Merlin ressemblait étonnamment à son crapaud Bufo, ce qui lui rendit l'homme aussitôt sympathique. Mais à la différence de Bufo, Merlin portait des habits – conventionnels et soignés – et il ne se contentait pas d'un panier à crayons pour vivre. Le bureau était vaste et luxueusement aménagé, et Louis ne regretta pas son effort vestimentaire. En revanche, comme Bufo, l'homme était inélégamment bâti, voûté, et sa tête penchait vers l'avant. Comme Bufo, il avait la peau mate et grisâtre, les lèvres molles, les joues gonflées, les paupières pesantes, et surtout cette expression harassée typique des amphibiens, comme détachée des futilités de ce monde.

— Oui, enchaîna Louis. Le drame de la nuit du 9 mai, le viol de la jeune femme…

Merlin leva une patte pesante.

— Ce désastre, vous voulez dire… Vous savez qu'il a ruiné l'Institut ? Une maison qui existait depuis 1864…

— Je le sais. Le capitaine de police de Nevers me l'a appris.

— Avec qui travaillez-vous ? demanda Merlin en le regardant d'un œil lourd.

— Le Ministère, répondit Louis en lui tendant une de ses anciennes cartes de visite.

— Je vous écoute, dit Merlin.

Louis chercha ses mots. De la petite cour montait le bruit obsédant d'une ponceuse ou d'une scie sauteuse, et cela semblait également indisposer Merlin.

— À part le jeune Rousselet, deux autres hommes participaient au viol. Je les cherche. Et tout d'abord Jean Thévenin, l'ancien jardinier.

Merlin leva sa grosse tête.

— Le « Sécateur » ? dit-il. Malheureusement, on n'a jamais pu prouver qu'il était là…

— Malheureusement ?

— Je n'aimais pas cet homme.

— Clément Vauquer, l'aide-jardinier, était persuadé que le Sécateur était l'un des violeurs.

— Vauquer… dit Merlin dans un soupir. Mais Vauquer, qui vouliez-vous qui l'écoute ? Il était, comment dire… pas simplet… non, mais… limité. Très limité. Mais dites-moi… c'est Vauquer lui-même qui vous a raconté tout cela ? Vous l'avez vu ?

La voix grave de Merlin s'était mise à traîner, méfiante. Louis se tendit.

— Jamais vu, dit Louis. Tout cela est consigné aux archives de la police de Nevers.

— Et… qu'est-ce qui vous attire, dans cette malheureuse histoire ? C'est bien ancien, tout cela.

La même voix méfiante et la même tension. Louis décida d'avancer un pion plus rapidement que prévu.

— Je cherche le tueur aux ciseaux.

— Ah, fit simplement Merlin en ouvrant sa bouche molle.

Puis il se leva sans ajouter un mot, marcha jusqu'à ses rayonnages bien rangés et revint vers Louis avec une chemise toilée, dont il défit la sangle tranquillement. Il en sortit le portrait-robot de Vauquer et le posa devant Louis.

— Je croyais que c'était lui, le tueur, dit-il.

Il y eut un silence pendant lequel les deux hommes s'observèrent. Il n'est jamais sûr que l'oiseau de proie gagne face à l'amphibien. Le crapaud sait à merveille rentrer son gros arrière-train dans sa planque et laisser le milan étonné et bredouille.

— Vous l'avez reconnu ? Vauquer ? interrogea Louis.

— Évidemment, dit Merlin en secouant ses épaules. J'ai passé cinq années avec lui.

— Et vous n'avez pas prévenu les flics ?

— Non.

— Pourquoi ?

— Il y en a toujours assez qui vont se précipiter pour le faire. Je préfère que ce soit quelqu'un d'autre qui le dénonce.

— Pourquoi ? répéta Louis.

Merlin bougea ses lèvres molles.

— J'aimais bien ce gosse, dit-il sur le ton de l'aveu renfrogné.

— Il n'a pas l'air très sympathique, dit Louis en regardant le portrait.

— Non, confirma Merlin, il a même un vilain petit visage d'idiot... Mais les visages... Qu'est-ce que ça veut dire ? Et les idiots... Qu'est-ce que ça veut dire ? Moi, j'aimais bien le gosse. À présent qu'on sait tous les deux de quoi on parle, où en est l'enquête avec lui ? La police est sûre de sa culpabilité ?

— Oui, certaine. Son dossier est écrasant, il n'a pas une chance de se tirer de là. Mais ils ne savent pas encore son nom.

— Vous, vous le savez, dit Merlin en pointant son long doigt. Pourquoi ne leur dites-vous rien non plus ?

— Quelqu'un va le faire, dit Louis en faisant la moue. C'est une question d'heures. C'est peut-être déjà fait, au moment où l'on parle.

— Vous ne le croyez pas coupable ? demanda Merlin. Vous avez l'air de douter.

— Je doute sans cesse, c'est un réflexe. Je trouve son cas trop net, trop accablant, précisément. Surveiller les femmes pendant des jours au su et au vu de tout le monde, abandonner ses empreintes sur place, tout cela paraît très excessif... Et comme on sait, l'excès est insignifiant.

— On voit que vous n'avez pas connu Vauquer... Il est simple, très simple. Qu'est-ce qui vous gêne ?

— Le viol à l'Institut. Il ne s'en est pas pris à cette femme. Au contraire, il l'a défendue.

— Oui, je le crois toujours.

— Et à présent, il les massacre ? Ça ne marche pas bien.

— À moins que cette scène violente, et puis son licenciement, aient fait éclater sa tête fragile... Est-ce qu'on sait ? ajouta Merlin à voix basse en regardant le portrait. J'aimais bien ce gosse, et il a défendu la femme, comme vous dites. Quand il pleuvait, il se réfugiait dans les salles de cours et il écoutait les leçons de français, d'économie... Au bout de cinq années de ce régime, il parlait un sacré patois...

Merlin sourit.

— Souvent, il venait dans mon bureau pour tailler le lierre qui encadrait les fenêtres et s'occuper des plantes vertes... Quand la comptabilité de l'Institut me laissait un peu de temps, je lui proposais une partie de quelque chose. Oh... ça n'allait pas bien loin... Les dés, les dominos, pile ou face... Ça l'amusait... Monsieur Henri aussi, le professeur d'économie, s'occupait de lui. Il lui apprenait l'accordéon, à l'oreille. Et vous n'auriez pas cru cela, il était doué, vraiment doué. Enfin… on essayait de le protéger un peu.

Merlin agita la feuille de journal.

— Et puis ensuite… tout casse…

— Je n'y crois pas, répéta Louis. Je pense que quelqu'un utilise Vauquer et s'en venge en même temps.

— Un des violeurs ?

— Un des violeurs. Vous pourriez peut-être m'aider.

— Vous y croyez vraiment ? Y a-t-il une seule chance que vous ayez raison ?

— Plusieurs chances.

Après quoi, Merlin se renversa dans son fauteuil à dossier flexible et garda le silence. Le bruit de la ponceuse continuait inlassablement à vriller les oreilles. Merlin jouait avec deux petites pièces de monnaie qu'il se coinçait entre les doigts d'une main, se décoinçait et se recoinçait. Il bougeait les lèvres, ses paupières tombaient sur ses yeux mornes. Il réfléchissait, et ça durait. Louis pensait qu'il faisait même plus que cela, ce sympathique amphibien. Il semblait tâcher de maîtriser une émotion avant de reprendre la parole. Il s'écoula ainsi presque trois minutes. Louis s'était contenté de déplier ses longues jambes sous le bureau, et il attendait. Soudainement, Merlin se leva et alla ouvrir la fenêtre d'un geste brutal.

— Arrête ton engin ! cria-t-il, penché par-dessus la petite rambarde. Arrête, je te le demande ! J'ai quelqu'un !

Puis il ferma la fenêtre et resta debout.

On entendit le sifflement de l'engin décroître, puis cesser.

— Mon beau-père, expliqua Merlin dans un soupir exaspéré. Sans arrêt avec ses machines infernales, même le dimanche. À l'Institut, je l'avais remisé au fond du parc avec sa menuiserie, j'avais la paix. Mais ici, depuis cinq ans, c'est l'enfer…

Louis hocha la tête en signe de compréhension.

— Mais qu'est-ce que vous voulez y faire ? reprit Merlin comme pour lui tout seul. C'est mon beau-père tout de même… Je ne peux pas le mettre dehors à soixante-dix ans.

Un peu accablé, Merlin revint à son fauteuil et reprit sa méditation pour quelques instants.

— Je donnerais n'importe quoi, dit-il enfin d'un ton dur, pour que ces deux types soient en tôle.

Louis attendit.

— Voyez-vous, continua l'ancien directeur en faisant un visible effort pour contrôler sa voix, ces trois violeurs ont démoli ma vie. Alors que le jeune Vauquer a failli me la sauver. J'aimais cette femme, Nicole Verdot, j'espérais l'épouser. Oui, j'avais bon espoir, j'attendais les vacances d'été pour en parler. Et puis, ce drame… Une jeune femme et trois ordures. Rousselet s'est tué et je ne vais pas le pleurer. Les deux autres, je donnerais n'importe quoi pour les faire coffrer.

Merlin se redressa et posa ses bras courts sur la table, tête penchée en avant.

— Le « Sécateur » d'abord… dit Louis. Vous savez où il est ?

— Hélas non. Je l'ai licencié lui aussi aussitôt après le drame. Il y avait quand même de sérieux soupçons contre lui, même s'il n'y avait aucune preuve. Autant Vauquer avait un côté émouvant, si on veut, autant Thévenin – le « Sécateur » comme l'appelaient les jardiniers – était répugnant. Toujours crasseux, avec son regard en biais braqué sur les jeunes étudiantes. Remarquez, pour cela, d'autres n'étaient pas plus reluisants sous leurs meilleurs costumes. À commencer par mon beau-père, par exemple, dit Merlin en envoyant un coup de menton agressif en direction de la fenêtre. Sans cesse à scruter les jeunes filles, à tenter des gestes, à essayer d'en voir plus… Pas bien méchant, mais pesant, et très gênant. C'est un problème, avec les pensionnats. Soixante-quinze jeunes filles d'un côté, quatre-vingts jeunes gens de l'autre, eh bien croyez-moi, ce n'est pas facile à tenir droit. Enfin, ce Thévenin, je l'avais engagé sans enthousiasme pour faire plaisir à une amie de la famille... Il connaissait son métier, il faisait venir des légumes splendides. D'après Vauquer, c'est lui qui griffait les arbres, avec son sécateur... Je n'en suis pas persuadé.

— Vous ne l'avez jamais revu à Nevers par la suite ?

— Non, je suis désolé. Mais je peux vous aider tout de même, je peux tâcher de me renseigner. Je connais tellement de Neversois que je devrais aboutir à quelque chose.

— Volontiers, dit Louis.

— Quant à l'autre homme, je ne vois pas comment procéder... D'autant qu'il pouvait venir de l'extérieur. Une connaissance du « Sécateur » ou de Rousselet, que sais-je... Il n'y a que le Sécateur lui-même qui pourrait nous le dire...

— C'est pourquoi j'aimerais mettre la main dessus, dit Louis en se levant.

Merlin se leva à son tour et l'accompagna à la porte. Dans la cour, le bruit de la ponceuse reprit brusquement. Merlin eut une expression résignée, tout comme Bufo dans les grosses chaleurs, et serra la main de Louis.

— Je cherche, dit-il. Je vous tiens au courant. Gardez mon histoire pour vous.

Louis traversa la cour pavée, assez lentement pour apercevoir, par la fenêtre d'un atelier, l'homme qui maniait cette terrible machine. Il avait les cheveux blancs, le torse nu et velu, le teint frais et l'expression allègre. Il posa l'engin pour saluer Louis d'un grand geste. Louis distingua sur les établis des quantités de statuettes en bois et un indescriptible désordre. En refermant sur lui la porte de l'hôtel particulier, il eut le temps d'entendre la fenêtre du premier étage s'ouvrir et la voix de Merlin crier :

— Arrête, nom de Dieu !

20

En fin de journée, Louis passa voir Marthe, la rassura sur l'état de sa poupée, et lui renouvela ses conseils de prudence.

Il rendit visite à Clément Vauquer vers dix heures du soir, et lui raconta le détail de sa visite à l'ancien directeur.

— Il t'aimait bien, dit-il à Clément, qui curieusement, ne manifestait ce soir aucune intention d'aller se coucher et paraissait plutôt agité.

— Moi-même pareil, dit Clément en s'appuyant sur l'aile du nez de manière un peu convulsive.

— Qui le surveille, ce soir ? demanda Louis à Marc en baissant la voix.

— Lucien.

— Bon. Dis-lui de prendre garde. Je le trouve tourmenté.

— Ne t'en fais pas. Comment comptes-tu retrouver le « Sécateur » ?

Louis eut une grimace embarrassée.

— Pas facile, grommela-t-il. Faire un à un tous les Thévenin de la France, ça nous emmène trop loin. J'ai regardé ce matin, il y en a un drôle de paquet. On n'a pas assez de temps devant nous. Ça urge, tu comprends, ça urge. Soustraire Clément aux flics, soustraire les femmes au tueur… On ne peut pas s'amuser à traîner. Je crois qu'on aurait intérêt à passer directement par les flics. Il a peut-être un casier. Nathan pourrait me donner l'indication.

— Et s'il n'a pas de casier?

— Alors j'ai bon espoir par Merlin, qui va tâcher de reprendre la piste à Nevers. Il en veut, Merlin. Il va s'y mettre.

— Et si Merlin ne le trouve pas?

— Il n'y aura plus qu'à prendre l'annuaire.

— Et si ce Thévenin n'a pas le téléphone? Je n'y suis pas, dans l'annuaire. Et pourtant, j'existe.

— Ah merde, Marc! Laisse-nous au moins une chance! Il est forcément quelque part, ce « Sécateur », et on le trouvera!

Louis passa ses mains dans ses cheveux, un peu découragé.

— Il est au cimetière du Montparnasse, dit soudain la voix musicale de Clément.

Louis tourna lentement la tête vers Clément, qui s'occupait à plier et déplier un fragment de papier argenté.

— De quoi tu parles, toi? interrogea Louis, la voix peu aimable.

— Du « Sécateur », dit Clément en retrouvant le mauvais sourire qu'il avait quand il parlait de ce type. Il est personnellement au cimetière du Montparnasse, quant à l'endroit où il est.

Louis attrapa vivement Clément par le bras. Son regard vert s'était posé sur lui, dur comme un quartz. Clément soutenait ce regard sans difficulté apparente, et, à la connaissance de Marc, il était le premier qui en fût capable. Même lui, qui connaissait bien Louis à présent, détournait la tête quand l'Allemand tirait son nez en avant et pétrifiait ses yeux.

— Tu l'as tué? dit Louis, serrant le bras maigre du jeune homme.

— Tué qui?

— Le « Sécateur »…

— Ben non, dit Clément.

— Laisse-moi faire, dit Marc en poussant Louis.

Marc prit une chaise et s'interposa entre l'abruti et Louis. Ça faisait tout de même la quatrième fois en trois jours que Louis perdait son calme et que Marc le retrouvait, ce qui était réellement étrange. Ce Vauquer inversait tout autour de lui.

— Dis-moi, dit doucement Marc, le « Sécateur » est mort ?

— Ben non.

— Eh bien dis-moi, qu'est-ce qu'il fait au cimetière ?

— Ben, il s'occupe du parc !

Louis attrapa à nouveau le bras de Clément, mais plus calmement.

— Clément, tu es sûr de ce que tu dis ? Le « Sécateur » entretient le cimetière du Montparnasse ?

Clément leva la main.

— Il jardine au cimetière ? reprit Louis.

— Ben oui. Qu'est-ce que tu veux qu'il fasse d'autre ? Il est jardinier !

— Mais depuis quand tu sais ça ?

— Depuis toujours. Depuis qu'il est parti de notre parc de Nevers, presque en même temps que moi-même. Il a jardiné au cimetière de Nevers et puis il est parti à Montparnasse. Les jardiniers de Nevers m'ont dit que, des fois, il rentre pas chez lui, il dort entre les tombes.

Le jeune homme se tordit à nouveau les lèvres, de haine ou de dégoût, c'était difficile à dire.

— Les jardiniers de Nevers savent tout, conclut Clément.

Dans cette phrase péremptoire, Louis reconnut pour la première fois les inflexions de Marthe et cela le toucha légèrement. Marthe avait laissé son empreinte sur le gosse.

— Pourquoi ne me l'as-tu pas dit ? interrogea Louis, un peu abasourdi.

— Tu me l'avais demandé ?

— Non, reconnut Louis.

— Ah bon, dit Clément, soulagé.

Louis alla jusqu'à l'évier, but longuement de l'eau au robinet, évita de s'essuyer les lèvres sur sa veste, car il avait encore son costume chic, et passa ses mains mouillées dans sa chevelure noire.

— On y va, dit-il.

— Au cimetière ? demanda Marc.

— Oui. Dis à Lucien de descendre. Il va prendre la relève.

Marc frappa trois coups au plafond pour faire venir le contemporanéiste. Clément, qui avait pigé le système, depuis trois jours qu'il était là, le regardait faire en souriant.

— Je faisais pareil avec les pommes, dit-il amusé. Pour les faire tomber.

— Ça va tomber, confirma Marc. Tu vas voir.

Une minute plus tard, Lucien dégringolait les escaliers et entrait dans le réfectoire, livre en main.

— C'est mon quart ? demanda-t-il.

— Oui. Veille sur lui, il était un peu agité tout à l'heure.

Lucien fit un petit salut militaire, et repoussa d'un coup de tête la mèche qui lui barrait le regard.

— Ne t'en fais pas, dit-il. Tu vas loin ?

— Au cimetière, répondit Marc en enfilant une petite veste de toile noire.

— Ah, charmant. Si tu croises Clemenceau, transmets-lui mon bonjour. Bonne route, soldat.

Et Lucien, sans plus s'occuper de personne, s'installa sur le banc, sourit à Clément et ouvrit son livre : *1914-1918 : La Culture héroïque.*

21

Louis avait accepté de prendre un bus pour rallier le cimetière du Montparnasse. Les deux hommes marchaient maintenant rapidement dans la nuit.

— Il est tout de même bizarre, non ? dit Louis.

— Il ne pouvait pas savoir que tu cherchais le Sécateur, dit Marc. Il faut le comprendre.

— Non, je parle de ton collègue, Lucien. Il est bizarre. Je trouve.

Marc se raidit. Il s'accordait à lui-même le droit illimité de dénigrer Lucien et Mathias, et d'insulter violemment l'un ou l'autre, mais il ne tolérait pas qu'un autre en touchât un seul cheveu, fût-ce Louis.

— Il n'est pas bizarre du tout, répondit-il d'une voix cassante.

— Peut-être. Je ne sais pas comment tu le supportes toute l'année.

— Très bien, mentit Marc avec raideur.

— Ça va, ne t'emporte pas. Ce n'est quand même pas ton frère.

— Qu'est-ce que t'en sais ?

— Très bien, Marc, oublie ce que j'ai dit. Je me demande seulement si on peut lui faire confiance. Ça m'inquiète de lui confier Clément, il ne donne pas l'impression de bien saisir la situation.

— Écoute, dit Marc en s'arrêtant, fixant dans la nuit la haute silhouette de l'Allemand. Lucien saisit très bien la situation et ce type est plus intelligent que toi et moi réunis. Alors, tu n'as vraiment pas à t'en faire.

— Si tu le dis.

Marc, calmé, examina le long mur qui longeait le cimetière du Montparnasse.

— Par où on passe ? demanda Louis.

— Par-dessus.

— Tu es un grimpeur. Mais moi, je suis un boiteux. Par où on passe ?

Marc inspecta les environs.

— Là, les grandes poubelles. Tu passeras avec ça.

— Très bonne idée, remarqua Louis.

— Justement, les poubelles, ça a toujours été une idée de Lucien.

Les deux hommes attendirent qu'un groupe de passants s'éloigne et tirèrent une haute poubelle dans la rue Froidevaux.

— Comment on fera pour savoir s'il est là ? demanda Marc. Il est grand, ce cimetière. Il est en deux morceaux, en plus.

— S'il est là, il aura de la lumière, je suppose. C'est cela qu'on cherche.

— Pourquoi on n'attend pas demain ?

— Parce que tout urge, parce que c'est aussi bien si on peut le coincer de nuit, et seul. La nuit, les gens sont plus fragiles.

— Pas tous.

— Arrête de bavarder, Marc.

— Entendu. Je t'aide à monter sur la poubelle. Puis, je monte sur le mur, et de là, je te tire vers moi.

— Très bien, allons-y.

Marc eut tout de même du mal à le hisser. Kehlweiler pesait quatre-vingt-six kilos et atteignait le mètre quatre-vingt-dix. Marc trouvait ça excessif, et un peu insultant.

— T'as pris une lampe ? murmura Louis, légèrement essoufflé, une fois qu'ils furent tous les deux dans le cimetière.

Il était ennuyé pour son costume. Il avait peur qu'il ne soit foutu.

— Ce n'est pas utile pour le moment. On voit tout, il n'y a pas un arbre.

— Oui, c'est le cimetière juif. Avance lentement, vers les arbres.

Marc progressait sans faire de bruit. La présence de Louis sur ses talons le rassurait. Ce n'était pas tant le lieu qui l'impressionnait – encore que, il ne faisait pas le fier – que l'idée de cet homme, de ce « Sécateur », traînant quelque part dans l'ombre, avec son outil. Clément avait une manière d'en parler qui collait le frisson. Il sentit le bras de Louis le retenir à l'épaule.

— Là, souffla Louis, à gauche.

Une trentaine de mètres plus loin, une petite lumière vacillait près d'un arbre, laissant voir une silhouette assise à son pied.

— Vas-y par la droite, et moi par là, ordonna Louis.

Marc le quitta et contourna les arbres. Les deux hommes se retrouvèrent une demi-minute plus tard de part et d'autre du « Sécateur ». Celui-ci ne les vit qu'à la dernière seconde et sursauta violemment, laissant tomber à ses pieds la gamelle métallique dans laquelle il était en train de manger. Il la ramassa d'une main peu assurée, regardant tour à tour les deux hommes qui l'encadraient, et il essaya de se lever.

— Reste assis, Thévenin, dit Louis en appuyant sa large main sur son épaule.

— Qu'est-ce que vous me voulez, merde ? dit l'homme d'une voix traînante, avec un fort accent de la Nièvre.

— T'es bien Thévenin, hein ? dit Louis.

— Et après ?

— Tu dors sur ton lieu de travail ?

— Et après ? Ça fait de mal à personne.

Louis alluma la lampe et balaya le visage de l'homme avec le faisceau.

— Qu'est-ce qui vous prend, bon Dieu ? gueula Thévenin.

— Je veux voir à quoi tu ressembles.

Il examina l'homme avec attention, puis eut une moue.

— On va causer, dit-il.

— Rien à faire. Je vous connais pas.

— C'est pas grave. On vient de la part de quelqu'un.

— Ouais ?

— Ouais. Et si tu ne parles pas aujourd'hui, tu parleras demain. Ou plus tard. Ce n'est pas grave, la personne n'est pas pressée.

— Qui c'est, la personne ? demanda Thévenin de sa voix traînarde et méfiante.

— C'est la femme que t'as violée à Nevers, avec deux petits camarades. Nicole Verdot.

Thévenin voulut se lever une fois de plus et Louis le fit retomber au sol d'une poussée de la main.

— Tiens-toi tranquille, lui dit-il de sa voix calme.

— Je n'ai rien à y voir.

— Si.

— Je n'y étais pas.

— Si.

— Merde ! hurla Thévenin. Vous êtes dingues ou quoi ? Vous êtes de sa famille ? Je vous dis que je l'ai pas touchée, cette fille !

— Si. Tu avais ton polo beige.

— Tout le monde a des polos beiges ! cria l'homme.

— Et la même voix nasillarde qu'aujourd'hui.

— Qui vous a dit toutes ces conneries ? demanda Thévenin en reprenant soudain de l'aplomb. Qui ? C'est le gosse, hein ? Mais bien sûr c'est le gosse ! C'est lui ? C'est l'idiot du village ?

Thévenin éclata de rire et attrapa sa bouteille de vin, posée contre le tronc d'arbre. Il en but une longue rasade.

— C'est lui, hein ? dit-il en agitant sa bouteille sous le nez de Louis. Le débile ? Vous savez ce qu'il vaut, au moins, votre indic ?

Thévenin ricana, tira à lui une vieille sacoche de toile et y fouilla frénétiquement.

— Voilà ! dit-il en secouant sous les yeux de Louis puis de Marc un journal plié à la page du portrait-robot. Un tueur ! Voilà ce que c'est, votre indic !

— Je suis au courant, dit Louis. Je peux voir ton sac ? ajouta-t-il en s'emparant de la sacoche.

— Merde ! cria à nouveau Thévenin.

— Tu nous fatigues avec tes « merde ». Marc, donne-moi de la lumière.

Louis retourna la sacoche et en vida le contenu sur le gravier : des cigarettes, un peigne, une chemise sale, deux boîtes de conserve, un saucisson, un couteau, trois revues pornographiques, deux trousseaux de clefs, un quart de baguette, un tire-bouchon, une casquette de toile. Le tout puait un peu.

— Et ton sécateur ? dit Louis. Tu ne l'as pas ?

Thévenin haussa les épaules.

— J'en ai plus, dit-il.

— Tu te sépares de tes fétiches ? Pourquoi on t'appelait le « Sécateur » ?

— C'est l'idiot qui m'appelait comme ça. C'était un débile. Il aurait pas fait la différence entre un dahlia et une citrouille.

Louis replaça consciencieusement les affaires sales dans la sacoche de toile. Il n'aimait pas saccager les affaires des autres, quels qu'ils fussent. Thévenin but un nouveau coup à la bouteille. Avant de ranger les revues pornographiques, Louis les feuilleta rapidement.

— Ça t'intéresse ? ricana Thévenin.

— Non. Je regarde si tu ne les as pas abîmées, transpercées.

— Qu'est-ce que tu crois ?

— Lève-toi. Tu as une cabane à outils, ici ? Emmène-nous.

— En quel honneur ?

— En l'honneur que tu n'as pas le choix. En l'honneur de la femme de Nevers.

— Merde ! J'y ai pas touché !

— Avance. Et toi, Marc, tiens-le.

— Ma bouteille ! cria Thévenin.

— Tu la retrouveras, ta bouteille. Avance.

Thévenin les conduisit d'un pas chancelant à l'autre bout du cimetière.

— Je ne sais pas ce qui te plaît ici, dit Louis.

— C'est calme, dit Thévenin.

— Ouvre, dit Louis quand ils furent arrivés devant une petite guérite en bois.

Thévenin, tenu par Marc, s'exécuta, et Louis éclaira le petit espace où s'entassait un matériel de jardinage assez sommaire. Il fouilla scrupuleusement la cabane pendant une dizaine de minutes, surveillant de temps à autre le visage de Thévenin, qui ricanait par saccades.

— Accompagne-nous à la grille et fais-nous sortir, dit-il en refermant la cabane.

— Si ça me plaît.

— C'est ça. Si ça te plaît. Allez, avance.

Arrivés à la grille, Louis se retourna vers Thévenin et l'attrapa doucement par le devant de sa chemise.

— Maintenant, le Sécateur, ricane plus et ouvre bien tes oreilles : je repasserai te voir, compte sur moi. Ne cherche pas à bouger d'ici, ce serait une erreur grave. Ne t'avise pas de toucher à une seule femme, t'entends bien ? Un seul écart, une victime, et tâche de me croire, tu rejoindras tes copains du cimetière. Je ne te laisserai aucune chance, où que tu ailles. Penses-y bien fort.

Louis prit Marc par le bras, et ferma le portail derrière lui.

Quand ils eurent rejoint le boulevard Raspail, presque étonnés de revoir la ville, Marc demanda :

— Pourquoi t'as pas poussé ton avantage ?

— Quel avantage ? Pas de sécateur dans son sac, pas de sécateur dans la cabane. Pas de ciseaux non plus, ni aucun poinçon ou autre. Et les revues sont intactes.

— Et chez lui ? Pourquoi tu n'as pas demandé qu'il nous conduise chez lui ?

— De quel droit, Marc ? Ce type-là est bourré, mais ce n'est pas un crétin. Il serait capable d'aller trouver les flics et de porter plainte. Du « Sécateur » à Clément, il n'y a qu'un pas, et de nous à Clément, un seul autre. Si le Sécateur portait plainte et racontait son histoire, les flics viendraient cueillir Vauquer chez toi le lendemain. Tu vois, on n'a pas beaucoup de marge.

— Et comment le Sécateur pourrait-il dire que c'est toi ? Il ne sait même pas ton nom.

— Il ne pourrait pas, en effet. Mais Loisel sait que l'affaire m'intéresse, il ferait le rapprochement, lui. Et il trouverait que je vais un peu trop loin sans le prévenir. On n'est pas entourés que de cons, Marc, c'est ça le problème.

— Je comprends, dit Marc. On est coincés.

— En partie. Il y a des passages, mais il faut se glisser finement. J'espère au moins l'avoir inquiété pour quelque temps. Et je ne vais pas le lâcher.

— Ne rêve pas. Aucune menace n'est efficace sur un tueur de ce genre.

— Je ne sais pas, Marc. Il n'y a plus de bus, on cherche un taxi, j'en ai plein le dos.

Marc arrêta une voiture à Vavin.

— Tu viens boire une bière à la baraque ? demanda-t-il à Louis. Ça te remettrait.

Louis hésita, et choisit la bière.

22

La lumière du réfectoire était encore allumée à la baraque de la rue Chasle. Louis regarda sa montre, il était une heure du matin.

— Il travaille tard, Lucien, dit-il en poussant la vieille grille.

— Oui, dit Marc avec une certaine gravité, c'est un bosseur.

— Comment vous vous arrangez pour garder Clément pendant la nuit ?

— On fait glisser le banc devant la porte et on dort là, en barrage, avec deux coussins. Ce n'est pas très confortable. Mais Clément ne peut pas passer sans qu'on le sente. Mathias, lui, dort sous le banc, et sans coussin. Mais Mathias est spécial.

Louis n'osa rien ajouter. Il avait déjà fait assez de dégâts comme ça tout à l'heure à propos de Lucien.

Lucien était toujours à sa place à la grande table. Il ne bossait pas. La tête posée sur ses bras, il dormait profondément sur *1914-1918 : La Culture héroïque*. Marc, sans faire de bruit, alla ouvrir la porte de la petite chambre de Clément. Il regarda dans la pièce puis il se retourna d'un bloc vers Louis.

— Quoi ? dit Louis, brusquement inquiet.

Marc secoua lentement la tête, les lèvres ouvertes, incapable de dire un mot. Louis se précipita vers la pièce.

— Parti, dit Marc.

Les deux hommes échangèrent un regard, atterrés. Marc avait les larmes aux yeux. Il se jeta sur Lucien, qu'il secoua de toutes ses forces.

— La poupée de Marthe! cria-t-il. Qu'est-ce que t'as fait de la poupée de Marthe, imbécile?

Lucien émergea de son sommeil, le front chiffonné.

— De quoi? demanda-t-il d'une voix rauque.

— Clément! cria Marc en le secouant toujours. Où il est, Clément, nom de Dieu?

— Ah, Clément? Rien de grave, il est parti.

Lucien se mit debout et s'étira. Marc le regarda, effaré.

— Parti? Mais parti où?

— Faire un petit tour du quartier. Il n'en pouvait plus, ce gars, d'être enfermé, c'est normal.

— Mais comment ça se fait qu'il est parti faire un tour? cria Marc en se jetant à nouveau sur Lucien.

Lucien considéra Marc avec calme.

— Marc, mon ami, dit-il posément en reniflant, il est parti parce que je lui en ai donné l'autorisation.

Lucien consulta sa montre d'un geste rapide.

— Quartier libre pour deux heures. Il ne tardera pas à rentrer. Dans quarante-cinq minutes exactement. Je vous sors une bière.

Lucien alla fouiller dans le frigo et rapporta trois bières. Louis avait pris place sur le banc, massif, inquiétant.

— Lucien, dit-il d'une voix blanche, tu l'as fait exprès?

— Oui, dit Lucien.

— Tu l'as fait exprès pour m'emmerder?

Lucien croisa le regard de Louis.

— Peut-être, dit-il. Je l'ai surtout fait exprès pour qu'il s'aère. Ça ne craint rien. Sa barbe pousse dru, il a les cheveux courts et bruns, il a ses lunettes, il a les fringues de Marc. Ça ne craint rien.

— Pour qu'il s'aère, hein?

— Parfaitement pour qu'il s'aère, dit Lucien sans cesser de fixer par intermittence le regard vert de Louis. Pour qu'il marche. Pour qu'il soit libre. Ça fait trois jours que vous tenez ce type entre quatre murs, volets fermés, en le traitant comme une pauvre andouille qui ne se rendrait même pas compte de ce qui se passe, en le traitant comme s'il ne sentait rien. On le lève, on le nourrit, «mange, Clément», on le questionne, «réponds, Clément», et quand on en a marre, on le fout au lit, «va dormir, Clément», «barre-toi, fous-nous la paix, va dormir»… Alors, moi, qu'est-ce que j'ai fait? Qu'est-ce que j'ai fait? dit-il en se penchant vers Louis par-dessus la table.

— Une énorme connerie, dit Louis.

— Moi, dit Lucien comme sans entendre, je lui ai rendu ses petites ailes, à Clément, sa petite dignité.

— Et j'espère que tu te rends compte où elles vont le mener, ses petites ailes?

— En tôle! cria Marc en revenant vers Lucien. Tu l'as jeté droit en tôle!

— Mais non, dit Lucien. Personne ne le reconnaîtra. Il a l'air d'un branché du square des Innocents, à présent.

— Et si on le reconnaît, crétin?

— Il n'y a pas de vraie liberté sans risque, dit Lucien d'un air négligent. Toi, l'historien, tu devrais savoir ça.

— Et s'il la perd, sa liberté, imbécile?

Lucien regarda Marc et Louis tour à tour et posa une bière devant chacun.

— Il ne la perdra pas, dit-il en détachant ses mots. Si les flics le prennent, il faudra bien qu'ils le relâchent. Parce que ce n'est pas lui qui a tué.

— Ah oui? dit Marc. Et ils le savent, ça, les flics? C'est nouveau?

— C'est nouveau, oui, dit Lucien en ouvrant sa bière d'un geste sec. Mais les flics ne le savent pas encore. Il n'y a que moi qui le sais.

— Mais je veux bien partager, ajouta-t-il après un petit silence.

Et il sourit.

Louis ouvrit sa bière et avala quelques gorgées sans quitter Lucien des yeux.

— Je te souhaite que l'histoire soit bonne, dit-il d'un ton menaçant.

— Ce n'est pas la question, avec l'histoire. Ce qui compte, c'est qu'elle soit vraie. N'est-ce pas, Marc ? Et elle est vraie.

Lucien abandonna la table et vint s'asseoir avec sa bière sur le petit tabouret à trois pieds, devant la cheminée. Il ne regardait plus Louis.

— Le premier meurtre, dit-il, a eu lieu square d'Aquitaine, dans le 19e arrondissement. Le deuxième a eu lieu rue de la Tour-des-Dames, à l'autre bout de Paris, dans le 9e. Le troisième meurtre, si on ne peut pas l'empêcher, aura lieu rue de l'Étoile, dans le 17e.

Le regard de Louis cilla. Il ne comprenait pas.

— Ou bien, continua Lucien, rue Berger. Mais je penche plutôt pour la rue de l'Étoile. C'est une toute petite rue. Si les flics voulaient faire du bon boulot, ils iraient sonner chez toutes les jeunes femmes seules qui habitent cette rue, pour les mettre en garde, pour qu'elles n'ouvrent à personne. Mais, ajouta-t-il en regardant les visages incrédules de Louis et de Marc, je crains que les flics ne veuillent pas me suivre.

— Tu es complètement dingue, dit Louis entre ses dents.

— « D'Aquitaine »… ? « La Tour »… ? Rien ne vous frappe ? demanda Lucien en les regardant, l'air étonné. « D'Aquitaine »… « La Tour »… Marc ? Bon Dieu ! Ça ne te dit rien ?

— Si, dit Marc, la voix hésitante.

— Ah ! dit Lucien avec espoir. Ça te dit quoi ?

— Un poème.

— Quel ?

— Nerval.

Lucien se leva précipitamment et prit un livre sur le buffet. Il l'ouvrit à une page cornée.

— Voilà, dit-il. Je vous le lis :

> *Je suis le Ténébreux, – le Veuf, – l'Inconsolé,*
> *Le prince d'Aquitaine à la Tour abolie :*
> *Ma seule* Étoile *est morte, – et mon luth constellé*
> Porte le Soleil noir *de la* Mélancolie.

Lucien reposa le livre, un peu de sueur au front, les joues rouges, comme Marc le connaissait quand il s'exaltait. Marc était sur ses gardes, l'esprit chancelant, car si les exaltations de Lucien étaient parfois des catastrophes, ce pouvait être aussi de simples traits de génie.

— Le tueur suit ça ligne à ligne ! reprit Lucien en frappant du poing sur la table. On ne peut pas avoir cette Aquitaine et cette Tour ensemble par hasard. C'est impossible ! C'est le poème, c'est évident ! Un poème mythique, un poème d'amour ! Les vers les plus cryptés et les plus célèbres du siècle ! Les plus célèbres ! La base d'une chimère, les fondements d'un monde ! Les racines d'un fantasme, les germes d'une folie ! Et les routes du crime pour le cinglé qui s'en empare !

Lucien s'arrêta, essoufflé, desserra le poing et but une gorgée de bière.

— Et ce soir, reprit-il en expirant bruyamment, j'ai testé Clément : je lui ai lu cette strophe. Et je peux vous garantir qu'il entendait ça pour la première fois de son existence. Ce n'est pas Clément, le tueur. C'est pour cela que je l'ai laissé sortir.

— Pauvre type ! dit Louis en se levant brusquement.

Blême de fureur, Louis se dirigea vers la porte et se retourna vers Lucien.

— Lucien, dit-il la voix tremblée, apprends quelque chose de la vie, en plus de ta foutue guerre et de ta foutue poésie, apprends quelque chose : *personne* ne tue pour faire joli sur un poème ! *Personne* ne tue des femmes pour décorer des vers, comme on mettrait des boules de Noël sur les branches d'un sapin ! *Personne !* Personne ne l'a jamais fait et personne ne le fera jamais! Et ça, ce n'est pas une théorie, c'est la réalité! C'est comme ça, la vie, et c'est comme ça, les meurtres! Les *vrais* meurtres! Pas ceux que t'inventes dans ton cerveau délicat! Et ceux dont on parle en ce moment, ce sont de *vrais* meurtres, pas des décorations esthétisantes! Alors, sache bien une chose, Lucien Devernois : si tes misérables foutaises d'intellectuel de merde conduisent le petit Clément en tôle à vie, je fais le serment de te faire bouffer un exemplaire de ton bouquin tous les samedis à une heure du matin, en guise d'anniversaire.

Et Louis claqua violemment la porte.

Dans la rue, il s'obligea à respirer lentement. Il aurait pu étrangler ce minable pour qu'il ravale ses élucubrations de savant ridicule. Nerval! Un poème! Les mâchoires serrées à bloc, Louis parcourut une quinzaine de mètres dans la rue Chasle, jusqu'au petit muret où Vandoosler le Vieux aimait s'asseoir quand il y avait du soleil. Il s'y installa et guetta dans la nuit tiède l'hypothétique retour de Clément. Il consulta sa montre. Si Clément respectait la durée du «quartier libre» accordé par ce sombre crétin, il serait de retour dans quinze minutes.

Louis compta une à une les minutes de ce quart d'heure d'attente. C'est dans ce bref moment qu'il comprit combien l'espoir donné à la vieille Marthe importait, combien il souhaitait lui rendre son gars, libre des flics. Les doigts serrés sur ses cuisses, Louis surveillait les deux côtés de la petite rue. Et, quinze minutes plus tard précisément, il vit paraître, discrète, furtive, la silhouette du docile Clément. Louis se rejeta dans l'ombre. Quand le jeune homme passa devant lui, son cœur s'accéléra, comme s'il l'avait aimé. Personne ne l'avait suivi. Louis le regarda entrer dans la baraque, fermer la porte. Sauf.

Il frotta son visage dans ses mains, dans un brusque réflexe de soulagement.

23

Louis s'écroula sur son lit à deux heures trente du matin, saturé, et décida qu'il ne se lèverait pas demain. D'ailleurs, c'était dimanche.

Il ouvrit les yeux à midi moins dix, mieux disposé à l'égard de la vie. Il étendit son bras droit, alluma la radio pour entendre les nouvelles du monde et se mit pesamment debout.

C'est depuis sa douche qu'il entendit un mot qui l'alerta. Il ferma le robinet, et, dégouttant d'eau, tendit l'oreille.

... aurait eu lieu tard dans la soirée. Il s'agit d'une jeune femme de trente-trois ans...

Louis se rua hors de la salle de bains et se figea près de son poste de radio.

... selon les enquêteurs, Paule Bourgeay aurait été surprise par son meurtrier alors qu'elle était seule à son domicile, rue de l'Étoile, dans le 17e arrondissement de Paris. La victime, retrouvée ce matin à huit heures, a sans doute ouvert elle-même la porte à son assassin, entre vingt-trois heures trente et une heure trente du matin. La jeune femme a été étranglée puis frappée en plusieurs endroits du torse. Les blessures correspondraient à celles relevées sur les deux précédentes victimes assassinées à Paris au cours du mois dernier, square d'Aquitaine et rue de la Tour-des-Dames. Les

enquêteurs sont toujours à la recherche de l'homme dont les journaux ont publié le portrait-robot jeudi matin, et qui serait susceptible d'apporter à la police des informations capitales concernant ces...

Louis baissa le son et laissa les informations en sourdine. Il marcha en cercle dans la pièce pendant plusieurs minutes, le poing collé aux lèvres. Puis il se sécha, attrapa ses vêtements et commença à s'habiller machinalement.

Nom de Dieu. Une troisième femme. Louis calcula rapidement. Elle était morte entre vingt-trois heures trente et une heure trente... Ils avaient laissé le « Sécateur » au cimetière vers minuit moins le quart. Il avait eu tout le temps. Quant à Clément – Louis grimaça – il était sorti pendant deux heures, par la grâce de Lucien qui lui avait donné des petites ailes, et il était rentré à deux heures moins le quart. Il avait pu aisément traverser Paris et revenir.

Louis fronça les sourcils. Où cela s'était-il passé ? Il s'immobilisa, la chemise à la main. Rue de l'Étoile... Avaient-ils bien dit « rue de l'Étoile », ou était-ce lui qui déraillait à cause des foutaises de Lucien ?

Louis monta le son, et chercha une station d'informations en boucle. Puis il écouta une nouvelle fois.

... mutilé d'une nouvelle jeune femme à son domicile, rue de l'Étoile, à Paris, aux alentours de huit heures, par une...

Louis éteignit la radio et resta assis torse nu sur son lit, immobile pendant quelques minutes. Puis, avec des gestes lents, il enfila sa chemise, acheva de s'habiller et décrocha son téléphone. De quoi avait-il traité Lucien, hier soir ? De pauvre type, de minable, d'intellectuel de merde, et d'autres trucs de ce genre-là. La prochaine rencontre allait être formidable.

En attendant, c'est Lucien qui avait vu juste. En

composant le numéro de *L'Âne rouge*, Louis secoua la tête. Il y avait malgré tout quelque chose qui ne collait pas du tout.

La patronne du café appela Vandoosler le Vieux, qui posa ses cartes et partit chercher Marc à la baraque, les autres étant absents. Louis l'eut en ligne cinq minutes plus tard.

— Marc ? C'est moi. Réponds par monosyllabes, comme d'habitude. Tu as entendu ? La troisième femme ?

— Oui, dit Marc d'une voix grave.

— Je sais que Clément est rentré hier soir. Quelle impression te fait-il ? Perturbé ?

— Normal.

— Il est au courant pour le troisième meurtre ?

— Oui.

— Qu'est-ce qu'il en dit ?

— Rien.

— Et... Lucien ? Tu l'as vu ce matin ?

— Non, je dormais. Mais il va rentrer d'ici peu pour déjeuner.

— Il n'a peut-être pas eu les dernières nouvelles.

— Si. Il a laissé un mot sur la table. Je te le lis, je l'ai sur moi : *Neuf heures trente – À toutes les unités : attaque ennemie déclenchée cette nuit par nord-nord-ouest avec plein succès, faute de perspicacité du haut commandement et de préparation conséquente des troupes. Nouvelles attaques à prévoir dans avenir proche. Prévoir riposte avec soin – Soldat Devernois.* Ne t'énerve pas, ajouta Marc.

— Non, dit Louis. S'il te plaît, demande-lui s'il accepte de passer me voir après le déjeuner.

— Chez toi ou au bunker ?

— Au bunker. S'il refuse, ce que je crains, préviensmoi.

Songeur, Louis descendit déjeuner. Trois victimes, déjà. Il était persuadé que le tueur en avait fixé un nombre limité. Louis tenait à cette idée, parce que le tueur comptait et que le compte avait nécessairement un but, donc une fin. Mais laquelle ? Trois femmes ? Ou cinq ? Ou dix ? Et si le type s'était choisi un échantillon, de cinq, de dix, il lui avait aussi donné un sens, nécessairement. Sinon, ce n'est pas la peine de faire un échantillon.

Louis s'arrêta sur le trottoir et réfléchit, le visage penché sur son poing, poursuivant sa rumination, suivant son fil chétif au long duquel les mots manquaient souvent.

Hors de question de choisir dix femmes au hasard, dix femmes à la file. Non, le groupe devait signifier un tout, former un univers, pour devenir un modèle et résumer toutes les femmes. Chercher un sens.

Aucun lien n'avait été trouvé entre les deux premières victimes, aucun sens. Et bien sûr, le poème proposé par Lucien apportait un lien parfait, une signification, un univers, un destin dans lequel l'assassin pouvait cadrer ses meurtres et en jouir. Mais ce que Louis ne pouvait justement pas admettre, c'est que le tueur ait pu choisir un poème pour déterminer son choix. Tuer sur un poème… Non. C'était bien trop beau pour être vrai. Bien trop précieux, trop raffiné, trop chic, rien à voir avec la réalité. Pas assez fou, pas assez névrotique. Ce que cherchait Louis, c'était un système délirant et superstitieux. Mais choisir un poème pour tuer, c'était des foutaises d'intellectuel, il en était certain.

Il s'installa à son bureau, songeur, pour attendre l'éventuelle visite de Lucien. Il ne croyait pas que Lucien viendrait. Lui-même, pour être honnête, ne se serait pas déplacé après s'être fait tant insulter. Dans cette baraque cependant, on semblait gérer les insultes de manière sensiblement différente de la norme, et cela laissait un espoir. Mais ce qui valait entre les trois évangélistes ne valait certainement pas pour lui.

Tout en dessinant des torsades de huit sur une feuille vierge, Louis pourchassait ses pensées, affinait sa perception de la « série rituelle » de l'assassin. Les vers de Nerval pouvaient-ils apporter le sens décisif que le meurtrier devait donner à sa série ? Non, bien sûr que non. C'était grotesque. Des foutaises. Oui, la complexité de ces vers pouvait captiver un obsessionnel des signes et des sens. Mais non, cela ne suffisait pas à ce que le tueur l'ait choisi.

Non. Non... à moins que. À moins que ce soit le poème qui ait choisi l'assassin et non pas le contraire. Et là, tout changeait. Louis se leva et fit quelques pas dans la pièce. Il nota cette phrase sur la feuille couverte de huit et la souligna deux fois. *Il faudrait que ce soit le poème qui ait choisi l'assassin.* Alors, dans ce cas, c'était possible. Tout le reste était foutaise, mais cela seul, c'était possible. Le poème choisissait le tueur, lui tombait dessus, lui barrait sa route, le tueur croyait y reconnaître le destin à suivre. Et il l'exécutait.

— Ah, merde ! dit Louis à haute voix.

Il déraillait. Depuis quand les poèmes tombent-ils sur leurs victimes ? Louis jeta son crayon sur la table. Et Lucien sonna.

Les deux hommes se firent un bref signe de tête et Louis débarrassa une chaise des journaux qui s'y empilaient. Il regarda Lucien, qui, le teint frais et le regard inquisiteur, ne semblait nullement offensif ni même contrarié.

— Tu voulais me voir ? dit Lucien en rejetant sa mèche de cheveux. Tu as vu ça ? Rue de l'Étoile. En plein dans le mille. Remarque, le type n'avait pas le choix. Il a démarré par là, et il faut qu'il s'y tienne. Un système, c'est toujours borné. C'est comme à l'armée, on ne peut pas faire d'écart.

Si Lucien le prenait comme ça, ne semblant pas même se souvenir de l'accrochage de la veille, il n'y avait plus qu'à suivre. Louis se détendit.

— Comment as-tu raisonné ? demanda-t-il.

— Je l'ai dit hier soir. C'est la seule clef qui permette d'ouvrir la boîte. Je veux parler de la boîte du tueur, de son petit système clos de cinglé.

— Comment savais-tu qu'il s'agissait d'un système clos de cinglé ?

— Ce n'est pas ce que tu avais dit à Marc ? Qu'il s'agissait d'un nombre fini de victimes, et pas d'une série en chaîne ?

— Si. Tu veux du café ?

— S'il te plaît. Et s'il y a un nombre fini, s'il y a un système, il y a une clef.

— Oui, dit Louis.

— Et cette clef, c'est ce poème. Ça se voyait comme un nez au milieu de la figure.

Louis servit le café et reprit sa place de l'autre côté de la table, jambes étendues devant lui.

— Et rien d'autre ?

— Non, rien d'autre.

Louis eut l'air un peu déçu. Il trempa un sucre dans son café, et l'avala.

— Et selon toi, reprit-il sur un ton sceptique, le tueur serait un nervalien ?

— C'est beaucoup dire. Un type un peu cultivé ferait l'affaire. Le poème est archi-connu. Il a fait couler dix fois plus d'encre que l'histoire de la Grande Guerre, parole.

— Non, dit Louis en secouant la tête d'un air buté. Tu te goures quelque part. Personne ne choisirait un poème pour y suspendre des cadavres, parce que ça n'a pas assez de sens. Notre type n'est pas un esthète dévoyé, c'est un tueur. Qu'il soit cultivé ou ignare ne change rien à l'affaire. Il n'aurait pas choisi un poème. Ce n'est pas une boîte assez solide pour ce qu'il a à y faire.

— Tu m'as déjà expliqué tout cela hier, fort civilement, dit brièvement Lucien en reniflant. N'empêche que Nerval est la clef de la boîte, aussi absurde semble-t-elle.

— Cette clef, justement, n'est *pas assez absurde*. C'est une clef bien trop jolie, bien trop parfaite. Elle sonne faux.

Lucien allongea les jambes à son tour et ferma les yeux à moitié.

— Je comprends ce que tu veux dire, dit-il après un moment. La clef est très jolie, artificieuse et même un peu surfaite.

— Ça s'appelle une foutaise, Lucien.

— Peut-être. Mais l'emmerdant, c'est que cette fausse clef ouvre les vrais meurtres.

— Alors, c'est une monstrueuse coïncidence. Il faut oublier tout ce bric-à-brac de poème.

Lucien se leva d'un bond.

— Surtout pas, dit-il, brusquement agité, en tournant dans la petite pièce. Il faut au contraire en parler aux flics et exiger qu'on surveille la prochaine rue. Et tu as intérêt à le faire, Louis, parce que si une quatrième femme est tuée, c'est toi qui boufferas le bouquin jusqu'à la reliure, tout seul, de culpabilité, tu comprends ?

— Quelle prochaine rue ?

— Ah ! Le point est un peu délicat. Je pense que le quatrième meurtre s'accrochera au soleil noir du poème, immanquablement.

— Explique-toi, veux-tu ? dit Louis d'un ton volontairement morne.

— Je reprends la strophe : «*Je suis le Ténébreux, le Veuf, l'Inconsolé / Le prince d'Aquitaine à la Tour abolie.*» C'est fait, on ne revient pas dessus, je passe au troisième vers : «*Ma seule Étoile est morte*» – c'est fait aussi, je poursuis – «*et mon luth constellé / Porte le Soleil noir de la Mélancolie.*» Aucune rue du «luth», constellé ou pas, dans Paris, tu t'en doutes. On arrive donc au «Soleil noir», avec majuscule dans le texte, et qui sera le prochain point de chute du meurtrier. Il est obligé d'en passer par là, il n'a pas le choix.

— Conclusion ? demanda Louis, la voix traînante.

— Conclusion multiple et chancelante, dit Lucien à regret. Il n'existe pas de rue du Soleil noir.

— Alors une boutique? Un restaurant? Une librairie?

— Non, ce sera une rue. Si le tueur se met à faire des compromis avec la logique, alors le sens n'a plus de sens. Il ne peut pas se le permettre. Il a commencé par des noms de rues, il doit continuer avec ça jusqu'au bout.

— Sur ce point, je te suis.

— Donc, une rue. Il n'y a pas mille solutions : il y a la rue du Soleil, la rue du Soleil d'or, ou enfin la rue de la Lune, possible symbole d'un astre noir.

Louis fit une moue.

— Je sais, dit Lucien, ce n'est pas très satisfaisant, mais il n'y a rien d'autre. Je penche pour la rue de la Lune, mais il serait indispensable de faire surveiller les accès des trois rues. On ne peut pas jouer ça au hasard.

Lucien chercha le regard de Louis.

— Tu le feras, n'est-ce pas?

— Ça ne dépend pas de moi.

— Mais tu en parleras aux flics, n'est-ce pas? insista Lucien.

— Oui, j'en parlerai, dit Louis d'une voix brève. Mais ça m'étonnerait beaucoup qu'ils marchent.

— Tu les y aideras.

— Non.

— Tu t'en fous, du Soleil noir?

— Je n'y crois pas.

Lucien le regarda en hochant la tête.

— Tu te souviens qu'il y a une femme en jeu?

— Je le sais mieux que personne.

— Mais tu le sens moins que moi, riposta Lucien. Donne-moi un coup de main. Je ne pourrai pas surveiller les trois rues tout seul.

— Les flics t'aideront si ça leur chante.

— Tu leur raconteras l'histoire loyalement? Sans ricaner comme un con?

— Je te le promets. Je les laisserai tirer leurs conclusions sans y mettre mon grain de sel.

Lucien lui jeta un coup d'œil méfiant et se dirigea vers la porte.

— Quand iras-tu ?

— Maintenant.

— Au fait, tu seras capable de leur indiquer le titre du poème ?

— Incapable.

— *El Desdichado*. Ça veut dire « Le Déshérité ».

— Très bien. Compte sur moi.

Lucien se retourna, la main sur la poignée de la porte.

— Il portait un autre titre, dans une première version. Ça t'intéresserait peut-être de le connaître ?

Louis haussa les sourcils d'un air poli.

— *Le Destin*, dit Lucien en martelant les deux syllabes.

Puis, il claqua la porte. Louis resta plusieurs minutes debout, légèrement songeur, dans l'état d'esprit de l'incroyant qui se fait du souci pour un camarade devenu brutalement mystique.

Ensuite, il se demanda depuis quand Lucien, qu'il n'avait jamais vu travailler que sur la Grande Guerre et sa périphérie, en savait autant sur Gérard de Nerval.

24

C'était dimanche, mais il était évident qu'avec ce nouveau meurtre sur les bras, Loisel serait à son bureau jusqu'à la nuit. Ça donnait le temps à Louis d'aller voir ses deux meurtriers, le Sécateur et l'Imbécile, ces deux hommes qu'il avait laissés fureter dans la nuit, à cause de la vieille Marthe, et qu'il laisserait fureter encore, s'il ne trouvait aucune issue. Louis se sentait un peu nauséeux en pensant au meurtre de la troisième femme. Il ne connaissait pas encore son visage et il hésitait à aller le voir. Il compta sur ses doigts. On était le 8 juillet. La première femme avait été tuée le jeudi 21 juin, la seconde dix jours plus tard, le dimanche 1er juillet, et celle-ci six jours plus tard. Le tueur suivait un rythme rapide. Un autre meurtre pouvait avoir lieu dès vendredi, ou même avant. En tous les cas, cela laissait très peu de temps.

Louis regarda le réveil. Trois heures. Il ne pouvait plus se payer le luxe de tout faire à pied, il prendrait sa voiture. Il ferma les trois serrures de la porte du bureau et descendit rapidement les deux étages. Dans le hall sombre de l'immeuble, en poussant la lourde porte cochère, Louis récitait à mi-voix :

— « *Dans la nuit du tombeau, Toi qui m'as consolé* »...

Il en prit conscience en marchant dans la rue chaude. Cette phrase sortait droit du poème nervalien, il en était certain. *Dans la nuit du tombeau, Toi qui m'as consolé...* Oui, certain. Mais ce n'était pas Lucien qui l'avait récitée, elle venait d'une autre strophe, la seconde sans doute. Il sourit en pensant aux obscurs mécanismes du souvenir. Il n'avait pas ouvert un livre de ce type, Nerval, depuis plus de vingt-cinq ans, mais en cette occasion tumultueuse, sa mémoire lui en offrait un petit morceau, comme une fleur rescapée d'un naufrage. Triste fleur, à dire vrai. Louis réalisa en cet instant qu'il serait incapable de réciter correctement les quatre premiers vers à Loisel, et il devait tout de même tenir la promesse faite à Lucien. Il fit donc un long détour pour trouver une librairie ouverte le dimanche, puis rejoignit le cimetière du Montparnasse.

De jour, les lieux étaient différents, mais pas plus gais. Il repéra le Sécateur qui somnolait à l'ombre, adossé à un mausolée, à la pointe la plus reculée du triangle. Rassuré, il gagna l'autre partie du cimetière, la plus grande, et en examina attentivement les arbres. Il mit quelque temps avant de repérer sur les troncs des incisions semblables à celles décrites par Clément. Çà et là, sur un arbre sur quinze environ, des entailles peu profondes, répétées et rageuses, avaient déchiqueté l'écorce. Certaines étaient anciennes et cicatrisées, d'autres plus récentes, mais aucune n'était fraîche. Louis revint à pas lents vers l'angle où s'était avachi le Sécateur. Il dut le secouer plusieurs fois avec la pointe du pied avant qu'il ne s'éveille en sursaut.

— Salut, dit Louis. Je t'avais dit que je repasserais.

Thévenin, relevé sur un coude, le visage rouge et froissé, regarda Louis d'un œil mauvais, sans dire un mot.

— Je t'ai apporté à boire.

L'homme se releva gauchement, frotta sommairement ses habits et tendit la main vers la bouteille.

— Tu veux me délier la langue, hein ? demanda-t-il en plissant les yeux.

— Évidemment. Tu ne crois pas que je claque mon fric pour te faire plaisir, non ? Rassieds-toi.

Comme la veille, Louis posa la main sur son épaule et appuya jusqu'à ce que l'homme soit au sol. Louis ne pouvait pas s'asseoir par terre, à cause de son genou, et il ne le souhaitait pas non plus. Il s'installa assis-debout sur l'angle d'une pierre dressée. Thévenin ricana.

— T'es mal tombé, dit-il. Plus je bois, plus je deviens lucide.

— C'est ça, dit Louis.

Thévenin examinait l'étiquette de la bouteille, les sourcils froncés.

— Dis donc, tu t'es pas foutu de ma gueule ! Du médoc !

Il siffla longuement en hochant la tête d'un air grave.

— Dis donc, répéta-t-il. Du médoc !

— Je n'aime pas les tord-boyaux.

— T'as du fric, toi...

— Tu m'as menti hier soir, à propos de ton sécateur.

— Pas vrai, grogna l'homme en sortant le tire-bouchon de sa sacoche.

— Toutes ces entailles sur les arbres, ça vient d'où ?

— Pas vu.

Thévenin fit sauter le bouchon et porta le goulot à ses lèvres.

Louis appuya la main sur son épaule.

— Ça vient d'où ? répéta-t-il.

— Les chats. Il y en a plein le cimetière. Ils se font les griffes.

— Et à l'Institut Merlin, il y avait des chats aussi ?

— Plein. Dis donc, tu t'es pas foutu de ma gueule avec ton médoc, répéta-t-il en faisant tinter son ongle long sur le verre de la bouteille.

— C'est toi qui te fous de ma gueule.

— Mon sécateur, je ne l'ai plus, c'est pas des blagues. Je ne l'ai plus depuis au moins un mois.

— Il te manque ?

Thévenin eut l'air de réfléchir à la question, puis il avala une nouvelle rasade.

— Ouais, dit-il en passant sa manche sur ses lèvres.

— T'as pas autre chose à la place, en attendant ?

L'homme haussa les épaules sans répondre. Louis vida une fois de plus la sacoche de toile, puis tâta ses poches.

— Reste là, dit-il en emportant les clefs de la cabane.

Louis inspecta la resserre, où rien n'avait bougé depuis la veille, et revint s'asseoir près du Sécateur.

— Qu'est-ce que tu as fait hier soir, après mon départ ?

L'homme garda le silence, en voûtant le dos. Louis répéta sa question.

— Merde, dit Thévenin. J'ai regardé les filles des magazines, j'ai fini ma bouteille et j'ai dormi. Qu'est-ce que tu veux que je fasse d'autre ?

Louis attrapa le menton de Thévenin dans sa main gauche et fit tourner son visage vers lui. Il fouilla dans son regard, et cela lui rappela exactement son père, quand il l'attrapait brusquement en lui disant « Montre-moi voir tes yeux si tu mens ». Louis s'était figuré assez longtemps que le « L » de *Lüge*, le Mensonge, ou le « W » de *Wahrheit*, la Vérité, s'inscrivait lisiblement et contre son gré dans ses pupilles. Mais les yeux injectés du Sécateur brouillaient les messages.

— Pourquoi tu me poses cette question ? demanda Thévenin, le visage toujours coincé dans la main de Louis.

— T'as pas une idée ?

— Non, dit l'homme en cillant des yeux. Lâche-moi.

Louis le repoussa. Thévenin se frotta les joues et avala quelques gorgées de médoc.

— Et toi ? demanda-t-il. T'es quoi comme genre de brute ? Pourquoi tu m'emmerdes et c'est quoi ton nom ?

— Nerval. Ça te dit quelque chose ?

— Rien du tout. T'es flic ? Non. T'es pas flic, t'es autre chose. Autre chose de pire encore.

— Je suis poète.

— Merde, dit Thévenin en posant bruyamment sa bouteille au sol. C'est pas l'idée que je me faisais des poètes. Tu te payes ma tête.

— Pas du tout. Écoute ça.

Louis sortit le livre de la poche arrière de son pantalon, et lut les quatre premiers vers du poème.

— C'est pas gai, dit le Sécateur en se grattant les bras.

Louis prit à nouveau le menton de l'homme dans sa main et, lentement cette fois, amena son visage vers lui.

— Rien ? dit-il en scrutant les yeux vagues et rougis. Ça ne t'évoque rien ?

— T'es dingue, murmura Thévenin en fermant les paupières.

25

Louis gara la voiture près de la rue Chasle puis resta immobile au volant pendant quelques minutes. Le Sécateur lui échappait largement et il n'y avait pas moyen de mieux assurer sa prise. S'il serrait trop fort, le type pouvait prendre peur et courir chez les flics. Ils remonteraient à Clément avant qu'on ait eu le temps de se retourner.

On frappa au toit de la voiture. Marc le regardait par la vitre ouverte.

— Qu'est-ce que tu attends là-dedans ? Tu te mets à cuire ?

Louis essuya la sueur de son front et ouvrit la portière.

— Tu as raison. Je ne sais pas ce que je fous là-dedans. C'est intenable.

Marc hocha la tête. Il trouvait Louis étrange, parfois. Il le prit par le bras et l'entraîna vers la baraque, côté trottoir à l'ombre.

— Tu as vu Lucien ?

— Oui. C'est un type de bonne composition.

— Parfois, reconnut Marc. Alors ?

— Alors, son Nerval, je m'assieds dessus, dit Louis d'une voix tranquille en claquant de sa main sur sa poche arrière droite.

Les deux hommes firent plusieurs fois l'aller et retour dans la petite rue Chasle, le temps que Louis expose à Marc pourquoi il s'asseyait sur Nerval. Puis ils entrèrent dans la baraque où, dans le réfectoire aux volets toujours clos, Vandoosler le Vieux menait la garde auprès de Clément Vauquer. La vieille Marthe était venue, elle jouait à la bataille avec son garçon.

— Tu ne t'es pas fait voir ? demanda Louis en posant un baiser sur le front de Marthe. Tu fais bien attention ?

— Ne t'en fais pas, dit Marthe avec un grand sourire. Je suis contente de te voir, tu sais.

— Ne t'emballe pas, ma vieille. On n'est pas sortis de la merde. Et je me demande combien de temps on pourra tenir la position.

Il eut un geste vague en direction des volets fermés, de Clément, et se laissa tomber sur le banc, une main passée dans ses cheveux noirs collés de sueur, un peu harassé. Il accepta d'un hochement de tête la bière que lui tendait Marc.

— Tu t'inquiètes pour ce qui s'est passé cette nuit ? souffla Marthe.

— Entre autres. On t'a dit qu'il était dehors, murmura Louis, grâce aux attentions maternelles de Lucien ?

Marthe ne répondit pas. Elle battait les cartes.

— Prête-le-moi quelques instants, dit Louis en montrant Clément. Ne t'inquiète pas, je ne vais pas lui user le cerveau.

— Qu'est-ce qui me l'assure ?

— Parce que c'est lui qui nous use le cerveau.

Louis attrapa la main du jeune homme par-dessus la table pour capter son attention. Il remarqua qu'il portait une nouvelle montre au poignet.

— C'est quoi, ça ? lui demanda-t-il en désignant la montre.

— C'est une montre, dit Clément.

— Je veux dire : où l'as-tu eue ?

— C'est le gars qui me l'a donnée, celui qui crie fort.

172

— Lucien ?

— Oui. C'est pour revenir à l'heure.

— Tu es sorti, hier soir, n'est-ce pas ?

Clément, comme la veille, soutenait sans embarras le regard de Louis.

— Il m'a dit de sortir deux heures quant à moi. J'ai fait attention dehors.

— Tu sais ce qui s'est passé cette nuit ?

— La fille, dit Clément. Est-ce qu'il y avait un pot de fougère ? ajouta-t-il soudainement.

— Non, pas de fougère. Il devrait ? Tu as été en porter une ?

— Ben non. Personne ne m'a demandé.

— Très bien. Qu'est-ce que tu as fait ?

— Dans le cinéma.

— À cette heure-là ?

Clément entortilla ses pieds aux barreaux de sa chaise.

— Le cinéma de filles nues qui fonctionne toute la nuit, expliqua-t-il en tordant le bracelet de sa nouvelle montre.

Louis soupira en abattant ses mains sur la table.

— Quoi ? intervint Marthe à voix forte. T'es pas content ? Faut qu'il ait des distractions, ce garçon. C'est un homme, pas vrai ?

— Ça va, Marthe, ça va, coupa Louis d'un ton un peu las, en se levant du banc. Je repars, ajouta-t-il en se tournant vers Marc, qui installait sa planche à repasser. Je vais chez les flics.

Louis embrassa Marthe sans un mot, passa sa main sur la joue de la vieille femme, et sortit, la bière à la main.

Marc resta indécis un court moment puis posa son fer et sortit à sa suite. Il rejoignit Louis à la voiture et se pencha à la vitre.

— Les flics te cherchent ? demanda-t-il. Qu'est-ce que tu as ?

— Rien. C'est cette affaire cataclysmique. On s'est enfoncés jusqu'au menton dans des terres boueuses et je ne suis pas capable de trouver le moyen de nous en sortir. Je merde, ajouta-t-il en bouclant sa ceinture. Marthe attend, tu attends, la quatrième femme attend, tout le monde attend et moi, je merde.

Marc le regarda sans rien dire.

— On ne va tout de même pas rester toute notre vie dans le noir, reprit Louis à voix basse, à protéger cet imbécile quant à lui tout en comptant inlassablement le nombre de victimes?

— Tu avais dit qu'il n'y aurait pas dix mille victimes. Tu avais dit que ce n'était pas Clément.

Louis essuya à nouveau la sueur qui coulait de son front. Il but quelques gorgées de bière chaude.

— Oui, j'ai dit ça. Et ça prouve quoi? Je ne dis que des conneries ces temps-ci. Clément m'emmerde. Lui et le Sécateur, ils se valent.

— Tu as vu le Sécateur? Qu'est-ce qu'il faisait, hier soir?

— La même chose que Clément Vauquer. Torché dans la pornographie.

Louis tambourina sur le volant.

— Je me demande qui déraille, ajouta-t-il, le regard perdu droit devant lui. Eux, ou moi? J'aime les femmes avec leur visage et leur permission. Eux s'empiffrent de morceaux anonymes qu'ils se payent pour dix balles. Je leur en veux. Je les emmerde.

Louis resta silencieux, une main accrochée au volant brûlant.

— Et toi? dit-il. T'en achètes?

— Je ne suis pas une bonne référence.

— Non?

— Non. Je suis exigeant, capricieux, je veux qu'on me regarde et je veux qu'on m'adore. Qu'est-ce que je ferais d'une image?

— Ambitieux, dit Louis mollement. N'empêche, je me demande tout de même qui déraille.

Louis leva sa main gauche, ce qui signifiait chez lui doute et cafouillis.

— Veille bien sur notre abruti, ajouta-t-il dans un demi-sourire, en mettant le contact.

Marc fit un signe négligent de la main pendant que la voiture s'éloignait. Puis il s'apprêta à regagner la baraque pourrie où l'attendaient le repassage au rez-de-chaussée et les baux du XIIIe siècle au deuxième étage. Une baraque pleine de types. Marc soupira en traversant à pas traînants la rue chaude. Cette conversation avec Louis l'avait un peu alourdi. Il n'aimait pas qu'on lui parle trop des femmes quand il était tout seul, c'est-à-dire à peu près tout le temps depuis presque trois ans, lui semblait-il.

26

D'avoir repassé ses doutes et, au fond, sa mauvaise humeur à Marc, avait considérablement allégé l'esprit de Louis. Il entra d'un pas ferme dans les locaux du commissariat, où des tas de types s'agitaient dans le bruit et la chaleur. Loisel se glissait entre les tables, raccompagnant en hâte le commissaire du 17e arrondissement, dont dépendait la rue de l'Étoile. Il aperçut Louis et lui fit signe.

— Faut que je te voie, dit-il en abandonnant son collègue. Suis-moi. T'avais raison.

Il regagna son bureau, claqua la porte et étala sur la table encombrée une quinzaine de photos du meurtre de la veille.

— Paule Bourgeay, annonça-t-il, trente-trois ans, célibataire, surprise seule dans son appartement, comme les deux autres.

— Toujours aucun rapport entre ces femmes?

— Elles ne se sont jamais croisées de leur vie, même pas dans le métro. Elles vivent seules, elles sont assez jeunes. Pas des beautés.

— Même système? demanda Louis, penché sur les photos.

— Idem. Le chiffon dans la bouche, l'étranglement, les coups de poinçon, ou de ciseaux, partout sur le torse, une vraie saleté. Et là, dit Loisel en tapotant sur une photo, les traces au sol que tu m'avais signalées.

Je t'avoue que je n'aurais rien remarqué si tu n'avais pas insisté, et je t'en remercie. Pour l'instant, ça ne conduit nulle part. J'ai fait faire des vues rapprochées, on les voit très bien là-dessus.

Loisel tendit un cliché à Louis. On discernait nettement sur la moquette, à droite de la tête, des sortes de striures entrecroisées, comme si une main avait gratté le tapis, comme un râteau.

— Des marques de doigts, dit Louis, c'est ce que tu penses aussi ?

— Oui. On dirait que le type a essayé plusieurs fois de ramasser quelque chose. Son poinçon peut-être ?

— Non, fit Louis, l'air pensif.

— Non, confirma Loisel. C'est autre chose. Le carré de moquette a été prélevé et est parti aux analyses. Dans l'immédiat, on n'a rien de concluant.

Loisel alluma une de ses fines cigarettes.

— Mais cette fois-ci, dit-il, personne n'a aperçu notre rôdeur dans la rue les jours précédents. Et pas de pot de fougère dans l'appartement. Pour moi, t'avais vu juste : depuis le portrait-robot, notre gars se planque.

— Tu crois ? dit Louis d'un ton détaché.

— Ma main à couper. Il a rejoint des complices. Ou alors, ajouta-t-il après une pause, il a réussi à suborner des pauvres couillons.

— Ah, bien sûr, dit Louis, c'est toujours possible.

— D'ordinaire dans les cas de ce genre, on cherche la famille. Un frère, un oncle… et la mère surtout, je te l'ai dit. Mais pour lui, ce n'est pas utile. Il n'en a plus.

— Comment tu le sais ?

— Parce qu'on a son nom ! proclama Loisel en riant brusquement, les mains serrées l'une contre l'autre, comme s'il avait attrapé un insecte.

Louis se rejeta en arrière sur sa chaise.

— Je t'écoute, dit-il.

— Il s'appelle Clément Vauquer. Retiens bien ce nom, Clément Vauquer. C'est un jeune type de Nevers.

— Qui t'a informé ?

— Un restaurateur de Nevers, hier.

Louis respira. Pouchet avait tenu bon.

— Tout colle, reprit Loisel. Le gars a brusquement quitté sa ville il y a environ un mois.

— Pour quoi faire ?

Loisel leva les mains en signe d'ignorance.

— Ce que je peux te dire, c'est que c'est un traîne-savates qui vivote de son accordéon. Tu vois le registre. Il joue bien, à ce qu'on dit, mais moi je n'aime pas l'accordéon, de toute façon. Hormis ce petit talent, ce serait une sorte de demeuré.

— Et il serait venu à Paris pour jouer… ou pour tuer ?

— Ça, mon vieux… Avec les demeurés, faut pas non plus se poser des questions de midi à quatorze heures.

— Qu'est-ce que tu sais d'autre ?

— Il serait descendu à l'*Hôtel des Quatre-Boules*, dans le 11e, mais l'hôtelier n'est pas formel. On cherche. Une question de jours. Le filet est tendu, il ne pourra pas tenir longtemps.

— Non, acquiesça Louis, tu prêches un convaincu. Mais une question de jours, c'est tout de même long. Tu risques d'avoir une prochaine victime sur le dos d'ici vendredi.

— Je sais, dit Loisel en fronçant les sourcils, je sais compter. Et au ministère, on ne veut pas d'une quatrième victime.

— Ce n'est pas le ministère qui importe.

— Non ?

— Non. C'est la prochaine femme.

— Évidemment, dit Loisel d'un ton agacé. Mais on l'aura d'ici là. Sa planque ne peut pas tenir. Elle prendra l'eau. Il y a toujours un couillon qui fait une bourde, tu peux compter là-dessus.

— C'est sûr, dit Louis en songeant rapidement à Lucien. J'ai une petite piste à te proposer. Tu en fais ce qui te plaît.

Loisel leva un regard intrigué vers Louis. Il savait que les pistes de l'Allemand n'étaient jamais à dédaigner. Louis avait tiré son livre de sa poche arrière et le feuilletait.

— C'est là, dit-il en montrant la première strophe d'*El Desdichado*. Lis. Les trois premiers noms de rues y sont. Le prochain meurtre devrait tomber au « Soleil noir ». Rue du Soleil, rue du Soleil d'or, ou rue de la Lune.

Sourcils froncés, Loisel parcourut les quelques vers, examina la couverture du livre, puis revint aux vers, qu'il relut.

— Qu'est-ce que c'est que cette foutaise ? dit-il enfin.

— Je ne te le fais pas dire, dit Louis doucement.

— C'est ça que tu avais dans la tête en venant me voir la première fois ?

— Oui, mentit Louis.

— Pourquoi tu ne m'en as pas parlé ?

— Je pensais que c'était une foutaise d'intellectuel.

— Et tu as changé d'avis ?

Louis soupira.

— Non. On a bien un meurtre de plus, qui cadre dans le schéma, mais je n'ai pas changé d'avis. Néanmoins, je peux me tromper. Tu pourrais voir les choses autrement et c'est pourquoi je te confie l'idée. Il serait peut-être utile de faire surveiller les trois rues que je t'ai signalées.

— Je te remercie de ton aide, dit Loisel en posant le livre sur la table. Ça me soulage de voir que tu joues franc jeu avec moi, Kehlweiler.

— Mais c'est normal, répondit Louis, d'un ton un peu grave.

— Mais vois-tu, ajouta le commissaire en tapotant la couverture du livre, je ne crois pas à ce genre de finasserie. Ce n'est pas demain la veille qu'on verra un tueur faire des jeux d'esprit et bricoler des meurtres poétiques, tu vois ce que je veux dire ?

— Mieux que tu ne crois.

— C'est dommage, c'était astucieux. Ne m'en veux pas.

— Du tout. C'était seulement pour être en règle avec ma conscience, dit Louis en songeant à Clément en train de jouer à la bataille dans sa planque de couillons. Tu sais ce que c'est.

Par-dessus la table, Loisel lui donna une solide poignée de main.

27

Il y avait un message de Paul Merlin, l'homme-crapaud, sur le répondeur. Louis l'écouta depuis la cuisine, en se coupant un gros morceau de pain qu'il bourra de tout ce qu'il put trouver dans le frigo, du fromage durci essentiellement. Il était à peine sept heures, mais il avait faim. Merlin avait trouvé des renseignements intéressants, il voulait le voir dès que possible. Louis le rappela en tenant le combiné sous sa mâchoire et convint de passer chez lui avant le dîner. Puis il appela *L'Âne rouge* et demanda Vandoosler le Vieux. L'ex-flic était encore là, à jouer à sa table. Le dimanche, il s'éternisait au café, sauf quand il était de service pour la bouffe.

— Dis à Marc que je passe le prendre en voiture d'ici vingt minutes, expliqua Louis. Je klaxonnerai devant la grille. Non, on ne va pas loin, chez Merlin, mais j'ai vraiment besoin de lui. Ah, Vandoos, dis-lui surtout de passer une tenue habillée, chemise repassée, veste, cravate. C'est cela… Je ne sais pas, moi… débrouille-toi.

Louis raccrocha et termina son morceau de pain debout près du téléphone. Puis il passa voir Bufo dans la salle de bains et se changea. Il avait éreinté son meilleur costume au cimetière du Montparnasse et il choisit quelque chose d'un peu moins strict. À sept heures vingt, il attrapa Marc qui l'attendait dans la rue Chasle, l'air mécontent.

— Tu n'es pas mal, dit Louis en examinant Marc qui montait dans la voiture.

— C'était ma tenue d'examen, dit Marc les sourcils froncés, et la cravate est à Lucien, bien sûr. J'ai trop chaud, ça me gratte les cuisses et j'ai l'air d'un con.

— Il faut ça pour passer les grilles de la rue de l'Université.

— Je ne sais pas ce que tu attends de moi, continua Marc en grondant pendant que la voiture filait vers les Invalides, mais tu as intérêt à faire vite. J'ai faim.

Louis arrêta la voiture.

— Va te chercher un sandwich au coin, dit-il.

Cinq minutes plus tard, Marc se réinstallait, toujours mécontent.

— Ne te salis pas, conseilla Louis en redémarrant.

— Ce soir, c'était Mathias de service, c'était de l'omelette aux pommes de terre.

— Je suis désolé, dit Louis avec sincérité. Mais j'ai besoin de toi.

— Il t'intéresse, Merlin?

— Lui non, mais son vieux, un peu. Tu montes avec moi chez Merlin, et quand la conversation est lancée, tu prétextes je ne sais quoi et tu sors. En bas, dans la cour, il y a le beau-père qui travaille avec des outils assourdissants, je te l'ai raconté. Arrange-toi pour aller le voir, discute avec lui, parle-lui de Nevers, de l'Institut.

— Pourquoi pas du viol, pendant que tu y es? dit Marc avec une grimace.

— Pourquoi pas, en effet?

Marc tourna le visage vers Louis.

— Tu penses à quoi?

— Au troisième violeur. L'attaque a eu lieu dans le fond du parc, pas loin de la menuiserie du beau-père. Et il n'aurait rien entendu. D'après Clément, le troisième homme était un type de soixante ans, et d'après Merlin, son beau-père talonnait toutes les femmes et filles de l'Institut.

— Qu'est-ce que tu attends de moi, au juste ?

— Que tu te rendes compte. Reste avec lui jusqu'à ce que je sorte. Ça me fera un prétexte pour mettre un pied dans l'atelier.

Marc soupira et se rencogna en mâchant son pain.

Merlin les reçut aussi chaleureusement que le lui permettait sa bonne éducation et Louis fut content de revoir cette sympathique tête de crapaud. En revanche, Marc fut surpris.

— Ne cherche pas, lui murmura Louis. C'est à Bufo qu'il te fait penser.

Marc acquiesça d'un battement de paupières et s'assit en essayant de ne pas froisser sa veste. Merlin manifestait une certaine impatience. Il jeta un coup d'œil intrigué à Marc.

— Un de mes collaborateurs, dit Louis avec assurance, spécialisé en criminologie sexuelle. Je crois qu'il pourrait nous donner un coup de main.

Formidable, pensa Marc en serrant les dents. Merlin le regarda d'un air légèrement indigné et Marc s'efforça d'adopter une pose sereine et responsable, ce qui ne lui était pas facile.

— Je l'ai trouvé, dit Merlin en se tournant vers Louis. J'ai dû passer la journée entière au téléphone, mais je l'ai trouvé !

— Le Sécateur ?

— Exactement ! Et ma foi, ça n'a pas été commode. Mais on le tient, c'est l'essentiel. Il habite à Montrouge, 29 rue des Fusillés.

Satisfait, Merlin fit le tour de son bureau et se laissa tomber d'un bloc dans son fauteuil, comme un crapaud qui retourne à la mare.

— Oui, dit Louis. Et il travaille au cimetière du Montparnasse. Je l'ai vu hier soir.

— Qu'est-ce que cela veut dire ? Vous le saviez ?

— Je suis navré.

— Vous le saviez déjà et vous m'avez fait chercher ce type pour rien ?

— Mon collaborateur a pu le localiser hier, après que je vous ai laissé.

Formidable, se redit Marc. Merlin lui jeta un regard lourd. La lèvre pendante, il ramassa quelques pièces de monnaie qui traînaient sur sa table et entreprit de se les coincer à la jointure des doigts, sourcils bas. Puis, d'un geste, il fit retomber les quatre pièces dans le creux de sa patte. Il renouvela aussitôt la manœuvre en coinçant deux pièces dans chaque jointure. Intéressé, Marc en oubliait son rôle de composition.

— Vous auriez au moins pu avoir la courtoisie de me prévenir, dit Merlin en faisant couler les pièces jaunes dans son autre main.

— Navré, répéta Louis. Avec le troisième meurtre, je n'y ai plus pensé. Je vous présente mes excuses.

— C'est bon, dit Merlin en se levant et en enfournant les pièces dans la poche de son pantalon. Et ce troisième meurtre ? La police a identifié Vauquer ?

À cet instant, le vrombissement de la ponceuse retentit dans la cour. Merlin ferma brièvement les yeux. Tout à fait la tête soumise et accablée de Bufo quand Louis l'emmenait au café et le déposait sur la vitre du flipper. Marc en profita pour se lever, marmonna quelques paroles responsables au sujet d'un appel à donner sur son portable et s'éclipsa. Il respira mieux dans la cour. Paul Merlin suait l'ennui et l'odeur de savon et il n'avait nullement envie d'être questionné sur les perversions des délinquants sexuels. Les fenêtres de l'atelier où travaillait le beau-père étaient grandes ouvertes sur la cour. Marc frappa poliment à la faveur d'un silence et demanda s'il aurait la gentillesse de guetter son retour. Il avait un appel à passer, il ne voulait pas déranger Paul Merlin en sonnant à l'interphone. Le vieux, une pièce de bois calée entre les genoux, lui fit signe de ne pas s'en faire.

Une fois dans la rue, Marc ôta sa veste grise, se frotta les cuisses, puis arpenta le trottoir pendant quatre minutes, la durée convenable, estima-t-il, pour une conversation d'homme affairé sur un portable. Il avait eu le temps d'apercevoir dans l'atelier un formidable fouillis, des amoncellements d'outils, de boîtes, de planches, de morceaux de bois, des tas de copeaux, des montagnes de sciure, des journaux, des photos, des livres empilés, une bouilloire crasseuse, et des dizaines de petites statuettes de la hauteur d'une table, alignées au sol et sur des étagères. Des dizaines de petites femmes en bois, nues, en posture assise, agenouillée, pensantes ou vaguement suppliantes. Il retraversa lentement la courette et passa sa tête à la fenêtre pour remercier. Le vieux lui fit le même signe de ne pas s'en faire et remit sa ponceuse en marche. Il lissait le dos d'une petite femme en bois dans un nuage de poussière. Marc parcourut du regard les sculptures qui encombraient le sol. Minutieuses et réalistes, ce n'était pas à franchement parler des œuvres d'art. C'étaient de petites femmes très bien exécutées, beaucoup trop molles et prosternées pour son goût.

— C'est toujours la même ? cria-t-il.

— Quoi ? cria le vieux.

— La femme ? C'est toujours la même ?

— Toutes les femmes sont toujours la même !

— Ah bon, dit Marc.

— Ça vous intéresse ? continua le vieux en braillant toujours.

Marc fit signe que oui et le vieux fit signe de ne pas s'en faire et d'entrer. Il lui cria son nom – Pierre Clairmont – et Marc cria le sien. Il déambula gauchement dans l'atelier, examinant de plus près les visages de bois, très dissemblables et lourdement réalistes. Sur les tables, des dizaines de photos de femmes découpées dans des magazines, agrandies, crayonnées. Le silence se fit brusquement et Marc se retourna vers le vieux qui abandonnait sa ponceuse pour gratter d'une main les poils blancs de sa poitrine. De l'autre, il tenait la statuette par une cuisse.

— Vous ne faites que des femmes ? demanda Marc.

— Parce qu'il existe quelque chose d'autre ? Dites toujours si vous avez des propositions. Quoi d'autre ?

Marc haussa les épaules.

— Quoi d'autre ? répéta le vieux en se grattant toujours le torse. Des bateaux ? Des églises ? Des arbres ? Des fruits ? Des tissus ? Des nuages ? Des biches au bois ? C'est des femmes, tout cela, de toute manière, vous ne direz pas le contraire si vous êtes un tant soit peu futé. Les symboles, je les emmerde. Alors, autant faire des femmes d'emblée.

— Vu comme ça, dit Marc.

— Vous y connaissez quelque chose, en sculpture ?

— Pas exactement.

Le vieux secoua la tête, tira une cigarette de la poche de sa chemise et l'alluma.

— Forcément qu'avec votre métier, vous ne devez pas trop avoir l'esprit à la poésie.

— Quel métier ? demanda Marc en s'asseyant.

— Cigarette ?

— Merci, oui.

— Je dirais la police ou quelque chose d'approchant. Rien de gracieux, quoi.

Formidable, se répéta Marc. Sa pensée s'échappa vers les baux du XIIIe siècle qui l'attendaient sur sa table. Qu'est-ce qu'il foutait ici, au juste, en costume grattant, à s'échiner avec ce vieux jovial et un peu agressif ? Ah oui, Marthe. La poupée de Marthe.

— Vous, continua le vieux, vous ne vous intéressez aux femmes que lorsqu'elles sont mortes. Ce n'est pas un angle de vue bien vivifiant.

Certes, pensa Marc, il s'occupait même des morts par millions d'individus. Le vieux avait cessé de se gratter, et il caressait machinalement la cuisse de la statuette en bois. Il passait et repassait son pouce ridé sur le bois, et Marc détourna le regard.

— Qu'est-ce qui vous prend, par exemple, reprit le vieux, d'exhumer ce drame atroce de l'Institut ? Vous êtes désœuvré ou quoi ?

— Vous êtes au courant ?

— Paul m'en a parlé hier.

Clairmont cracha quelques brins de tabac au sol pour marquer sa désapprobation. Puis il revint à la cuisse de sa statuette.

— Et vous êtes contre ? dit Marc.

— Paul aimait beaucoup cette Nicole – la femme qui est morte. Ça lui a pris des années pour se remettre. Et vous, un beau soir, vous rappliquez. Mais c'est tout les flics, ça : tout foutre en l'air, pulvériser les existences. Ils ont ça chevillé dans le corps, hein ? Du tapage, du grabuge ! Faut qu'ils saccagent tout comme une cohorte de fourmis rouges. Et pour quoi ? Du vent ! Vous ne les trouverez jamais, ces deux violeurs !

— Est-ce qu'on sait ? dit Marc mollement.

— Il n'y a pas eu de preuve à l'époque et il n'y en aura pas plus aujourd'hui, asséna Clairmont. Faut foutre la paix aux vieilles choses.

Il se pencha sous la table en se soulevant à moitié de son tabouret, farfouilla bruyamment parmi les caisses de bois et attrapa une statuette par l'épaule. Il la posa brutalement au sol, entre lui et Marc.

— La voilà, cette pauvre femme, dit-il. J'ai même fait faire son moulage en bronze, pour qu'elle survive à tout jamais.

Louis entra à cet instant dans l'atelier, se présenta et serra la main du sculpteur.

— Votre collègue, lui dit Clairmont sans préambule, n'est pas gâté pour la sensibilité artistique. Je ne sais pas si vous êtes de la même eau, mais je vous plains.

— Vandoosler est un expert, dit Louis dans un sourire. Il s'occupe exclusivement de sexualité pathologique et ça ne le porte guère à la rêverie. Nous ne sommes pas tous des spécialistes aussi chevronnés.

Marc jeta un regard lourd à l'Allemand.

— Sexualité pathologique, hein ? reprit Clairmont lentement. C'est pour ça que vous êtes venu me voir, hein ? Et qu'est-ce qui se cuisine, dans votre cervelle d'expert ? Qu'est-ce que vous vous dites ? Le vieux Clairmont, à tripoter ses petites femmes toute la sainte journée, il a une case en moins, c'est un véritable obsédé ?

Marc secoua la tête, regardant le pouce aller et venir sur la cuisse en bois. Louis effleura la tête de la statuette posée aux pieds de Clairmont.

— C'est d'elle que vous parliez ? demanda-t-il.

— Ouais, dit le vieux. C'est celle qui vous intéresse, c'est la femme de l'Institut, c'est Nicole Verdot.

Louis souleva doucement par les bras la petite femme agenouillée.

— C'est ressemblant ?

— Il n'y a pas sculpteur qui fasse plus ressemblant que moi. Demandez à n'importe qui de la branche. Même les oreilles sont ressemblantes.

Hélas, pensa Marc.

— C'était de son vivant ?

— Non, dit le vieux en allumant une nouvelle cigarette. Je l'ai faite après sa mort, d'après les photos des journaux. Je travaille toujours d'après photos. Mais c'est elle, c'est bien elle. Paul ne la supportait pas, tellement ça crie de vérité. Il a gueulé comme un âne quand il l'a vue. C'est pour ça que je la planque, il croit que je l'ai jetée.

— Il vous l'avait commandée ?

— Paul ? Vous blaguez ?

— Alors pourquoi vous l'avez faite ?

— Pour l'honorer, pour qu'elle vive toujours.

— Vous l'aimiez ?

— Pas particulièrement. J'aime toutes les femmes.

— Elle avait un assez grand nez, dit Louis en reposant doucement la statuette au sol.

— Oui, dit le vieux en hochant la tête.

Louis jeta un regard circulaire autour de lui.

— Je peux regarder ? demanda-t-il.

Clairmont acquiesça et Louis fit lentement le tour des établis. Le vieux fixa Marc.

— Vous ne m'aviez rien dit de votre délicate spécialité. Vous faites ça depuis longtemps ?

— Depuis que j'ai quatre ans, dit Marc. J'ai très tôt aimé l'étude.

Clairmont jeta sa cigarette dans la sciure.

— Vous croyez peut-être que j'ai une mouche dans le casque, murmura-t-il en tapotant la tête de Nicole Verdot, pliée d'humilité à ses pieds. Mais je vous conseille de vérifier votre matériel personnel d'abord.

Marc acquiesça, passif et consentant. Il n'avait jamais entendu l'expression « avoir une mouche dans le casque ». Il supposa qu'elle était l'équivalent d'avoir une araignée au plafond, d'avoir un grain, en plus corsé, à cause du bruit paniquant de la mouche et de son vol d'ahurie, et cette formule lui plut beaucoup. Au moins, il n'était pas venu pour rien. Cette nouvelle acquisition le consolait d'avoir manqué l'omelette de Mathias. Bien sûr qu'il avait une mouche dans le casque, c'était indéniable, mais pas pour les raisons que croyait le vieux Clairmont. Clément avait une grosse mouche dans le casque aussi. Et puis Lucien, avec ses tranchées de guerre. Et puis l'Allemand, avec ses foutus crimes. Mais pas Marthe. Marc regardait la main du vieux qui palpait inlassablement la statuette inachevée. Clairmont avait une mouche dans le casque aussi, une variété de mouche très commune.

28

— Cinq choses, dit Marc à Louis en tendant ses doigts, pendant que la voiture s'éloignait de l'hôtel particulier. Et d'un, j'ai de sérieux commentaires à faire sur la profession que tu m'as attribuée sans me consulter.

— Bien, dit Louis. Ça ne t'a pas plu ?

— Ça ne m'a pas plu du tout, confirma Marc. Et de deux, qu'est-ce qu'ont dit les flics au sujet de Nerval ? Et de trois, connaissais-tu l'expression « avoir une mouche dans le casque » ? Et de quatre, qu'as-tu pensé de ces statuettes ignobles ? Et de cinq, il est impératif que j'aille boire un coup quelque part. Ces deux types, le crapaud et le beau-père du crapaud, m'ont éreinté.

— Qui garde Clément ce soir ?

— C'est moi. Le parrain me remplace jusqu'à mon retour.

— Il ne s'agit plus de commettre une seule bourde. Les flics ont identifié Vauquer. À présent, ils savent qui il est et d'où il vient. Ils vont explorer toute sa vie, et quand ils découvriront le viol de l'Institut et le meurtre de la jeune Verdot, ils vont devenir acharnés. J'espère que Lucien s'est rendu compte que si Clément avait été arrêté hier soir, on déménageait tous en tôle avec lui.

— On ne sait jamais exactement de quoi Lucien se rend compte. Il peut se rendre compte qu'il manque une punaise au mur de l'arrière-cuisine et ne pas reconnaître son propre jumeau dans la rue.

— Tu veux dire, dit Louis en garant la voiture devant un café, que ce type existe en plusieurs exemplaires ?

— Ah non, je ne crois pas. Lucien assure lui-même qu'il est unique, qu'on a cassé le moule.

— Eh bien tant mieux, dit Louis en sortant de la voiture. C'est la seule nouvelle revigorante que j'aie entendue depuis une semaine.

— Et son Nerval ? T'en as parlé aux flics ?

— Honnêtement oui. J'ai fait lire toute la strophe à Loisel. Conclusion, ils s'en foutent. Loisel dit qu'il s'agit de meurtres, et pas d'un salon de littérature.

— Ils ne vont pas surveiller les rues ?

— Pas du tout.

— Et les femmes, alors ? Les prochaines ?

Louis écarta les bras et les laissa retomber.

— Viens, dit-il, on va boire un café au café.

Les deux hommes s'installèrent à une table isolée dans un angle vitré.

— Lève ton bras efficace et commande deux bières, dit Marc. Toi aussi, tu t'en fous de ces rues ?

— Oui, tu sais bien que oui.

— Je veux dire : tu t'en fous autant que tu veux le faire croire ? Aucun doute ne grésille dans un recoin de ta tête ?

— Ça grésille dans un recoin en permanence, tu le sais parfaitement.

— Oui. C'est la mouche qui fait ce petit bruit.

— La mouche ?

— La mouche dans le casque. C'est le beau-père du crapaud qui dit cela. Que penses-tu de ce type ?

Louis eut une moue.

— Il aime les femmes à genoux, les femmes victimes, les femmes affaiblies, il les veut suppliantes, terrassées, et finalement transfigurées dans leur soumission. Si ce fantasme n'était désespérément banal, cela collerait très bien pour le troisième violeur. Il en a l'esprit, il en a l'obsession. Et il a sculpté Nicole Verdot. Plutôt lugubre, non ?

— Et la troisième femme ? Pas de piste ?

— Ils ne cherchent pas de piste, parce qu'ils sont assurés d'avoir trouvé le coupable. Ce qu'on peut dire, c'est qu'elle n'avait aucun lien avec les deux premières, que c'était une jeune femme tranquille et rondelette, et qu'elle a été sauvagement massacrée, comme les autres, sans trace de viol. Il n'y avait pas de plante en pot avec les dix doigts dessus.

— Ça n'innocente pas la poupée de Marthe pour autant, soupira Marc. Ce n'est pas à onze heures du soir qu'il aurait pu trouver une fougère. Et les traces ? Les traces sur le tapis ?

— Oui. Elles étaient là, tout aussi incompréhensibles. Des sortes de striures dans la moquette, guère perceptibles. Loisel les a remarquées parce que j'avais attiré son attention là-dessus.

— Il a une idée ?

— Aucune.

— Et toi ?

— Pas plus. Mais ça a un sens, c'est certain. Et c'est probablement capital. Si on savait les comprendre, on tirerait Clément Vauquer de là. C'est l'empreinte du tueur, c'est sa marque de fabrique, sa trace inévitable. Sa signature, en quelque sorte, l'empreinte de sa mouche.

— Sa mouche ?

— Oui, la mouche dont tu parlais tout à l'heure, la mouche que le tueur a dans le casque.

Marc hocha la tête.

— Une énorme mouche à merde, compléta-t-il.

— C'est tout à fait cela, dit Louis.

29

Louis déposa Marc devant la baraque pourrie de la rue Chasle vers onze heures après quatre bières et deux petits cognacs tassés. Marc avait retrouvé une humeur bavarde et même un peu trop allègre et Louis lui renouvela ses conseils d'extrême vigilance pour la nuit à venir. Lui-même était légèrement ivre – il avait en outre sifflé deux verres de sancerre avec Paul Merlin dans son bureau – et il grimpa pesamment les étages jusqu'à chez lui.

Il fit le tour de la pièce machinalement, jeta un coup d'œil inquiet à la traduction de la vie de Bismarck qui agonisait sur son bureau depuis mardi dernier, emporta une bouteille d'eau jusqu'à son lit. Là, il secoua d'une main molle ses couvertures, un rituel vespéral obligatoire depuis que Bufo avait pris la sale manie d'aller se coincer à la nuit entre le matelas et la courtepointe – une vieille courtepointe allemande qui lui venait de son père, lourde comme du ciment, parfaite pour vous tenir solide au lit quand on a le tournis de bière. Parfaite aussi pour le crapaud qui retrouvait là la sensation d'étau réconfortante des anfractuosités des rochers. Louis l'en délogeait systématiquement et Bufo allait trouver refuge dans une caverne de la bibliothèque, derrière les tomes infranchissables du *Grand Larousse du XIXe siècle*. C'était un principe superstitieux chez Louis. Tant qu'il enverrait

Bufo se terrer ailleurs, c'est que l'espoir de ne pas dormir seul tenait toujours bon. Et l'espoir, c'est déjà la moitié du chemin.

— Casse-toi, Bufo, dit Louis en l'attrapant délicatement, tu outrepasses tes droits d'amphibien. Qu'est-ce qui te dit que je n'attends pas quelqu'un ? Pas une princesse transformée en crapaud merdique dans ton genre, non, mais une vraie belle femme qui n'aimerait que moi ? Tu te marres ? T'as tort, bonhomme. Ça peut arriver. Une vraie belle femme sur ses deux jambes, pas une fille résignée devant son vainqueur comme celles que se taille le vieux Clairmont. Tout compte fait, tu as bien fait de ne pas venir, tu n'aurais pas aimé ce type. Tu as l'âme trop pure, c'est comme Marc. En revanche, je pense que tu sympathiserais aisément avec Merlin, c'est le portrait tout craché de ton grand-père, et surtout, il a un sancerre du tonnerre. Quoi qu'il en soit, si cette belle créature arrive ce soir, tâche de te montrer un peu plus avenant qu'avec Sonia. Tu ne te souviens pas de Sonia ? La fille qui a habité là l'an dernier et à qui tu as fait la gueule cinq mois durant ? Elle est partie, Sonia, elle te trouvait nul. Et moi aussi, elle me trouvait nul.

Louis déposa Bufo derrière le *Grand Larousse*.

— Et n'oublie pas : n'essaie pas de tout lire, ça ne te vaudra que des embarras.

Il éteignit derrière lui et s'effondra sur son lit. Il essaya de penser à la créature hypothétique qui pourrait le rejoindre cette nuit, mais il comprit très vite qu'il n'allait pas s'endormir aussi simplement ce soir. Le cœur lui battait dans les pieds et les images défilaient beaucoup trop vite dans sa tête. Merde. Il s'allongea sur le dos, les bras bien étendus le long du corps, mais les visages des trois femmes tuées venaient le harceler. La dernière, Paule, lui reprochait de n'avoir rien fait pour elle, d'avoir ricané de la rue de l'Étoile. Il lui exposa calmement qu'à l'heure où Lucien Devernois lui débitait sa théorie poétique, elle était sûrement déjà morte.

Louis avait trop chaud et il repoussa rageusement la courtepointe. La quatrième femme, celle qui allait expirer dans les mains du tueur d'ici vendredi, rappliqua sur ces entrefaites, agenouillée et suppliante comme les statuettes du vieux Clairmont. Ses traits étaient indécis et touchants et Louis l'expulsa à grand-peine. Elle se représenta aussitôt, encadrée de tous les visages en bois des statuettes de Clairmont. Louis procéda à une nouvelle expulsion et essaya sans succès de s'endormir sur le ventre. Il se résigna à appliquer un peu à contrecœur une technique d'endormissement que Marc lui avait enseignée, essentiellement basée sur le principe simple des pulsions contradictoires, et qu'il appelait le système des diablotins putrides : l'homme refuse de s'endormir quand il le doit, mais il s'assoupit sitôt qu'on le lui interdit. La méthode consiste donc à garder les yeux grands ouverts à perpétuité, en fixant sans faiblir un point précis sur le mur de la chambre. Si par malchance on ferme les yeux, des centaines de diablotins surgissent de ce point névralgique et vous bouffent, il est donc hors de question de prendre ça à la rigolade. D'après Marc, le sommeil vient irrésistiblement en dix minutes maximum, sauf bien sûr si on a l'idée inconséquente de remplacer les diablotins putrides par des petites fées, ce qui empêche définitivement de trouver le sommeil. Louis réexpulsa une troisième fois les femmes de bois et, les yeux écarquillés, il fixa la serrure de la porte pour en contenir le flot potentiel des diablotins. Il crut un instant que la méthode allait en effet porter ses fruits, mais les femmes de bois luttèrent sauvagement et firent un carnage parmi les diablotins, de l'autre côté de la porte. Écœuré, Louis tendit un bras découragé vers sa lampe, s'assit et but quelques gorgées de flotte. Il était presque trois heures. Autant aller franchement s'ouvrir une bière.

Louis tâtonna vers la cuisine, alluma, et s'assit à la table avec une canette. Peut-être que le meilleur remède serait de s'atteler à la vie de Bismarck et de découvrir si oui ou non le chancelier avait pris de l'humeur en ce mois de mai 1874. Louis alluma la lampe de son bureau et l'ordinateur. C'est au moment précis où la machine achevait son ronronnement de mise en route que l'une des statuettes en bois dépassa brusquement toutes les autres et s'imposa avec fracas dans son esprit. La main immobilisée sur le clavier, le cœur rapide, Louis considéra sans oser bouger ce visage muet qui venait de s'afficher au premier plan de ses pensées fatiguées. C'était bien l'une des statuettes de Clairmont, l'une de celles qu'il avait soulevées ce soir dans l'atelier. Il la dévisagea pendant quelques instants jusqu'à ce qu'il soit assuré de ne plus oublier ce visage. Alors seulement, il s'autorisa à bouger et il alluma doucement les autres lampes de la pièce. Puis, debout, il s'adossa à la bibliothèque avec sa bouteille bien serrée dans sa main gauche, et il chercha. Il avait déjà vu ce visage, il en était certain, et pourtant, cette femme était une inconnue. Il pensait ne lui avoir jamais parlé, ne l'avoir même jamais approchée, mais elle lui était indiscutablement familière. Louis s'obligea à rester debout, tournant dans l'appartement, luttant contre une envie de dormir devenue maintenant accablante. Mais il était trop inquiet à l'idée que la femme de bois ne s'efface au matin, et il fit inlassablement le tour du bureau avec sa bouteille. Il lui fallut plus d'une heure pour que sa mémoire en alerte renfloue l'épave de ses souvenirs et lui restitue brusquement l'essentiel des informations. Louis jeta un coup d'œil à sa montre. Quatre heures dix. Avec un sourire, il éteignit l'ordinateur et s'habilla. La femme était morte il y a plusieurs années, elle s'appelait Claire quelque chose, et elle habitait dans ses cartons d'archives. On l'avait assassinée. Et s'il ne faisait pas erreur, c'était elle, la véritable première femme du tueur aux ciseaux.

Il se donna un coup de peigne et sortit en fermant la porte sans bruit.

30

Louis gara la voiture à proximité des arènes de Lutèce et se hâta vers son bunker. La nuit était chaude et sans lune. Tout dormait, hormis deux homosexuels torse nu, adossés à la grille du square, qui lui firent signe au passage. Louis déclina d'un geste et se demanda ce qu'auraient pensé les types s'ils avaient su qu'il courait dans la nuit après une femme morte.

Il grimpa les étages avec précaution et ouvrit lentement les trois serrures de la porte du bunker. Dans l'appartement voisin ronflait un vieux au sommeil fragile et Louis n'avait pas l'intention de le perturber. Il mit en route la cafetière et ouvrit doucement l'une des armoires métalliques. Il ne se souvenait plus du nom de la femme tuée, mais il se souvenait parfaitement du lieu. C'était à Nevers.

Quelques minutes plus tard, Louis posait sur sa table une tasse de café et un dossier assez mince. Il en tira aussitôt les coupures de presse et les photos. Il n'avait pas fait d'erreur, c'était sans aucun doute la femme qu'avait sculptée Pierre Clairmont. Un sourire franc, des paupières tombantes, une masse de cheveux frisés attachés derrière les oreilles. Claire Ottissier, employée aux services d'hygiène de la ville de Nevers, vingt-six ans.

Louis avala quelques gorgées de café. Grâces soient rendues aux diablotins putrides, pensa-t-il. Leur intervention menaçante avait obligé les femmes de bois à abréger la danse et à expulser sans finasser leur pesant secret. Sans eux, elles auraient peut-être continué à l'emmerder toute la nuit sans rien raconter d'important.

Claire Ottissier avait été tuée dans son appartement de Nevers, vers sept heures du soir, alors qu'elle rentrait du travail. Ça faisait huit années de ça, calcula Louis. L'agresseur l'avait étourdie, étranglée avec un bas, puis l'avait piquetée d'une dizaine de coups de lame courte. L'outil restait non identifié. Sur le lino ensanglanté, près de la tête de la victime, on avait relevé des petites traînées énigmatiques, comme si l'assassin avait pris plaisir à passer ses doigts dans le sang. *L'Écho nivernais*, prolixe, ajoutait que *les enquêteurs s'affairaient sur ces traces mystérieuses qui ne tarderaient pas, n'en doutons pas, à livrer leur sinistre message*.

Louis se servit une seconde tasse de café, sucra, tourna. Les traces, bien entendu, n'avaient jamais livré quoi que ce soit de plus.

Voilà pourquoi il avait été troublé par ce tapis aux poils emmêlés, à droite du visage de la seconde victime. Il avait déjà croisé cette trace, huit ans plus tôt. Et il lui semblait à présent hors de doute que Claire était la première femme exécutée par le tueur aux ciseaux, bien avant qu'il ne s'attaque à celle du square d'Aquitaine. Que s'était-il passé entre-temps ? Avait-il tué ailleurs sans qu'on l'ait su ? À l'étranger ? La femme du square d'Aquitaine était-elle en réalité une vingtième victime ?

Louis se leva, rinça sa tasse, pensif. Il était assez bien réveillé à présent, et le jour commençait à pointer à travers les volets tirés. Il hésitait sur le parti à prendre avec Loisel. Il eût été charitable de l'informer de ce crime originel du tueur aux ciseaux. Mais accuser Clairmont sans preuve n'eût servi en rien la cause de Clément, tout en bloquant la machine. Louis était toujours tenté de laisser la bride sur le cou aux assassins, une méthode hautement risquée qui ne plairait certainement pas à Loisel, et on le comprenait.

Indécis, il revint à sa table et dépouilla les dernières coupures des journaux de l'époque. Un long article de *La Bourgogne* détaillait la vie de la victime, ses études, ses mérites, son sérieux professionnel, ses espoirs de mariage. Suivait un encadré intitulé : *Il pourchasse l'assassin au péril de sa vie.* Louis tressaillit. Il ne se rappelait pas du tout cet épisode. Un voisin de Claire, Jean-Michel Bonnot, pâtissier, inquiet du bruit qu'il entendait chez sa tranquille voisine, avait frappé à sa porte, puis s'était introduit sans bruit dans le petit appartement. Il avait surpris le tueur encore agenouillé près du corps de la jeune femme. Le tueur – ou la tueuse, précisait l'article – l'avait violemment bousculé pour pouvoir s'échapper par l'escalier sombre de l'immeuble. Le voisin s'était relevé pour se précipiter à sa suite. Mais, le temps qu'il alerte sa femme pour qu'on secoure la victime, l'assassin avait pris de l'avance. Bonnot l'avait coursé le long des quais de Loire et l'avait finalement perdu dans les ruelles. Sous le choc de l'aventure tragique, Bonnot n'avait malheureusement pu fournir qu'un signalement très sommaire de l'individu, dissimulé par une écharpe, un bonnet de laine et un gros manteau. *Les enquêteurs ont cependant bon espoir de retrouver l'assassin qui a de si peu échappé à la courageuse poursuite du pâtissier.*

Deux autres journaux reproduisaient la photo du pâtissier neversois, sans apporter d'informations plus précises sur son témoignage. Dans la semaine suivante, quelques lignes assuraient le lecteur que l'enquête se poursuivait. Puis, plus rien. Sur une fiche trombonée au dernier article, Louis avait griffonné un « classé sans suite », accompagné de la date.

Louis se rejeta en arrière sur sa chaise, yeux clos. On n'avait donc jamais mis la main sur le tueur – la tueuse ? –, mais quelqu'un l'avait vu. Sans pouvoir le décrire, le pâtissier l'avait au moins vu bouger, se mouvoir, courir. Et c'était un détail immense.

Il fallait qu'il voie ce type en urgence. Le menton appuyé sur ses mains, il considéra longuement le visage de Claire Ottissier. Puis il s'endormit brutalement sur sa table.

31

Dans la matinée, Louis, légèrement abruti, se gara à l'angle de la petite rue Chasle, à l'ombre. Il était dix heures trente et le soleil cognait déjà sérieusement. Cette fois, Louis avait emporté un vieux vaporisateur pour humecter Bufo de temps à autre. Il attrapa le dossier sur la femme de Nevers, enfourna le crapaud dans la poche de sa veste, et traversa le bout de jardin pelé que Marc appelait médiévalement « la friche », non sans raison. Il frappa plusieurs fois à la porte de la baraque pourrie sans recevoir de réponse. Il recula jusqu'à la grille et siffla. La tête de Vandoosler le Vieux émergea du toit d'ardoises à travers le vasistas.

— Eh ! L'Allemand ! cria le vieux flic depuis ses hauteurs. C'est ouvert, pousse la porte, merde !

Louis secoua la tête, retraversa la friche et entra. Depuis l'entrée, la voix de Vandoosler le Vieux lui cria que Saint Marc était à ses ménages jusqu'à onze heures, que Saint Luc était à son enseignement – Dieu prenne pitié des écoliers –, et que Saint Matthieu était en bas, à la cave, avec qui tu sais et qui tu sais.

— Qu'est-ce qu'ils foutent à la cave ? cria Louis en retour.

— Ils collent des bouts de silex ! dit le Vieux avant de fermer sa porte.

Pensif et fatigué, Louis descendit le petit escalier en colimaçon qui sentait le bouchon mouillé. Dans la salle voûtée de la cave, entre un établi chargé d'outils et calé par des annuaires et des clayettes à vin, Mathias était penché sur une longue table puissamment éclairée, où s'étalaient des centaines et des centaines de petits éclats de silex. C'était la première fois que Louis mettait les pieds ici, il n'était nullement au courant que Mathias s'était aménagé un antre dans les profondeurs de la terre. Debout à côté de lui, Clément examinait un morceau de caillou, l'expression studieuse, la langue tirée dans sa jeune barbe, les sourcils froncés. Marthe, assise sur un haut tabouret de peintre, calée contre les bouteilles, marmonnait toute seule, petit cigare aux lèvres, en faisant ses mots croisés.

— Tiens, Ludwig, dit-elle, tu arrives bien. *C'est kif-kif bourricot*, en sept lettres avec un *a* au milieu ?

— « Royaume », dit Mathias, sans quitter ses silex des yeux.

Un peu atterré, Louis se demanda qui, dans cette baraque, avait une conscience exacte de la gravité de la situation. Mathias lui tendit la main, le salua avec un sourire nonchalant et se remit à l'ouvrage. Visiblement, si Louis comprenait bien, le but de l'opération consistait à reconstituer le bloc de silex d'origine que l'homme préhistorique s'était échiné à débiter en centaines d'éclats. Mathias choisissait, essayait et reposait les pièces les unes après les autres, avec une stupéfiante célérité. Clément, de son côté, était en train d'ajuster sans grande habileté deux bouts de silex l'un contre l'autre.

— Montre voir, lui dit Mathias.

Clément tendit la main et présenta son assemblage.

— C'est bon, dit Mathias en hochant la tête, tu peux coller. Pas trop longs les bouts de scotch.

Le grand chasseur-cueilleur leva la tête vers Louis et sourit.

— Vauquer est très doué quant à lui, dit-il. Il a l'œil, vraiment. Et le remontage de silex, ça n'a rien de commode.

206

— Ça date de quand? demanda Louis pour être poli.

— Douze mille avant.

Louis hocha la tête. Il avait l'impression que sortir la photo de la morte de Nevers dans le repaire paléolithique de Mathias serait reçu comme un geste malséant. Mieux valait sortir Clément.

Louis remonta avec le jeune homme au rez-de-chaussée et s'installa à la grande table en bois, dans la pièce aux volets toujours tirés.

— Tu es bien ici? lui demanda-t-il.

— Hier, quelqu'un a frappé à la porte et tout le monde s'est inquiété de mon sort personnel, répondit Clément.

— Tu veux dire qu'il y a eu une visite? dit Louis d'une voix alarmée.

Clément hocha la tête gravement, fixant sur Louis son regard opaque.

— Une visite très longue d'une étrangère, confirma-t-il. Mais j'ai été descendu dans la cave avec Mathias. Comme j'étais triste avec l'ennui, c'est la raison dont Mathias m'a fait travailler aux cailloux découpés en morceaux. C'est l'homme qui a fait ces morceaux, très loin avant ma naissance personnelle. C'est important de les réparer, quant à leur connaissance. Le soir, après l'omelette, j'ai joué à la bataille avec le vieux parrain, en échange qu'il n'y a pas de télévision. L'étrangère était en allée.

— Tu as repensé à ces femmes? À ces crimes?

— Ben non. Peut-être que j'y ai pensé, mais alors, dont je ne me souviens pas du tout.

Marc entra à cet instant dans la salle, avec une brassée de chemises sous le bras, et salua d'un air vague.

— Mal au crâne, annonça-t-il en passant. Le cognac d'hier, probablement. Je fais du café fort.

— J'allais te le demander, dit Louis. Je n'ai dormi que deux heures.

— Insomnie ? dit Marc étonné, en déposant son ballot dans le panier à linge. Tu n'as pas essayé le système des diablotins putrides ?

— Si. Mais ils ont été écrasés sous une déferlante de femmes en bois.

— Ah oui, dit Marc en sortant des tasses, ça peut arriver.

— L'histoire de ma nuit ne t'intéresse pas ?

— Comme ci comme ça.

— Eh bien écoute-la quand même avec grande attention, dit Louis en ouvrant le dossier de Claire Ottissier. Cette nuit, une des statuettes en bois de Clairmont est venue cogner dans mon crâne jusqu'à ce que je lui accorde un entretien digne de ce nom. Ça faisait très mal et ça m'empêchait de dormir.

— Tu es certain que ce n'était pas le cognac ?

— Il y avait le cognac, assurément, mais c'était surtout cette foutue statuette en bois dur, crois-moi. Tu te souviens de celle qui était contre la grande pendule, face vers le mur ?

— Oui, mais je ne l'ai pas regardée.

— Moi si. C'est elle, dit Louis en faisant glisser la photo du journal vers Marc. « Criante de vérité », comme dirait Clairmont.

Marc s'approcha de la table, la casserole d'eau bouillante à la main, et jeta un œil au journal jauni.

— Jamais vue, dit-il.

— Et toi, Clément ? demanda Louis en déplaçant la photo.

Marc avala deux cachets puis passa le café, pendant que Clément observait la femme et que Louis observait Clément.

— Je dois dire quelque chose quant à cette femme ? demanda Clément.

— C'est cela.

— Quoi par exemple ?

Louis soupira.

— Tu ne la connais pas ? Tu ne l'as jamais vue ? Ne serait-ce qu'un soir, il y a huit ans, à Nevers ?

Clément regarda Louis sans un mot, la bouche ouverte.

— Bon sang, lui casse pas la tête, dit Marc en servant le café.

— Tu ne vas pas faire comme Marthe à présent, merde. Il n'est pas en sucre.

— Si, il est un peu en sucre, objecta Marc avec raideur. Si tu l'affoles, il se tirera. Explique-toi clairement et ne tends pas de piège.

— Très bien. Elle habitait Nevers, elle s'appelait Claire, elle a été étranglée il y a huit ans, un soir, dans son appartement. L'assassin l'a lardée de coups de lame. Près de sa tête, il y avait les mêmes petites traces embrouillées que chez les trois victimes de l'Aquitaine, de la Tour-des-Dames et de l'Étoile. C'est-à-dire que le tueur aux ciseaux a commencé sa série bien avant Paris. Il l'a commencée avec cette femme, à Nevers.

— Elle est morte ? interrompit Clément en posant sa main sur la figure de la femme.

— Complètement, dit Louis. Après quoi, le tueur a disparu pendant huit ans, peut-être à l'étranger, puis il est venu à Paris, et il a remis ça.

— C'est le Sécateur, gronda Clément. Tchik, tchik.

— C'est le Sécateur ou c'est le troisième homme, dit Louis. Le violeur sans nom.

— Pourquoi ce type aurait violé la femme du parc et n'aurait pas touché les autres ? dit Marc en tirant le journal vers lui.

— Le troisième homme n'a peut-être pas touché la femme du parc. Demande à Clément. Il nous a dit qu'il s'était enfui le premier, parce qu'il était habillé, tu te souviens ?

— Clairmont ? demanda Marc en parcourant attentivement la coupure de presse.

— Il l'a sculptée, en tous les cas, et ça n'a rien d'agréable. Comme il a sculpté Nicole Verdot.

— Mais il n'a pas disparu pendant huit ans, semble-t-il, pas plus que le Sécateur.

— Tchik, dit Clément, la tête plongée dans sa tasse de café.

— Je sais, poursuivit Louis. J'ai questionné Merlin sur la vie de son beau-père, et le vieux ne l'a jamais lâché d'une semelle, à son grand dam. Mais il a pu, comme le Sécateur, se tenir à carreau pendant toutes ces années, refréner sa...

— Sa mouche, proposa Marc. Le vol cinglé de la mouche à merde dans son casque épais.

— Si tu veux, dit Louis en balayant l'air de sa main comme pour chasser l'insecte. À moins que le troisième violeur soit encore un autre type, un complice inconnu du Sécateur. Il participe au viol de la jeune femme, puis il la tue dans la nuit, ainsi que le jeune Rousselet, et moins d'un an après, il assassine la petite Claire. Il prend peur, et il se tire au loin, mettons en Australie, et plus personne n'entend parler de ses crimes.

— C'est vrai, reconnut Marc, qu'on n'a pas souvent des nouvelles de l'Australie, si on y pense.

— Et il revient, continua Louis, avec les mêmes pulsions en tête. Mais cette fois, pas question de prendre des risques. Il se prépare méticuleusement un point de fuite. Et il recherche le jeune salaud qui lui avait rincé les fesses à l'eau glacée en plein viol.

— Moi, je l'ai fait, dit Clément en relevant brusquement la tête.

— Oui, dit Louis doucement. Ne t'en fais pas, je m'en souviens. Il le recherche, il le retrouve, presque là où il l'avait laissé, dans cette bonne vieille cité de Nevers. Il le traîne jusqu'à Paris et il lui colle tout sur les reins.

— Oui, dit Marc. Je comprends que tu aies passé la nuit debout. Mais dans le fond, ça ne nous avance en rien. Ça nous ajoute un crime, c'est vrai, mais on savait déjà que la mouche du type était de l'affaire ancienne.

— Laisse un peu tomber cette mouche, je t'en prie.

— Et ça nous raconte que le vieux Clairmont sculpte des femmes assassinées, ce qui n'est bien sûr pas négligeable. Mais ça ne nous donne pas une preuve assez solide pour sortir Clément de son guêpier. Le vieux peut très bien nourrir ses fantasmes avec l'actualité des unes des journaux. Il n'a peut-être touché qu'aux photos, et pas aux femmes.

— Au fait, dit soudainement Louis, il y a eu de la visite ici hier ?

— Rien de grave, une amie de Lucien. On a descendu Clément à la cave. Elle ne l'a ni vu, ni entendu, sois tranquille.

Louis eut un geste impatient.

— Tâche de faire comprendre à Lucien, dit-il d'un ton rude, que ce n'est pas le moment de fixer des rendez-vous mondains à la baraque.

— C'est fait.

— Ce type va tous nous foutre dedans.

— Pense à autre chose, dit Marc, légèrement crispé.

Louis prit place de l'autre côté de la table, près de Clément, et réfléchit quelques minutes en silence, le menton posé sur ses poings.

— La femme de Nevers, dit-il, nous avance de trois cases. Par elle, on serre l'étau autour du vieux sculpteur, mais sans certitude, je te l'accorde. N'empêche qu'il est en plein dedans. Par elle encore, on voit que l'interprétation poétique de Lucien est définitivement foireuse. Les meurtres aux ciseaux ont commencé bien avant celui du square d'Aquitaine, probablement avec celui de la petite Claire de Nevers, et ont peut-être continué ailleurs pendant huit années, mettons en Australie.

— Mettons.

— Il faudrait donc ajouter des vers avant le premier vers du poème, et cela ne se peut pas.

— Non, reconnut Marc. Mais tu as dit que le type comptait ses victimes. Dans ce cas, pourquoi a-t-il

parlé à Clément de la « première » et de la « deuxième »
femme ?

Louis grimaça.

— Faut croire que ce sont les « premières femmes »
que Clément devait pister, mais pas les premières de
sa série criminelle.

— La série ne serait pas forcément « finie » ?

— Je ne sais plus, Marc, bon sang. Ce que je sais,
c'est qu'on oublie *El Desdichado* et son soleil noir. La
clef de la boîte est ailleurs. Enfin, troisième point :
par l'ancien meurtre de Nevers, on a une chance de
savoir à quoi ressemble vaguement le tueur. Au moins
de savoir s'il peut s'agir de Clairmont ou du Sécateur.

— Tchik, dit Clément.

— Ou de la poupée de qui tu sais, ajouta Louis à
voix basse. Ou encore d'un complet inconnu. Parce
que le soir de l'assassinat de Claire Ottissier, le tueur
a manqué se faire gauler par un voisin qui l'a talonné
pendant un bon moment. Un « pâtissier courageux ».
Tu liras l'article.

Marc siffla entre ses dents.

— Oui, dit Louis. Je repars à Nevers après le déjeuner. Si possible, accompagne-moi. Confie Clément au
parrain et à Mathias, ça ira très bien à présent qu'ils
collent des cailloux ensemble.

— Et mes ménages ? T'en fais quoi de mes ménages ?

— Décommande-toi. C'est l'affaire d'un jour ou deux.

— Ça ne fait pas responsable, bougonna Marc. Je
viens à peine de trouver mes places. Pourquoi veux-
tu que j'aille là-bas ? Tu peux très bien discuter sans
moi avec le pâtissier courageux.

— Évidemment. Mais je ne saurais pas lui dessiner
la tête de Clairmont ou du Sécateur, ou de qui tu sais.
Toi oui.

— Tchik tchik, dit Clément.

— Oublie un peu ce Sécateur, veux-tu, Clément ? dit
Louis en lui posant la main sur le bras.

Marc faisait la moue, indécis.

— Réfléchis, dit Louis en se levant. Je repasse vers deux heures. Le linge de Mme Toussaint est peut-être moins urgent que le tueur.

Marc jeta un œil au panier.

— C'est le linge de Mme Mallet, rectifia-t-il. Pourquoi les journaux de l'époque parlent-ils d'une « tueuse » ?

— Je ne sais pas. Ça m'inquiète aussi.

32

Le Sécateur était assis à l'ombre de sa cabane à outils. Avec une cuiller à soupe, il enfournait à grosses bouchées le contenu d'une gamelle. Louis le regarda bâfrer pendant quelques instants. Puis il vint s'adosser à un tronc d'arbre face à lui, et sortit un sandwich d'une pochette en papier. Les deux hommes mastiquèrent sans s'adresser la parole. Le cimetière était vide, silencieux, le roulement de la circulation lointain. Le Sécateur avait déplié sur sa sacoche une serviette propre et blanche aux angles en dentelle, sur laquelle il avait posé son pain et son couteau. Il essuya la sueur de son front, jeta un coup d'œil trouble à Louis puis reprit sa mastication, indifférent.

— Attention, la guêpe ! cria soudain Louis en tendant un bras.

Le Sécateur écarta vivement la cuiller de ses lèvres et la secoua dans l'air. L'insecte s'envola, tourna quelques instants autour des cheveux de l'homme et disparut.

— Merci, dit-il.

— Pas de quoi.

Le Sécateur enfourna une nouvelle cuillerée, pensif.

— Il y a un essaim dans le mur sud, dit-il. J'ai manqué me faire piquer trois fois hier.

— Faudrait prévenir les pompiers.

— Ouais.

Il racla sa gamelle bruyamment et la coinça entre ses genoux pour attraper son pain.

— C'est joli, ce napperon, dit Louis.

— Ouais.

— C'est fait main, on dirait.

— C'est ma mère qui l'a fabriqué, grogna le Sécateur en agitant son couteau. Faut en prendre soin, très soin. C'est un protège-fils.

— Un protège-fils ?

— T'es sourd ? Ma mère en a fabriqué pour tous ses enfants. Faut le laver tous les dimanches et le faire sécher propre, si tu veux que ça protège. Parce que, elle disait, ma mère, que si tu laves le napperon chaque dimanche, t'es bien obligé de savoir quel jour on est, et pour ça, faut pas trop picoler. Et t'es obligé de te lever pour le faire. Et t'es obligé d'avoir de l'eau chaude et du savon. Et pour avoir l'eau, faut un toit sur ta tête. Et le toit, faut que tu le payes. Ce qui fait que rien que pour garder le napperon propre, faut drôlement trimer, et tu pourras pas te croiser les pouces tous les jours que Dieu fait avec ton pinard, elle disait, ma mère. C'est pour ça que c'est un protège-fils. Ma mère, ajouta le Sécateur en se tapant sur le front avec le manche du couteau, elle prévoyait tout.

— Et les filles ? demanda Louis. Elle a fait des protège-filles ?

Le Sécateur haussa les épaules avec dédain.

— Les filles, ça picole pas pareil.

— Et tu laves tout ton linge tous les dimanches ?

— Le napperon, c'est suffisant pour tout protéger.

Louis chassa une nouvelle guêpe, termina son sandwich et débarrassa sa veste des miettes de pain. Il avait de la veine, le Sécateur. Lui, il n'avait de son père qu'une courtepointe en ciment pour le tenir au lit quand il avait trop bu.

— Je t'ai apporté un vin de chez toi. Du sancerre.

Le Sécateur lui jeta un œil soupçonneux.

— Je suppose que t'as pas amené que ça.

— Non, j'ai la photo d'une femme morte.

— Ça m'aurait étonné.

Le Sécateur se leva, rangea soigneusement son napperon blanc dans sa vieille sacoche sale, rinça sa gamelle dans la cabane et chargea un râteau sur son épaule.

— J'ai à faire, dit-il.

Louis lui tendit la bouteille. Le Sécateur la déboucha en silence et avala quelques longues gorgées. Puis il tendit la main et Louis lui passa la coupure du journal de Nevers, pliée à l'emplacement de la photo. L'homme l'examina quelques instants, et but une petite gorgée.

— Ouais, dit-il. Où est le traquenard?

— Tu la connais?

— Tu te doutes que oui. J'étais encore à Nevers quand elle est morte. Tous les Neversois la reconnaîtraient, on n'a vu qu'elle dans le journal pendant deux semaines. Tu collectionnes?

— Je pense que c'est le tueur aux ciseaux qui l'a supprimée. Toi, par exemple.

— Va te faire voir. Il n'y avait pas que moi, à Nevers. L'idiot du village, il y était aussi.

— Mais lui, il n'a pas foncé à Paris deux semaines après ce meurtre. Comme toi, pas vrai? Tu as eu peur?

— J'ai peur de rien, sauf de pas pouvoir laver le napperon. Il n'y avait plus de boulot à Nevers, c'est tout.

— Je te laisse, Thévenin, dit Louis en rangeant la coupure de journal dans sa poche. Je vais dans ta ville.

Le Sécateur se mit à râteler l'allée sablée d'un air sombre.

— Je vais voir le gars qui a coursé le meurtrier, ajouta Louis.

— Lâche-moi.

Louis traversa lentement le cimetière par une allée brûlante et récupéra sa voiture surchauffée. Il vaporisa Bufo avant de l'installer sur le siège avant. Il se demandait comment il allait planquer le crapaud pendant le voyage si Vandoosler le Jeune l'accompagnait. Dans la boîte à gants, peut-être? Louis la vida de son tas de cartes routières et de déchets divers et étudia la viabilité du petit habitacle. Il ne comprenait pas que Marc puisse être à ce point dégoûté par les amphibiens. De toute façon, il ne comprenait presque pas Marc, et vice versa.

Il poussa la porte de la baraque pourrie vers deux heures. Lucien prenait le café avec Vandoosler le Vieux et Louis accepta sa quatrième tasse de la journée.

— T'as parlé aux flics? demanda Lucien.

— Nerval? Oui. Ils s'en foutent.

— Tu blagues? cria Lucien.

— Pas du tout.

— Tu veux dire qu'ils ne vont rien faire pour la prochaine femme?

— Ils ne vont pas surveiller tes rues, en tous les cas. Ils attendent que ceux qui planquent Clément fassent une bourde et le lâchent. Peinards.

Lucien était devenu rouge. Il renifla bruyamment et jeta ses cheveux en arrière.

— Ce ne sont pas *mes* rues, nom de Dieu! cria-t-il. Qu'est-ce que tu vas faire?

— Rien. Je vais à Nevers.

Lucien se leva en repoussant sa chaise avec fracas et quitta la pièce.

— Et voilà, commenta Vandoosler le Vieux. Saint Luc est un convulsif. Si tu cherches Clément, il est en bas avec Saint Matthieu. Saint Marc est dans son étage. Il bosse.

Mécontent à son tour, Louis grimpa au deuxième étage et frappa à la porte. Marc était installé à sa table, au milieu d'un fatras de copies de manuscrits. Un crayon coincé entre les lèvres, il fit un léger signe de tête.

— Arrache-toi, dit Louis. On part.

— On trouvera rien, dit Marc sans lâcher de l'œil son manuscrit.

— Ôte ce crayon, je ne comprends pas un mot.

— On ne trouvera rien, répéta Marc sans crayon, en se tournant vers Louis. Et surtout, ça m'ennuie de lâcher Lucien en ce moment.

— Quel moment? Tu as peur qu'il n'envoie Clément faire un tour?

— Non, c'est autre chose. Attends-moi, je dois lui parler.

Marc monta quatre à quatre jusqu'au troisième étage et redescendit dix minutes plus tard.

— C'est bon. Le temps de prendre mes affaires.

Louis le regarda tasser du linge en bouchon dans un sac à dos et y ajouter un paquet de copies de ses manuscrits médiévaux, comme à chaque fois qu'il s'éloignait de sa table de travail, fût-ce pour une nuit. Louis estima que Marc aurait peut-être bien eu besoin d'un napperon protège-fils pour lutter contre ses dégringolades vertigineuses dans les puits de l'Histoire.

33

Marc avait pris le volant pendant que Louis se taillait une sieste sur la banquette arrière. Réveille-moi quand on verra la Loire, avait-il dit. Vers trois heures et demie, Marc avait passé Montargis et ouvert d'une main tâtonnante la boîte à gants pour y chercher la carte routière. Ses doigts avaient effleuré quelque chose de sec et mou et il avait poussé un cri en se garant en catastrophe sur le bas-côté. Il avait risqué un coup d'œil dans la boîte et découvert Bufo qui roupillait sur un vieux chiffon humide. Nom de Dieu, il avait touché le crapaud.

Révolté, il s'était retourné pour insulter Louis, mais l'Allemand ne s'était même pas réveillé.

Marc avait bégayé des jurons et avait très lentement refermé le couvercle de la boîte à gants, appelant à lui la figure du Courageux Pâtissier pour se donner de la bravoure. Un gars qui cherche le tueur aux ciseaux ne peut pas décamper devant une saleté de crapaud. En sueur, il avait repris la route et ne s'était calmé qu'après un bon bout de conduite.

À quatre heures et demie, la chemise collée au siège, il longeait la Loire. Il décida d'attendre avant de réveiller Louis et de l'injurier. À une trentaine de kilomètres de Nevers, il freina brusquement et fit demi-tour. Il gara sur la place d'une petite cité médiévale et abandonna l'Allemand et le crapaud dans la voiture pour descendre à pied vers l'église. Il en fit le tour avec bonheur pendant une demi-heure puis s'installa un long moment sur le parvis, la tête levée vers la haute tour-façade. Quand les lourdes cloches sonnèrent six heures, il se leva, étira ses bras et rejoignit la voiture. Mécontent, Louis l'attendait debout, appuyé sur l'aile avant.

— On y va, dit Marc en levant une main apaisante.

Il s'installa au volant et reprit la direction de la nationale 7.

— Qu'est-ce qui t'a pris, nom d'un chien, de t'arrêter ici ? dit Louis. Tu as vu l'heure ?

— On a tout le temps. Je ne pouvais pas passer ici sans venir saluer la fille aînée de Cluny.

— Qui c'est, cette fille ?

— Une fille dont j'ai toujours été très amoureux. Elle, ajouta-t-il en pointant un doigt vers la droite, au moment où la voiture repassait en sens inverse devant l'église. Une des plus belles filles romanes qui soient. Regarde-la, regarde-la ! cria-t-il soudain en agitant le bras. Elle va disparaître après le tournant, bon sang !

Louis soupira, se tordit la tête, regarda et se réinstalla en jurant entre ses dents. Ce n'était certes pas le moment que Marc se laisse couler dans un puits d'Histoire et, depuis hier, Louis le sentait sur une pente très menaçante.

— Très bien, dit-il, fonce maintenant. On a assez perdu de temps comme ça.

— Ça ne serait pas arrivé si tu n'avais pas fourré ta saleté de crapaud dans la boîte à gants. J'avais besoin d'un grand rinçage spirituel après ce contact charnel non désiré.

Les deux hommes restèrent silencieux pendant les derniers kilomètres et Louis reprit le volant à Nevers, parce qu'il connaissait un peu la ville. Il consulta plusieurs fois le plan pour repérer la maison de Jean-Michel Bonnot et gara peu de temps après devant sa porte. Marc reprit la parole le premier pour proposer d'aller boire un sérieux coup avant de se ruer dans l'intimité du Courageux Pâtissier.

— Tu es sûr qu'il est chez lui ? dit Marc une fois attablé devant une bière.

— Oui. C'est lundi aujourd'hui, il ne travaille pas. J'ai fait prévenir ce matin par sa femme. Tu penses que tu pourras dessiner le Sécateur et Clairmont ?

— À peu près.

— Commence, puisqu'on ne fait rien.

Marc tira un bloc et un stylo de son sac, arracha une page et se concentra. Louis le regarda crayonner pendant une quinzaine de minutes, les sourcils froncés.

— Je dessine la mouche aussi ? demanda Marc sans interrompre son dessin.

— Dessine plutôt la silhouette générale, en sus du visage.

— Très bien. Ça fera un supplément. Tandis que la mouche, c'était gratuit.

Marc acheva son croquis et le passa à Louis.

— Ça te convient ?

Louis hocha la tête plusieurs fois pour marquer son assentiment.

— On y va, dit-il en roulant la feuille. Il est sept heures.

La femme de Bonnot les pria d'entrer dans le salon pour attendre. Marc s'assit du bout des fesses sur un grand canapé recouvert d'une dentelle au crochet et attaqua son second croquis. Louis s'était installé franchement dans un fauteuil en velours et avait étendu ses longues jambes devant lui. Il n'aimait pas rester jambes pliées plus que nécessaire, à cause de son genou. Jean-Michel Bonnot entra peu de temps après. Il était petit, ventru, il avait les joues très rouges, le regard incertain, et d'importantes lunettes. Marc et Louis se levèrent. Il leur serra la main gauchement. Par la porte entrouverte, on entendait les bruits du repas des enfants.

— Nous arrivons tard, dit Louis, veuillez nous excuser. Mon ami s'est trouvé contraint de s'arrêter en route pour visiter une vieille amie.

— Ce n'est rien. Ma femme n'avait pas retenu l'heure exacte.

Louis exposa longuement au pâtissier les liens qui, à son avis, pouvaient unir le meurtre de Nevers et la tragique série de crimes que Paris connaissait actuellement. Il dit combien son concours pouvait s'avérer décisif dans la recherche du tueur qu'il avait, il y a huit ans, si courageusement poursuivi.

— Je vous en prie, dit Bonnot.

— Si, insista Louis, avec beaucoup de courage. Tous les journaux de l'époque l'ont souligné.

— Je croyais que la police recherchait l'homme dont on a publié partout le portrait-robot ?

— Ce n'est qu'une piste, mentit Louis. Ils pensent en tous les cas que l'assassin, quel qu'il soit, pourrait venir de Nevers.

— Vous n'êtes pas policier ? demanda l'homme en jetant à Louis un regard furtif.

— Chargé de mission de l'Intérieur.

— Ah, dit Bonnot.

Marc crayonnait avec intensité, levant parfois les yeux vers le courageux pâtissier. Il se demandait comment Bonnot aurait réagi si Louis avait posé sur sa table l'immonde crapaud qu'il avait discrètement glissé dans sa poche en sortant de voiture. Il supposait que Bonnot aurait pris la chose avec flegme. Un jour, il l'aurait peut-être, ce flegme, il n'y avait aucune raison de désespérer.

— L'homme du portrait-robot, vous le connaissez ? questionna Louis.

— Non, répondit Bonnot, avec une pointe d'hésitation.

— Ce n'est pas sûr ?

— Si. C'est seulement ma femme qui a plaisanté l'autre soir parce qu'il lui rappelait un peu un type de chez nous, un peu simplet. On le rencontre de temps à autre, il trimballe son accordéon dans les rues, et parfois, on lui donne la pièce. J'ai dit à ma femme qu'il ne fallait pas rire de ces sujets-là, ni des assassins, ni des simplets.

Mme Bonnot entra à cet instant et déposa sur la table du pastis et un abondant plateau de pâtisseries.

— Servez-vous, dit Bonnot en lançant un coup de menton vers le plateau. Je ne mange jamais de gâteaux. Pâtissier, ça exige beaucoup de discipline.

Bonnot se servit à boire et Louis comme Marc firent comprendre qu'ils étaient également intéressés par le pastis.

— Pardonnez-moi. Je croyais que les policiers ne buvaient pas chez les gens.

— On est de l'Intérieur, réexpliqua Louis, et les gens de l'Intérieur ont toujours bu chez les autres.

Bonnot lui lança le même regard en biais et emplit les verres sans commentaire. Marc tendit à Louis les croquis de Clairmont et du Sécateur, se servit un gros millefeuille et attaqua la silhouette de Clément Vauquer. Bonnot ne lui était qu'à moitié sympathique et ça l'arrangeait de pouvoir rester en marge de la conversation.

Bonnot examinait à présent avec Louis le dessin du Sécateur, en tripotant ses lunettes sur son nez. Il eut une petite moue de dégoût.

— Il n'est pas très agréable, si ?

— Non, convint Louis, pas très.

Bonnot passa au portrait de Clairmont.

— Non, dit-il au bout d'un moment, non... Comment voulez-vous que je me rappelle ? Vous connaissez l'histoire... C'était en février, l'assassin était emmitouflé dans une écharpe, avec un bonnet par là-dessus. Je n'ai même pas pensé à le regarder, tellement j'étais choqué. Et ensuite, la bousculade, et puis la poursuite, toujours de dos... Je suis désolé. S'il fallait choisir entre les deux, à la silhouette, à la corpulence, je voterais pour celui-là, dit-il en posant un doigt sur Clairmont. L'autre me paraît un peu large des épaules. Mais franchement…

Marc arracha sa page avec bruit et posa le croquis silhouetté de Clément sous ses yeux. Puis il choisit un éclair au café et se remit à son bloc. Le type était bon pâtissier, rien à dire. Un emmerdeur comme Lucien aurait décrété que les parts étaient trop grosses, sans raffinement, mais ça convenait parfaitement à Marc.

— Non… répéta Bonnot. Je ne sais pas. Peut-être celui-là est-il trop maigrichon…

— Comment courait-il ?

— Pas bien. Il n'allait pas très vite, il tenait les bras en arrière et il ralentissait tous les dix mètres, comme s'il fatiguait. Il n'avait rien d'un sprinter, ça non.

— Comment se fait-il qu'il ait pu vous échapper dans ces conditions ?

— Je suis un très mauvais coureur moi-même. En plus, j'ai dû m'arrêter pour ramasser mes lunettes qui étaient tombées. Le gars en a profité pour me filer entre les doigts. Voilà comment cela s'est passé. Pas plus malin que ça.

— Personne d'autre n'a couru avec vous ? Personne d'autre ne l'a vu ?

— Personne.

— Vous étiez seul quand l'attaque a eu lieu ?

— Ma femme était à la maison.

— Elle n'a rien entendu ?

— Non. Mais moi, j'étais encore dans la cage d'escalier, j'arrivais juste sur le palier quand ça s'est produit.

— Je comprends.

— Pourquoi vous me demandez ça ?

— Pour me figurer votre réaction. Ce n'est pas commun de se jeter aux trousses d'un assassin.

L'homme haussa les épaules.

— Je vous le certifie, dit Louis. Vous n'êtes pas peureux ?

226

— Si, comme tout le monde. Mais il y a toujours une chose dont les hommes n'ont pas peur, hein ?

— Quoi donc ?

— Eh bien des femmes, pardi ! Et moi, ce type-là, sur le coup, j'ai bel et bien cru que c'était une bonne femme ! Alors je me suis lancé après elle sans penser. C'est pas plus malin que ça.

Marc hocha la tête tout en griffonnant. Le « Très Moyennement Courageux Pâtissier », rectifia-t-il intérieurement. Au moins, cette visite n'avait pas été inutile, le monde rentrait dans l'ordre des choses.

— Comment il était, ce millefeuille ? demanda Bonnot en se tournant vers Marc.

— Excellent, répondit Marc en levant le crayon. Copieux, mais excellent.

Bonnot approuva de la tête et revint à Louis.

— Ce sont les policiers qui m'ont détrompé. D'après eux, une femme n'aurait pas eu la force nécessaire pour abattre la voisine aussi rapidement. La voisine était sacrément solide, faut le dire.

— J'aimerais beaucoup savoir, dit Louis en tendant un doigt vers la bouteille de pastis, ce qui vous a fait penser à une femme ? Vous avez entr'aperçu son visage, son corps ? Ne serait-ce qu'une seconde ?

Bonnot secoua lentement la tête en lui versant un second verre.

— Non… Je vous ai expliqué qu'elle, qu'il était complètement emmitouflé. Il avait un gros manteau de laine marron, et un pantalon ordinaire, comme on peut en voir l'hiver aux hommes et aux femmes…

— Des cheveux qui dépassaient du bonnet ?

— Non… Ou alors je ne les ai pas vus. Je n'ai rien vu, dans le fond. J'ai juste cru que c'était une solide bonne femme, pas très jeune, et pas spécialement gracieuse. Je ne sais pas pourquoi. Pas à cause des habits, pas à cause de la silhouette, pas à cause du visage ou des cheveux. Alors à cause d'autre chose, forcément, mais je ne sais pas quoi.

— Cherchez, ça pourrait être très important.

— Mais ils ont dit que c'était un homme, objecta Bonnot.

— Et si vous aviez raison ? proposa Louis.

Un sourire un peu sournois passa sur le visage du pâtissier. Il posa son menton dans ses mains et réfléchit en marmonnant. Louis rassembla les dessins et les tendit à Marc qui les glissa dans son bloc.

— Je ne vois rien, dit Bonnot en se redressant. C'est loin.

— Ça viendra peut-être, dit Louis en se levant. Je vous appellerai ce soir pour vous laisser le numéro de mon hôtel. Et si quoi que ce soit vous revenait en mémoire, concernant la femme ou les croquis, laissez-moi un message. Je suis encore là toute la matinée.

Marc et Louis marchèrent un moment dans la ville à la recherche d'un dîner. La soirée était encore très chaude et Louis tenait précautionneusement sa veste sur son bras.

— Mauvaise pioche, dit Marc.

— Sans doute. L'homme n'est pas très engageant.

— J'ai dessiné pour rien. Le très moyennement courageux pâtissier est totalement myope, de toute façon.

— Mais cette histoire de femme est très intéressante, si elle est vraie.

— Ce qui n'a rien de certain. Il ne transpire pas la franchise.

Louis haussa les épaules.

— Il y a des gens comme ça. Viens, on va bouffer là. C'est un des petits restaurants où Clément avait l'habitude de venir jouer le soir.

— Je n'ai pas faim, dit Marc.

— Comment étaient les gâteaux ?

— Réellement bons. Comme pâtissier, le type est réglo.

Louis choisit une table isolée.

— Dis-moi, dit-il en s'asseyant, qu'est-ce que tu dessinais chez le trouillard pâtissier, après avoir terminé les portraits? Des églises, des fleuves, des gâteaux?

— Le vieux Clairmont te dirait que tout cela, ce sont des femmes. Je ne dessinais ni les uns ni les autres.

— Quoi alors?

— Tu veux vraiment le savoir?

Marc lui tendit le bloc ouvert et Louis grimaça.

— Qu'est-ce que c'est que cette saleté? Un de tes diables putrides ou quoi?

— C'est un agrandissement par quarante de la mouche de Clairmont, expliqua Marc en souriant. La mouche qu'il a dans le casque.

Louis secoua la tête, un peu navré. Marc tourna la page.

— Et ça, dit-il, c'est une autre mouche agrandie.

Louis tourna le bloc dans un sens, dans un autre, cherchant un repère dans un fatras de traits enchevêtrés, troués de grands vides.

— On n'y comprend rien, dit-il en rendant le bloc à Marc.

— C'est parce qu'elle est insondable. C'est la mouche du tueur.

34

À six heures du soir, Lucien, assez exalté, était revenu de ses cours en hâte et s'était précipité à la cave. Mathias et Clément s'acharnaient sur un rognon de silex avec un rouleau de scotch.

— Tu es prêt ? questionna Lucien.

— On termine, dit Mathias tranquillement.

Lucien tambourina sur la table pendant que le chasseur-cueilleur achevait son collage. Puis Mathias ôta le silex des mains de Clément et le déposa délicatement dans un bac.

— Grouille, dit Lucien.

— Ça va. Tu as pris la bouffe ?

— Ton sandwich rustique et ton litre d'eau claire, une barquette de poulet indien aux petits pois et de la bière pour moi.

Mathias ne fit pas de commentaire et remonta l'escalier en poussant doucement Clément devant lui.

Dans le réfectoire, Lucien s'empara du manche à balai et frappa frénétiquement quatre coups sonores au plafond. Une petite cupule de plâtre tomba à ses pieds et Mathias eut un imperceptible geste de désapprobation. La porte des combles claqua et Vandoosler le Vieux apparut une minute plus tard.

— Déjà ? demanda-t-il.

— Je préfère y être dès sept heures, dit Lucien d'une voix ferme. L'impréparation militaire est toujours cause de carnages sans nom.

— Très bien, dit le parrain. Quelle rue prends-tu ?

— Mathias se poste rue du Soleil, et moi rue de la Lune. Tant pis pour la rue du Soleil d'or. Nous ne sommes que deux.

— Tu es sûr de toi ?

— Du poème ? Aussi certain qu'on peut l'être. Pour les deux types, j'ai des croquis de Marc, et il nous les a décrits minutieusement.

— C'est peut-être un inconnu.

Lucien renifla avec impatience.

— Faut courir notre chance. T'es contre ?

— Pas du tout.

Le parrain les suivit jusqu'à la porte, donna un tour de verrou derrière eux et empocha la clef. Ce soir, il était seul pour de longues heures avec Clément Vauquer.

35

À l'hôtel de la Vieille-Lanterne, à Nevers, on ne servait plus de petit déjeuner après dix heures. Louis avait l'habitude de cette punition, puisqu'il faisait partie de ces hordes suspectes qui se lèvent après l'heure légale, entre onze heures et midi, l'heure des décalés, des noctambules, des proscrits, des coupables, des fainéants, des célibataires, des mal-rasés, et des immoraux. À la réception, on l'informa qu'il avait deux messages. Louis déplia hâtivement le premier billet et il reconnut l'écriture de Marc, ce qui ne présageait rien de bon.

« Salut, fils du Rhin,
Je suis parti à huit heures rendre une nouvelle visite à la fille aînée que tu sais, et à ses bâtiments alentour que je n'ai pas eu l'occasion de saluer hier. Je serai entre 14 h 30 et 15 h 30 sur le vieux pont. Si je ne te vois pas, je rentre en train. Au cas où ton crapaud envisagerait de rejoindre les berges de la Loire, ne tente pas à tout prix de l'en empêcher,

Marc. »

Louis secoua la tête avec irritation. Comment pouvait-on se lever à l'aube pour aller voir une église qu'on avait déjà vue la veille, cela dépassait son entendement. Marc descendait dans l'oubliette de son foutu Moyen Âge et il n'allait plus être utile à grand-chose. Il déplia le deuxième billet, beaucoup moins prolixe. Il avait reçu ce matin un appel de Jean-Michel Bonnot, prière de passer à la boutique dès que possible.

Louis trouva le magasin du Couard Pâtissier sans difficulté. Sa femme le guida jusqu'aux cuisines étouffantes du sous-sol, qui sentaient le beurre et la farine. Il se rappela qu'il n'avait pas déjeuné, et Bonnot, plus rouge que la veille et visiblement impatient, lui servit deux croissants brûlants.

— Ça vous est revenu ? demanda Louis.

— Exactement, dit Bonnot en frottant ses mains l'une contre l'autre pour les débarrasser de la farine. Impossible de fermer l'œil hier soir, avec la pauvre petite voisine qui me tournait dans la tête comme un fantôme. Je suis claqué.

— Oui, dit Louis, je sais ce que c'est.

— Ma femme disait que c'était la lune, mais moi je savais bien que c'était la voisine. Forcément, avec toutes vos histoires.

— Je suis navré.

— Et tout d'un coup, vers deux heures du matin, je revois tout. Et je sais pourquoi je croyais que c'était une femme.

Louis posa un regard fixe sur le pâtissier.

— Allez-y, dit-il.

— Vous allez être drôlement déçu, mais c'est vous qui m'avez demandé de vous prévenir.

— Allez-y, répéta Louis.

— Si vous y tenez. Quand je suis entré dans la pièce, l'assassin était accroupi dans son gros manteau près du corps de Claire. Il y avait du sang et la panique m'a monté à la gorge. Il m'a entendu, et il n'a pas pris le temps de se retourner, il s'est levé et m'a foncé dessus. Mais juste avant, en un dixième de seconde, il avait ramassé un truc sur le tapis. Et ce truc, c'était un bâton de rouge à lèvres.

Bonnot s'arrêta pour scruter Louis par un regard en dessous.

— Continuez, dit Louis.

— Eh bien c'est tout. Le bâton de rouge, plus le bas qui traînait par terre, ça a fait deux et deux font quatre. Je me suis mis à courir après *elle* sans penser une seule seconde que ça pouvait être un homme.

— Ça se tient.

— Mais je vous le demande, si c'est bien un homme, qu'est-ce qu'il pouvait bien trafiquer là avec un bâton de rouge ?

Les deux hommes gardèrent le silence quelques instants. Louis, pensif, mangeait son deuxième croissant très lentement.

— Ce tube de rouge, où l'a-t-il ramassé ?

L'homme hésita.

— Près de la tête ? Près du corps ?

Bonnot, le visage penché vers le sol, tripotait ses lunettes.

— Près de la tête, dit-il.

— Sûr ?

— Je le crois.

— De quel côté ?

— À droite de sa figure.

Louis sentit son cœur accélérer légèrement. Bonnot tourna à nouveau ses yeux vers le sol. Avec son pied, il dessinait des ronds dans la poussière de farine.

— Depuis la porte d'entrée, reprit Louis avec insistance, vous avez vraiment vu ce bâton ?

— Vu, non, admit Bonnot. Mais on peut reconnaître des choses de loin. C'était bordeaux et argenté, et ça a fait un petit bruit métallique dans sa main. Comme si ça cognait contre des bagues. Exactement comme ma femme quand elle ramasse son tube. Elle le fait tomber tout le temps, je ne sais pas comment elle s'arrange. Je ne l'ai pas vu réellement, non, mais j'ai aperçu les couleurs et j'ai entendu le cliquetis. Et chez moi, ça s'appelle un rouge à lèvres. En tous les cas, c'est à cause de ce truc que j'ai pensé à une femme.

— Merci, dit Louis d'un air toujours songeur, en lui tendant la main. Je ne veux pas vous déranger plus longtemps. Je vous laisse mon numéro personnel à Paris, en cas de besoin.

— Pas de besoin, dit Bonnot en secouant la tête. Je vous ai dit ce que vous vouliez savoir, je ne peux pas plus. Les visages que vous m'avez montrés hier, ils ne me disent toujours rien.

Louis regagna sa voiture d'un pas traînant. Il n'était que midi, il avait le temps de passer au commissariat rendre visite à Pouchet. Louis estimait juste et nécessaire de le tenir informé de sa progression. Ils discuteraient de la reproduction des équidés et du meurtre de Nevers. Il y avait de fortes chances pour que ce soit lui qui ait interrogé Bonnot, à l'époque.

Louis récupéra Marc à trois heures et quart. Il était penché par-dessus le parapet de pierre du vieux pont, et, la tête basculée dans le vide, il regardait couler la Loire. Louis klaxonna et ouvrit la portière sans bouger de son siège. Marc sursauta, courut à la voiture et Louis redémarra sans commentaire.

Plus pour ébrécher la rêverie de Marc que pour l'informer, Louis lui restitua par le menu sa conversation du matin avec le Pleutre Pâtissier, puis son déjeuner avec Pouchet. C'était bien lui qui avait mené l'interrogatoire du témoin. Mais à aucun moment il n'avait été question à l'époque d'un tube de rouge à lèvres. Louis avait payé quatre bières, et ils avaient bu à la santé de tous les bébés mulets à venir.

— Pardon ? dit Marc.

— C'était un pari sur le grand mystère de la conception des mulets. Tu sais, les gros ânes costauds.

— Où est le mystère ? dit Marc innocemment. Les mulets sont les rejetons des ânes et des juments. Dans le cas inverse, c'est un bardot. Sur quoi vous avez parié ?

— Sur rien, dit Louis en fixant la route.

36

Après avoir déposé Marc devant la baraque pourrie, Louis fila droit vers la rue de l'Université. La voix du vieux Clairmont résonna dans l'interphone.

— Kehlweiler, annonça Louis. Paul Merlin n'est pas là ?

— Non. Absent pour la soirée.

— Ça tombe parfaitement. C'est vous que je viens voir.

— À quel sujet ? dit Clairmont avec l'intonation dédaigneuse qu'il adoptait souvent.

— Claire Ottissier, une femme morte à Nevers.

Il y eut un court silence.

— Ça ne me dit rien, reprit la voix du vieux.

— Elle est retournée contre la pendule de votre atelier. Vous l'avez sculptée.

— Ah ! C'est celle-là ? Pardonnez-moi, je ne me souviens pas de tous les noms. Et alors quoi ?

— Vous m'ouvrez la porte ? dit Louis en haussant le ton. Ou vous préférez qu'on discute de votre art nécrophile devant tous les passants ?

Clairmont libéra la porte et Louis le rejoignit dans l'atelier. Le sculpteur s'était posé sur un tabouret haut, torse nu, cigarette fumante aux lèvres. Avec un petit ciseau à bois, il entaillait la chevelure de la statuette en cours.

— On va faire vite, dit Louis. Je suis plutôt pressé.

— Pas moi, dit Clairmont en faisant voler un copeau.

Louis attrapa une pile de photos sur l'établi, s'assit sur un haut tabouret face à Clairmont et se mit à la feuilleter rapidement.

— Faut pas vous gêner, dit Clairmont.

— Comment choisissez-vous les femmes que vous allez sculpter? Jolies?

— Indifféremment. Toutes les femmes n'en forment qu'une.

— Avec rouge à lèvres ou sans rouge à lèvres?

— Indifféremment. Ça a de l'importance?

Louis reposa la pile sur l'établi.

— Mais de préférence, vous les choisissez mortes? Mortes assassinées?

— Pas de préférence. Il m'est arrivé d'immortaliser quelques victimes. Je ne m'en cache pas.

— Pour quoi faire?

— Je crois vous l'avoir déjà dit. Pour les immortaliser, et pour honorer leur supplice.

— C'est quelque chose qui vous fait plaisir?

— Certainement.

— Combien de victimes avez-vous… «honorées»?

— Je dirais sept ou huit. Il y a eu la femme étranglée dans la gare de Montpellier, les deux jeunes filles d'Arles, les femmes de Nevers, quand j'y résidais… Je n'en fais plus, ces derniers temps. Je crois que ça me passe.

Clairmont frappa le ciseau d'un coup de marteau et dégagea une languette de bois.

— Quoi d'autre qui vous chiffonne? reprit-il en étouffant son mégot dans la sciure.

Louis fit un signe et le vieux lui passa une cigarette.

— J'ai l'intention de vous faire arrêter pour le viol et l'assassinat de Nicole Verdot, et le meurtre de Claire Ottissier, dit Louis en allumant sa cigarette à la flamme que lui tendait Clairmont. En attendant d'examiner d'autres chefs d'accusation.

Clairmont secoua l'allumette, sourit et réattaqua la chevelure de bois.

— Ridicule, dit-il.

— Ce n'est pas la question. Les statuettes des deux victimes et votre présence sur les lieux convaincront largement le commissaire Loisel, surtout si je le lui demande. Il s'occupe du tueur aux ciseaux et il est à cran. Il désire un coupable.

— Quel rapport ?

— Claire est la première victime du tueur. Après Nicole Verdot, mais Nicole n'appartient pas à la série. Elle est un prélude.

Un léger trouble passa sur le visage du sculpteur.

— Vous avez l'intention de me mettre tout cela sur le dos ? À cause de mes statuettes ? Vous êtes dingue, ma parole ?

— Vous ne saisissez pas mon plan. Comme vous dites, il n'y a pas de charge, et les flics vous lâcheront après quarante-huit heures, qui ne seront d'ailleurs pas de la rigolade. Mais quand vous reviendrez ici, le mal sera fait : votre beau-fils vous suspectera à jamais d'avoir participé au viol et à la mort de Nicole. Diffamez, diffamez, il en restera toujours quelque chose. Il en restera même tellement qu'il vous foutra dehors, si vous avez la chance qu'il ne vous découpe pas avant avec votre scie sauteuse. Et comme vous ne vivez que de son fric, vous crèverez de misère.

Louis se leva et arpenta l'atelier les mains dans le dos.

— Je vous laisse réfléchir, dit-il calmement.

— Et si je n'aimais pas votre plan ? demanda le vieux en plissant le front, l'expression inquiète.

— Alors vous me raconteriez tout ce que vous savez du viol de Nicole Verdot et j'oublierais provisoirement mon plan. Car vous savez quelque chose. Soit vous y étiez, soit vous savez. Votre cambuse n'était pas à vingt mètres des lieux.

— Ma cambuse était derrière les arbres. Je dormais, je l'ai dit.

— C'est à vous de choisir. Mais faites vite, parce que je n'ai pas la nuit devant moi.

Clairmont serra ses deux mains sur le crâne de sa statue et soupira, tête baissée.

— C'est des méthodes de brute, dit-il entre ses dents.

— Oui.

— Je n'y suis pour rien, ni pour le viol, ni pour les crimes.

— Votre version?

— Il y avait Rousselet, l'étudiant qui est mort dans la Loire. Et le jardinier.

— Vauquer?

— Non, pas le crétin, l'autre.

— Thévenin? Le Sécateur? demanda Louis en frémissant.

— C'est cela, le Sécateur. Et il y avait un troisième type.

— Qui?

— Je ne l'ai pas reconnu. Rousselet a violé Nicole, le Sécateur n'a pas eu le temps. Le troisième n'a rien fait.

— Comment le savez-vous?

Clairmont hésita.

— Grouillez-vous, dit Louis entre ses dents.

— J'ai tout vu depuis ma fenêtre.

— Et vous n'avez pas bougé?

Clairmont agrippa la tête de sa statue.

— Non, j'ai regardé. Avec mes jumelles.

— Grandiose. C'est pour ça que vous n'avez rien dit aux flics?

— Évidemment.

— Même quand Vauquer a été soupçonné?

— Il a été relâché tout de suite.

Louis marcha sans dire un mot dans la pièce, faisant lentement le tour de l'établi.

— Qu'est-ce qui prouve que vous n'êtes pas le troisième homme?

— Ce n'est pas moi, dit violemment Clairmont. C'était un inconnu. Un voyeur, sans doute une connaissance du Sécateur. Si vous le cherchez, c'est par là qu'il faut aller creuser.

— Qu'est-ce que vous en savez ?

— Le surlendemain, j'ai vu le Sécateur dans un bistrot de Nevers. Il était plein aux as et il claquait de grosses sommes au bar. Ça m'intriguait, je l'ai surveillé pendant quelque temps. Le fric a duré au moins un mois, sans compter ce qu'il avait dû se mettre à gauche. J'ai toujours pensé qu'il avait été payé pour ce viol, grassement payé, et Rousselet aussi. Et que le payeur, c'était celui qui tenait la fille. Le voyeur.

— Grandiose, répéta Louis.

Le silence s'installa à nouveau, pesant. Louis tournait un petit morceau de bois entre ses doigts, qui tremblaient légèrement, et Clairmont regardait ses pieds. Quand Louis se dirigea vers la porte, le vieux sculpteur lui jeta un regard alarmé.

— Ne vous inquiétez pas, lui dit Louis sans prendre la peine de se retourner, Paul ne saura pas de quelle façon majestueuse vous avez pris soin de son amie. Sauf si vous m'avez menti.

Les dents serrées, les mains crispées sur le volant, Louis remonta la rue de Rennes à vive allure, brûla la priorité à un bus et fonça vers le cimetière du Montparnasse. C'est en se garant dans la rue Froidevaux, alors qu'une lourde pluie d'orage commençait à tremper le pare-brise, qu'il réalisa qu'il était plus de huit heures et que la grille du cimetière était depuis longtemps fermée. Sans Marc, il n'avait aucun moyen d'escalader le mur. Louis soupira. Chercher Marc pour escalader, chercher Marc pour dessiner, chercher Marc pour courir. Mais Marc s'était ostensiblement esquivé dans une autre époque et Louis doutait de pouvoir l'arracher ce soir à la baraque pourrie.

La voiture donna des signes de faiblesse dans l'avenue du Maine et Louis jeta un coup d'œil sur sa jauge. Plus d'essence. Il cala pas loin de la tour Montparnasse. Il avait fait l'aller et retour à Nevers sans se préoccuper de son réservoir. Il donna un coup de poing sur le tableau de bord, sortit en jurant et, lentement, poussa la voiture le long du trottoir. Il sortit son sac et claqua la portière. La pluie tombait à présent par seaux entiers sur ses épaules. Il marcha aussi vite qu'il le pouvait jusqu'à la place, et s'engouffra dans le métro. Ça devait bien faire six mois qu'il n'avait pas pris le métro et il dut consulter un plan pour repérer son trajet jusqu'à la baraque pourrie.

Sur le quai, il ôta sa veste, sans bousculer la poche où roupillait le crapaud, qui, contrairement aux espoirs de Marc, ne s'était pas précipité en délire vers les berges de la Loire. Bufo, à vrai dire, ne se précipitait jamais en délire sur quoi que ce soit. C'était un amphibien pondéré.

Louis monta dans la rame en s'égouttant et s'assit lourdement sur un strapontin. Le fracas du train étouffait les paroles atroces du vieux Clairmont, et c'était aussi bien comme cela pour dix minutes. Il avait dû se contenir pour ne pas l'aplatir dans son tas de sciure. Aussi bien également que la grille du cimetière fût bouclée. Il n'était pas certain que le napperon protège-fils aurait pu faire grand-chose pour le Sécateur ce soir. Louis respira à fond, posa son regard sur une voyageuse aux cheveux trempés, sur une affiche publicitaire, puis sur un poème arabe du IXe siècle, qui était affiché au bout du wagon. Il le lut consciencieusement du premier au dernier vers, et tâcha d'en déchiffrer la signification, plutôt absconse. C'était une affaire d'espoir et de dégoût, et ça convenait à son humeur. Soudain, il se raidit. Qu'est-ce que foutait un poème arabe du IXe siècle dans son wagon de métro ?

Louis examina l'affiche. Elle était proprement placardée dans son cadre de métal, à côté de la publicité.

Elle comportait deux strophes du poème, suivies du nom de l'auteur et de ses dates de naissance et de mort. En bas, le sigle de la RATP, et un slogan : *Des rimes en vers et en bleu*. Stupéfait, Louis descendit à la station suivante et monta dans le deuxième wagon. Il y trouva un petit poème en prose de Prévert. Il fit les cinq wagons et compta cinq poèmes. Il attendit la rame suivante et inspecta les cinq voitures. Dix poèmes. Il changea, et passa en revue les wagons de deux rames successives. Quand il descendit à Place d'Italie, il était à la tête de vingt poèmes. Le chant arabe s'était répété quatre fois, le Prévert trois fois.

Abasourdi, il s'assit sur le quai, les coudes sur les genoux, le visage appuyé sur les mains. Pourquoi ne l'avait-il pas su plus tôt, bon sang ? Mais il ne prenait jamais le métro. Nom de Dieu. Ils affichaient des poèmes dans les rames et il ne le savait pas. Depuis quand cette opération avait-elle démarré ? Six mois ? Un an ? Louis vit passer devant ses yeux le visage entêté et ardent de Lucien. C'est Lucien qui avait raison. Ce n'était plus des foutaises de littérateur, c'était une effrayante possibilité. Tout s'inversait. Il ne s'agissait plus d'un assassin en quête de poème, mais d'un poème venu croiser la route d'un dément. D'un dément qui l'avait lu dans le métro, face à son siège, comme s'il avait été écrit pour lui, qui l'avait lu et relu, et qui y avait trouvé un « signe », une « clef ». Il n'était plus nécessaire que le tueur fût un fin lettré. Il suffisait qu'il prenne le métro, il suffisait qu'il s'asseye et qu'il regarde. Et que ce texte lui tombe dessus, comme si le destin lui adressait un message personnel.

Louis grimpa les escaliers et frappa à la vitre du guichet.

— Police, dit-il au vendeur de tickets en exhibant sa vieille carte du ministère. Je dois contacter immédiatement un responsable de station. N'importe lequel.

Intimidé, le jeune homme examina les vêtements trempés de Louis et céda devant le bandeau tricolore qui barrait la carte. Il déverrouilla l'étroite porte d'accès et le fit entrer dans l'habitacle.

— Du grabuge en bas? demanda-t-il.

— Aucun grabuge. Est-ce que vous savez depuis quand la RATP affiche des poèmes? Je suis très sérieux.

— Des poèmes?

— Oui, dans les rames. « Des rimes en vers et en bleu. »

— Ah, ça?

Le jeune homme fronça les sourcils.

— Je dirais un an ou deux. Mais en quoi…

— Une affaire de meurtres. J'ai besoin d'informations urgentes concernant un poème précis. Je veux savoir s'il a été affiché, et si oui, quand. Les types de la communication de la RATP doivent savoir ça. Vous avez un annuaire des services?

— Ici, dit le jeune homme en ouvrant un placard métallique et en en sortant un classeur délabré.

Louis prit place derrière un guichet fermé et feuilleta le registre.

— Mais à cette heure-là, intervint timidement le jeune homme, vous ne trouverez personne.

— Je le sais, dit Louis d'un ton las.

— Si c'est si urgent que ça…

Louis se tourna vers lui.

— Vous avez une idée?

— C'est-à-dire… Enfin… je pourrais toujours appeler Ivan. C'est le colleur d'affiches… À force de coller, il en connaît un bout. Peut-être bien que…

— Allez-y, dit Louis. Appelez Ivan.

Le jeune homme composa le numéro.

— Ivan? Ivan? C'est Guy, décroche ton putain de répondeur, c'est urgent, je t'appelle du guichet!

Guy eut un regard d'excuse en direction de Louis. Puis il eut soudain son camarade en ligne.

— Ivan, on a un problème, ici. C'est à propos d'une de tes affiches.

Louis prit le téléphone quelques instants plus tard.

— De quel poème s'agit-il ? demanda Ivan. C'est très possible que je m'en souvienne.

— Je vous le récite ?

— Je crois que c'est le mieux.

Ce fut au tour de Louis de jeter un regard embarrassé au jeune homme. Il se concentra pour se remémorer les quatre vers qu'il avait regardés la veille avec Loisel.

— Bien, dit-il en reprenant l'appareil. Vous y êtes ?

— Je vous écoute.

Louis prit une inspiration.

— *Je suis le ténébreux, le veuf, l'inconsolé, le prince d'Aquitaine à la tour abolie, ma seule étoile est morte et mon luth constellé porte le soleil noir de la mélancolie*. Voilà. C'est d'un certain Gérard de Nerval et ça s'appelle *El Desdichado*. Je ne sais plus la suite.

— Vous pouvez me les redire ?

Louis s'exécuta.

— Ouais, dit Ivan, il a été affiché. J'en suis certain.

— Magnifique, dit Louis, la main serrée sur le téléphone. Est-ce que par hasard vous vous souvenez de l'époque où c'était affiché ?

— Je dirais juste avant Noël. Juste avant Noël, parce que j'ai pensé que ce n'était pas bien gai pour les fêtes.

— En effet.

— Mais après, ça reste placardé pendant plusieurs semaines. Faudrait se renseigner auprès du service.

Louis remercia chaleureusement le colleur d'affiches. Puis il tenta sans succès de joindre Loisel.

— Pas de message, dit-il au flic de garde. Je rappellerai.

Il serra la main du jeune Guy et dix minutes plus tard, il frappait à la porte de la baraque pourrie. Les verrous étaient mis et personne ne bougea. Il posa son sac devant la porte et fit le tour de la maison. Parderrière, on atteignait aux trois fenêtres hautes du rez-de-chaussée, qui donnaient sur une portion un peu plus grande de jardin. Marc l'appelait « l'essart », par opposition à « la friche », parce qu'il l'avait un peu désherbé et que Mathias y avait planté trois pommes de terre. Louis frappa plusieurs coups sur le volet, en criant son nom pour ne pas affoler les gardiens de Clément.

— Je t'ouvre ! gueula la voix de Vandoosler le Vieux.

Vandoosler l'accueillit avec une bouteille de vin à la main.

— Salut, l'Allemand. On se fait une partie de 421 tous les trois.

— Tous les trois qui ?

— Tous les trois, moi, Marthe et son gosse.

Louis pénétra dans le réfectoire et trouva Clément à cheval sur le banc en bois, la vieille Marthe à ses côtés. Il y avait des verres sur la table et des fiches pour marquer les points.

— Où sont les autres ? demanda Louis.

— Les évangélistes ? Sortis se promener.

— Ah bon ? Tous ensemble ?

— Je n'en sais rien, c'est leurs affaires. Tu joues ?

— Non, je prends du café s'il en reste.

— Sers-toi, dit le parrain en reprenant sa place au jeu. Il y en a dans le pot.

— Vandoos, dit Louis en se servant une tasse, ça se pourrait que le Sécateur soit bel et bien le deuxième violeur.

— Tchik, chuchota Clément.

— Et ça se pourrait aussi que lui et Rousselet aient été payés pour le faire. Le troisième homme du viol, sans doute le commanditaire, reste encore dans l'ombre. Et c'est probablement lui, le grand danger. Ce serait une connaissance du Sécateur.

Vandoosler se retourna vers Louis.

— Il y a pire, dit Louis. J'ai fait une bourde. C'est Lucien qui avait raison.

— Ah, fit le parrain d'un ton neutre.

— Mais je ne pouvais pas deviner qu'*El Desdichado* avait été placardé partout dans le métro et le RER au mois de décembre dernier.

— Et c'est important ?

— Ça change tout. L'assassin n'a pas cherché le poème. Il s'est cogné dessus.

— Je comprends, dit Vandoosler en jetant les dés sur le plateau.

— Six cent soixante-cinq, à sec, annonça Marthe.

— Six six cinq, chantonna Clément.

Louis jeta un coup d'œil à la poupée de Marthe. Il avait l'air de se trouver bien à présent, dans cette maison. Louis le comprenait un peu. Le café était meilleur ici que partout ailleurs, même froid comme ce soir. C'était un café fondamentalement reposant. Ça devait être l'eau, ou bien la maison.

— J'ai essayé de contacter Loisel, dit-il, mais il n'est plus au commissariat. Injoignable.

— Qu'est-ce que tu lui veux à ce flic ?

— Je veux le convaincre de faire surveiller les rues. Mais nom d'un chien, on ne peut rien faire avant demain soir.

— Si ça peut te consoler, les évangélistes ont commencé la surveillance hier soir. Ce soir, ils y sont postés tous les trois. Saint Luc déguste un poulet basquaise rue de la Lune, Saint Marc et Saint Matthieu bouffent un sandwich rue du Soleil et rue du Soleil d'or.

Louis considéra en silence le vieux flic qui relançait les dés en souriant et Marthe qui tirait sur son petit cigare en lui lançant un rapide regard. Il passa plusieurs fois les mains dans ses cheveux noirs, encore mouillés de pluie.

— Trois, trois, un, chantonna Clément à voix basse.

— C'est de la mutinerie, dit-il en avalant une gorgée de café froid.

— C'est précisément ce qu'a dit Lucien. Il a dit que ça lui rappelait l'année 1917. Tous guettent le Sécateur ou le vieux sculpteur. Mais si, comme tu le dis, il s'agit du troisième homme, ils n'ont aucune chance. Il faudrait que les flics passent en revue toutes les jeunes femmes solitaires des trois rues pour les mettre en garde. Et puis tendent une souricière.

— Pourquoi ne m'a-t-on rien dit ?

Vandoosler le Vieux haussa les épaules.

— T'étais contre.

Louis acquiesça et se versa une seconde tasse de café.

— T'as pas du pain ? demanda-t-il. Je n'ai pas dîné.

— C'est mardi, j'ai fait mon gratin royal. Je te le réchauffe ?

Un quart d'heure plus tard, satisfait et détendu, Louis se servait une copieuse portion. Que les mutins surveillent les rues le rassurait. Mais Vandoosler le Vieux avait raison. S'il s'agissait du troisième homme, il serait impossible de le remarquer. À moins que le tueur ne fasse des repérages plusieurs soirs de suite. C'était de très petites rues, l'une était même une ruelle. On devait aisément pouvoir faire le tour des riverains et des habitués. Mais l'entrée en lice de Loisel devenait essentielle.

— Ils sont armés ?

— Hier, ils sont partis mains nues. Ce soir, je leur ai conseillé de s'équiper un peu.

— Ton flingue ?

— Surtout pas. Ils seraient capables de se tirer une balle dans le genou. Lucien a emporté la canne-épée de son arrière-grand-père…

— Très discret.

— Il y tenait, tu sais comme il est. Mathias a un Opinel, et Marc n'a rien voulu prendre. Les couteaux le dégoûtent.

— Avec ça, soupira Louis, ils sont bien partis. En cas de coup dur…

— Ils ne sont pas aussi démunis que tu te le figures. Lucien a sa ferveur, Mathias a sa vertu et Marc a sa finesse. Ce n'est pas si mal, crois-en mon expérience de vieux flic.

— À quelle heure rentrent-ils ?

— Vers deux heures du matin.

— Je vais les attendre, si ça ne te gêne pas.

— Au contraire, tu vas prendre mon tour de garde. Et fais-toi une flambée, l'Allemand, tu vas attraper la mort dans ces fringues trempées.

37

Tard dans la matinée du mercredi, Louis passa la grille du cimetière du Montparnasse. La pluie de la veille avait un peu rafraîchi le temps, et les allées ramollies du cimetière sentaient la terre et les tilleuls. La veille au soir, Louis avait attendu le retour des évangélistes jusqu'à deux heures et demie. Vandoosler le Vieux avait raccompagné Marthe vers onze heures. Clément n'aimait pas la voir partir, et il posait la tête sur son épaule. Marthe lui frottait les cheveux.

— Prends une douche avant de te coucher, lui avait-elle dit doucement. C'est important de bien prendre sa douche.

Louis avait pensé que Marthe était tout à fait susceptible d'inventer des napperons protège-fils cousus de moralité, comme la mère du Sécateur. Ensuite, il était resté seul devant le feu de bois, les yeux fixés sur les flammes, la pensée inlassablement tournée vers le tueur aux ciseaux. Étrangement, les trois images qui lui défilaient en tête étaient le dessin agrandi par quarante de la mouche de l'assassin, le poulet basquaise de Lucien, et le pied du Couard Pâtissier faisant des ronds dans la farine. Il était fatigué, certainement. Et puis Lucien avait fait une entrée bruyante et baroque avec sa canne-épée. Aucun des trois hommes n'avait remarqué quoi que ce soit dans les rues.

Louis traversa tranquillement le cimetière, sa bouteille de sancerre à la main, sans apercevoir le Sécateur. La cabane était vide. Il en inspecta la seconde partie, de l'autre côté de la rue Émile-Richard, sans plus de succès. Un peu inquiet, il revint à la grille et s'informa auprès du gardien.

— C'est bien la première fois qu'on réclame après lui, grommela le gardien, hostile. Il est pas venu, ce matin. C'est pour quoi ? Si c'est pour le dessoiffer, dit-il en montrant la bouteille, ça peut attendre. Doit être en train de cuver sa bibine quelque part.

— Ça lui arrive souvent ?

— Non, jamais, convint le gardien. Doit être malade. M'excusez, j'ai mon tour à faire. Avec tous les fous qui se trimballent.

Louis s'éloigna dans la rue, soucieux. Avec le Sécateur envolé, la situation commençait d'échapper à son contrôle de toutes parts. Prévenir Loisel devenait urgent. Louis sauta dans un bus vers Montrouge et tourna un bon moment dans des rues grises avant de trouver le refuge du Sécateur. Coincé entre un terrain vague à l'abandon et un café aux vitres opaques, le petit immeuble perdait son enduit par plaques. Une voisine lui indiqua la chambre de Thévenin.

— Mais il est pas là en ce moment, précisa la femme. Paraît qu'il a un logement de fonction sur son lieu de travail. Il y en a qui ont de la veine.

Louis colla son oreille au battant de la porte pendant quelques minutes sans percevoir aucun bruit. Il frappa plusieurs fois et renonça.

— Quand je vous dis qu'il n'est pas là, insista la femme, boudeuse, c'est qu'il n'est pas là.

Sa bouteille de sancerre toujours en main, Louis gagna, de bus en bus, le commissariat de Loisel. Il s'agissait de le mettre en piste dans les trois rues sans évoquer Clairmont ni le Sécateur, sans gripper la machine. Parler des deux mortes de Nevers, c'était devenu inévitable. Loisel allait apprendre tôt ou tard le viol du parc, si ce n'était déjà fait. L'éloigner de Clément, insister sur le poème, sur le Soleil noir. Trouver le meilleur angle d'attaque, ça n'allait pas être facile, Loisel n'était pas un imbécile.

— Tu as du neuf pour les traces sur le tapis? demanda Louis en s'asseyant face à son collègue.

Loisel lui tendit une cigarette-paille.

— Que dalle. C'est sûrement des traces de doigts, voilà tout. Aucune substance anormale dans le tapis.

— Pas de trace de rouge à lèvres?

Loisel fronça les sourcils en soufflant la fumée.

— Tu ne ferais pas cavalier seul, des fois, l'Allemand?

— Dans l'intérêt de qui? Je ne suis plus en poste, je te le rappelle.

— C'est quoi, ton histoire de rouge?

— À vrai dire, je n'en sais rien. Je crois que le tueur avait déjà dézingué pas mal de monde avant de se lancer en spécialiste dans la capitale. Une certaine Nicole Verdot, pour commencer, qu'il a supprimée en urgence après un viol, et Hervé Rousselet, un complice du viol qui risquait de bavarder. Faut croire qu'il y a pris plaisir et il a étranglé et piqueté une seconde jeune femme moins d'un an après, Claire Ottissier. Tu trouveras ces noms aux fichiers, affaires classées sans suite.

— Où cela? demanda Loisel, en arrachant une feuille de bloc, stylo en main.

— Où penses-tu que ça ait eu lieu?

— À Nevers?

— Exactement. Ça date de neuf et huit ans.

— Clément Vauquer, souffla Loisel.

— Il n'est pas le seul homme de Nevers. Sache qu'il était pourtant sur la scène du viol. Tu l'apprendras d'une manière ou d'une autre, je préfère que cela vienne de moi. Sauveteur et simple témoin, ni violeur ni assassin.

— Ne fais pas l'imbécile, l'Allemand. Tu défends ce type?

— Pas spécialement. J'estime seulement qu'il s'est jeté dans nos bras un peu trop facilement.

— Jusqu'à nouvel ordre, je n'ai personne dans les bras. D'où tires-tu tout cela ?

— L'affaire Claire Ottissier a grondé dans mes archives. Même manière d'opérer, comme on dit.

— Et l'autre ? Le viol ?

Louis avait prévu la question. Le ton de Loisel était coupant, ses traits figés.

— Dans le journal local. J'ai fait du dépouillement.

Loisel serra les mâchoires.

— Pourquoi ? Qu'est-ce que tu cherchais ?

— L'explication d'un possible acharnement contre Vauquer.

Loisel marqua une pause.

— Et ce rouge ? reprit-il.

— Le meurtre de Claire Ottissier a eu un témoin. J'ai été l'interroger à Nevers hier.

— Ne te gêne pas pour nous, surtout ! explosa le commissaire. Je suppose que ma ligne était en dérangement et que tu n'as pas réussi à me joindre ?

Louis posa ses mains à plat sur la table et se mit debout calmement.

— Je n'aime pas ta manière de me parler, Loisel. Je n'ai jamais eu pour habitude de dresser un compte rendu détaillé de mes tâtonnements. À présent que j'ai des certitudes, je viens t'en faire part. Si cette façon de faire te déplaît, et si mes informations ne t'intéressent pas, je fous le camp et tu te démerdes.

Si tu veux la paix, prépare la guerre, songea Louis, qui n'avait pourtant jamais beaucoup aimé cette formule.

— Annonce, dit Loisel après un court silence.

— Ce témoin, Bonnot, a vu le meurtrier ramasser un truc près de la tête de la victime. D'après lui, mais il n'a rien vu de près, c'était un tube de rouge. Il a cru que c'était une femme.

— Quoi d'autre encore ?

254

Louis se rassit. Loisel était calmé.

— Le poème que je t'ai montré l'autre jour. C'est devenu sérieux, très sérieux. Il a été affiché dans le métro pendant deux mois, avant Noël dernier. Je voudrais que tu boucles les rues de la Lune, du Soleil et du Soleil d'or. Et que tu fasses prévenir toutes les femmes seules. Les rues ne sont pas grandes.

— Où tu veux en venir, avec ton métro ?

— Suppose que le tueur soit un allumé, un paranoïaque, un obsessionnel…

— Sûrement, dit Loisel en haussant les épaules. Et alors ? Tu ne crois tout de même pas qu'il va se choisir un poème pour ne pas se perdre en route, si ?

— Non, c'est le poème qui l'a choisi. Suppose que ce type veuille bousiller toutes les femmes de la planète, mais suppose qu'il ne soit pas assez dingue pour risquer sa peau dans un massacre sans fin ? Suppose que, trouillard, maniaque et calculateur, il décide de n'en bousiller qu'un échantillon, mais un échantillon significatif, qui vaille pour toutes les femmes ? *La partie pour le tout* ?

— Qu'est-ce que tu en sais ?

— Rien. Mais moi, c'est comme ça que je raisonnerais.

— Ah. Bonne nouvelle. Et qu'est-ce que tu ferais d'autre ?

— Je chercherais une clef chargée de sens pour constituer mon échantillon.

— Et ce serait ce poème ? ricana Loisel.

— Ce serait ce poème, rencontré quatre fois dans le métro, ou n'importe quoi que le Destin m'enverrait : une image sur un papier de sucre et un devoir d'écolier dans le caniveau, une visite des témoins de Jéhovah et une liseuse de bonne aventure devant le supermarché, le nombre de marches de l'escalier répété trois fois dans la journée, les paroles d'une chanson un soir au bar et un article dans le journal…

— Tu te fous de moi ?

— Tu n'as jamais tourné cinq fois ton sucre dans le café et évité de marcher sur les lignes, par terre ?

— Jamais.

— Tant pis pour toi, mon vieux. Mais sache que c'est comme cela que ça marche, en cent fois pire, quand tu as une grosse mouche dans le casque.

— Pardon ?

— Un grain. Et celle du tueur, c'est une effroyable mouche qui fait son miel des foutus signes du Destin qui jonchent la vie quotidienne. Il a vu le poème, depuis son strapontin, «*Je suis le Ténébreux, le Veuf, l'Inconsolé…*», un début qui saisit, non ? Il l'a revu le soir en rentrant, serré dans le wagon bondé, le nez écrasé sur les vers… «*Le Prince d'Aquitaine à la Tour abolie*»… Et peut-être le lendemain encore, et le surlendemain… «*Les soupirs de la sainte et les cris de la fée*»… Suggestif, pour un violeur, ne crois-tu pas ? Un texte abscons, cryptique, où chacun peut loger sa folie… Il le cherche, il le guette, il le trouve… Et pour finir, il l'adopte, il l'absorbe et il en fait le pivot de sa rage meurtrière. C'est comme ça que ça marche, avec certaines mouches.

Loisel jouait avec son crayon, dubitatif.

— Il faut que tu balises ces rues, dit Louis avec insistance. Que tu visites tous les immeubles. Loisel, nom de Dieu !

— Non, dit Loisel d'un ton résolu, en appuyant la gomme du crayon sur son front. Je t'ai déjà dit ce que j'en pensais.

— Loisel ! répéta Louis en claquant de la main sur la table.

— Non, l'Allemand, je ne marche pas.

— Alors c'est foutu ? Tu laisses faire ?

— Je suis désolé, mon vieux. Mais merci pour les crimes de Nevers.

— Il n'y a pas de quoi, gronda Louis en se dirigeant vers la porte.

Mécontent et anxieux, Louis s'accorda en route le droit de se ronger les cinq ongles de la main gauche, la main du doute et du cafouillis. Il s'arrêta pour avaler un morceau dans un café. Crétin borné de Loisel. Qu'est-ce qu'ils allaient bien pouvoir faire, à quatre ? Si au moins il avait pu mettre la main sur le Sécateur... Il lui aurait enfilé le litre de sancerre avec un entonnoir jusqu'à ce qu'il lui crache le nom du troisième homme. Mais Thévenin s'était débiné, et les pistes se brisaient net.

Il rejoignit la baraque pourrie vers trois heures, pour rendre compte de son échec auprès de Loisel et de la disparition du jardinier. Marc était à sa table à repasser, il avait pris du retard dans son linge. Lucien enseignait, le chasseur-cueilleur collait son tas de cailloux avec Clément, qui y prenait goût, et Vandoosler le Vieux désherbait l'essart. Louis le rejoignit et s'assit sur une souche d'acacia. Le bois noirci était tiède.

— Je suis inquiet, dit Louis.
— Il y a de quoi, répondit le parrain.
— On est mercredi.
— Oui. Ça ne devrait plus traîner, maintenant.

Les quatre hommes quittèrent la baraque pour prendre leur garde vers sept heures. Louis se joignit à Lucien pour surveiller la rue de la Lune par ses deux accès.

Le temps passait lentement, monotone, et Louis se demanda combien de nuits ils allaient tenir. Il estima qu'après huit soirs, il faudrait abandonner le guet. Ils ne pouvaient pas se planter là avec du poulet basquaise la vie durant. Les riverains commençaient à leur jeter des regards intrigués. Ils ne comprenaient pas ce que ces types foutaient là, immobiles, depuis trois soirs déjà. Louis regagna son lit un peu avant trois heures. Il vira Bufo du matelas et s'endormit lourdement.

Le lendemain, Louis tenta une seconde offensive sans succès auprès de Loisel. Il visita une nouvelle fois le cimetière et la chambre de Montrouge, mais le Sécateur n'avait pas reparu. Il passa le reste de la journée à taper mollement la traduction de la vie de Bismarck, et au soir, il rallia la baraque. Les trois hommes s'apprêtaient à partir, Lucien emballant avec précaution sa barquette de bœuf à la vapeur et aux oignons.

— Tu es un peu ridicule, Lucien, fit remarquer Marc.

— Soldat, dit Lucien sans se déranger de son ouvrage, si l'on avait pu nourrir les troupes au bœuf vapeur à l'oignon, la face de la guerre en eût été changée.

— C'est certain. La face de la guerre t'aurait ressemblé, et les Allemands se seraient bien marrés.

Lucien haussa les épaules avec dédain, et déroula une feuille d'aluminium, trois fois plus longue que nécessaire. Vandoosler le Vieux et Clément avaient déjà entamé une partie de cartes sur le bout de la table, en attendant que Marthe vînt les rejoindre.

— À mon tour personnel, disait Clément.

— C'est cela. Joue, répondait Vandoosler.

Ce jeudi soir, Louis partit faire la garde avec Marc, à la ruelle du Soleil d'or. Ça le rassurait de faire le tour de toutes les rues, il essayait d'oublier combien cette garde était vaine, presque un peu grotesque.

Le lendemain, Louis, comme dans un rituel, quadrilla le cimetière du Montparnasse, sous le regard plein de défiance du gardien. Ce grand type aux cheveux noirs qui passait tous les jours ne lui semblait pas très régulier. Avec tous ces dingues.

Puis il fit son tour à Montrouge, sous l'œil également soupçonneux de la voisine, et rejoignit Bismarck. Il se mit à sa traduction avec un peu plus d'ardeur que la veille, ce qui ne lui parut pas bon signe. L'indice qu'il commençait à désespérer d'aboutir dans sa traque du tueur aux ciseaux. Et dans ce cas plus que probable, qu'allaient-ils faire de la poupée de Marthe ? Cette question redoutable projetait une ombre grandissante sur ses pensées. Cela faisait dix jours que le vieux flic et les évangélistes menaient une vie de séquestrés, fermant les volets, bloquant les visites, barrant la porte, dormant sur le banc, et dix jours que Clément n'avait pas vu la lumière du jour. Louis ne voyait pas comment une telle situation pouvait s'éterniser. Quant à boucler Clément chez Marthe, ça n'avait rien de plus réjouissant. Le gars perdrait le peu qu'il avait de tête sur l'édredon rouge, ou bien il se tirerait. Et les flics mettraient la main dessus.

On en revenait toujours là.

Clément n'avait au fond bénéficié que d'un court sursis. Il n'avait pas d'espoir de sortir du piège. Si tant est, bien sûr, que Clément Vauquer fût bien ce qu'il disait être.

On en revenait toujours là, aussi.

Le surlendemain, vendredi, après le cimetière, après Montrouge et après Bismarck, Louis se présenta à la baraque. Il était un peu tôt, Marc était encore à ses ménages et Lucien au collège. Louis prit place à la grande table et regarda Clément qui jouait avec la vieille Marthe. En dix jours de réclusion, l'air s'était saturé d'odeurs de cigare et d'alcool, et la pièce sombre prenait les allures d'un tripot. Un tripot où l'on ne venait pas jouer pour le plaisir mais surtout pour tuer le temps. Marthe tâchait de varier les distractions et renouvelait les jeux. Pour ce soir, elle avait apporté le jeu d'osselets que Clément avait laissé chez elle, dans le lit où il avait dormi la première nuit. Clément aimait les osselets. Et en effet, le jeune homme les maniait avec une grande dextérité, lançant les astragales en l'air et les rattrapant toutes les unes après les autres comme un jongleur.

Louis les regarda jouer un moment, car le spectacle était joli et qu'il n'en connaissait pas les règles. Clément lançait les osselets, les récupérait sur le dos de sa main, relançait, rassemblait, un à un puis deux à deux, trois à trois, les argentés dans le creux de la main, le rouge sur le dessus, et Marthe comptait les figures. Clément, habile et rapide, riait presque. Il rata le quatre à quatre et les osselets roulèrent au sol. Il se pencha et les ramassa. Louis tressaillit. L'éclair des couleurs métalliques, bordeaux et argent, le cliquetis des osselets dans la main. Il se figea, observant la main de Clément qui avait repris la partie. Ses doigts prenaient et lâchaient, entrecroisant leurs traînées un peu grasses sur le bois ciré.

— Tête de mort, annonça Clément en montrant les astragales dans sa main. Marthe, je le fais, le coup de la chance ? Par-devers moi ? Je le fais ?

Clément tordait ses lèvres.

— Mais vas-y, encouragea Marthe. Un peu de cran, mon bonhomme.

— C'est quoi, le coup de la chance ? demanda Louis d'une voix tendue.

Marc entra à cet instant, au moment où Mathias, ponctuel, émergeait de sa cave. Louis leur demanda silence d'un geste impératif.

— Le coup de la chance, expliqua Clément, c'est...

Il s'interrompit et s'appuya sur l'aile du nez.

— C'est celui dont il sauve l'homme toujours, reprit-il. Petit a, le bateau qui ne coule plus, petit b, la vache qui donne du lait et, petit c, le feu qui s'éteint.

— Le coup de bol, quoi, résuma Marthe.

— Il nettoie les dangers, dit Clément en hochant gravement la tête, et il donne cent points.

— Et si tu le rates ? demanda Marthe.

Clément fit le geste de se couper la tête.

— Tu perds tout t'es mort, dit-il.

— Et comment ça se joue ? demanda Louis.

— De laquelle façon, dit Clément.

Il posa l'osselet rouge au milieu de la table, secoua les quatre argentés dans sa main et les lança sur le bois.

— Raté. J'ai droit à cinq lançages. Desquels chacun doivent se tourner de la sorte… de laquelle…

Clément fronça les sourcils.

— Les osselets doivent se placer sur leurs quatre faces différentes ? proposa Marc.

Clément acquiesça avec un sourire.

— C'est un vieux coup, dit Marc. Les Romains imprimaient les quatre faces de l'astragale aux flancs des navires, avant leur premier voyage. Ça protégeait des naufrages.

Clément, qui n'écoutait plus, relança.

— Raté, dit Marthe.

Louis se leva doucement, saisit Marc par le poignet et l'entraîna hors du réfectoire. Il grimpa quelques marches de l'escalier sombre et s'arrêta.

— Marc, bon Dieu, les osselets ! Tu as vu ?

Marc le regarda dans l'obscurité, perplexe.

— Le coup de la chance ? Oui, c'est vieux comme l'antique.

— Marc, nom d'un chien, ce n'était pas un bâton de rouge ! C'était un jeu d'osselets ! Argent et bordeaux, métallique… Le tueur jouait aux osselets ! Les traînées de doigts, Marc ! Les traînées par terre ! Il jouait ! Il jouait !

— Je ne te suis pas, chuchota Marc.

— Ce qu'a décrit le trouillard pâtissier ! C'était un jeu d'osselets que le tueur ramassait en vitesse !

— Ça, j'ai bien compris. Mais pourquoi tiens-tu absolument à ce que le tueur se fasse une petite partie d'osselets sur le tapis ?

— À cause de la mouche, Marc, toujours la mouche ! Les dés, les osselets, les réussites à haute dose, c'est des trucs de cinglé ! Il jouait pour chercher un signe du destin, pour sanctifier le meurtre, pour se mettre les dieux dans la poche, pour se porter chance...

— Le coup de la chance... murmura Marc, « celui dont il sauve l'homme toujours »... Alors... tu crois que... Clément... ?

— Je ne sais pas, Marc. Tu as vu comme il est doué ? Ce type joue depuis des années. Il excelle, comme dirait Vandoos.

Un cri de joie leur parvint du réfectoire.

— Tiens, dit Louis, il vient de le faire. Surtout, ne dis rien, ne montre rien, ne l'inquiète pas.

Lucien ouvrit la porte d'entrée avec fracas.

— Ta gueule, dit Marc préventivement.

— Qu'est-ce que vous foutez dans le noir ? demanda Lucien.

Marc l'entraîna à part et Louis regagna le réfectoire.

— On y va, dit-il à Mathias.

Clément, le front en sueur, souriant, passait les osselets à Marthe.

Julie Lacaize rentrait chez elle, au 5, rue de la Comète, Paris 7ᵉ.

Elle posa en soufflant ses trois sacs à provisions dans la petite cuisine, ôta ses chaussures et se laissa tomber sur son canapé. Fatiguée par ses huit heures de saisie informatique, elle resta allongée un long moment, songeant à la meilleure manière de fuir les déjeuners d'entreprise du vendredi. Puis, elle ferma les yeux. Demain, samedi, ne rien faire. Dimanche matin, idem. L'après-midi, idem ou bien emmener Robin au Guignol. *Les marionnettes amusent les enfants et les gens d'esprit.*

Vers huit heures, elle glissa un plat dans le four, appela longuement sa mère, et brancha son répondeur. Vers huit heures et demie, elle ouvrit la fenêtre qui donnait sur la petite cour, au rez-de-chaussée, pour chasser la fumée du plat qui venait de brûler. Vers neuf heures moins le quart, elle avalait son dîner en tâchant d'en isoler la croûte carbonisée, installée devant la rediffusion des *55 jours de Pékin*, calée dans son fauteuil, dos à la fenêtre ouverte. L'air frais faisait du bien mais la lumière attirait de gros cousins qui s'agrippaient stupidement dans ses cheveux.

Marc, Lucien et Mathias se séparèrent au métro et partirent chacun vers leur destination. Ce soir, Louis accompagnait Mathias vers la rue du Soleil. Pris de doute, ils avaient réexaminé la veille le poème et le plan de Paris, à la demande de Marc, mais ils s'étaient confortés dans leur verdict. Ce serait rue de la Lune, rue du Soleil, ou, à l'extrême rigueur, rue du Soleil d'or. Lucien penchait toujours pour la rue de la Lune, si l'on voulait bien admettre que la lune puisse être perçue comme le soleil de la nuit, donc comme le Soleil noir, puisqu'elle l'éclairait. Louis lui donnait raison mais Marc était dubitatif. La lune, objectait-il, ne brille que par lueur projetée, elle n'est qu'une planète morte, elle est l'antithèse d'un soleil. Lucien balayait l'argument. La lune éclaire, un point c'est tout. Il n'y avait pas meilleur candidat qu'elle au rôle de Soleil noir.

Durant tout son trajet en métro, Marc lisait le poème affiché au fond du wagon, une petite variation sur les épis de blé où il ne trouva nulle annonce du destin pour son usage personnel. Il remâchait avec déplaisir l'hypothèse de Louis et des osselets de métal. Il y avait toutes les chances pour que l'Allemand fût dans le vrai et Marc en était désolé. Car alors, tout convergeait vers Clément. Sa passion du jeu, son habitude – peu répandue – des osselets, les cinq astragales qu'il trimballait dans son bagage, son talent à les manipuler, et puis son esprit crédule, superstitieux sûrement, sans compter les charges qui l'accablaient et que chacun feignait d'ignorer depuis dix jours.

Marc changea de ligne, en traînant les pieds. Il s'était attaché à l'imbécile et il était navré. Et qui pouvait certifier, dans le fond, qu'il était tellement imbécile ? Et qu'est-ce que ça voulait dire au juste, « imbécile » ? À sa manière, Clément n'était pas dénué d'esprit de finesse. Et de bien d'autres choses. Il était musicien. Il était habile. Il était attentif. Il avait en moins de deux jours saisi tout l'art du recollage des silex, et ce n'était pas de la rigolade. Mais il n'avait jamais entendu le poème, Lucien l'avait assuré. Et si Clément avait été assez rusé pour berner Lucien ?

Marc monta dans la rame et resta debout, la main agrippée au poteau de survie, celui où trois mille mains de voyageurs s'accrochent chaque jour pour ne pas se casser la gueule. Marc s'était toujours demandé pourquoi les wagons ne possédaient pas plus de *deux* poteaux. Mais non, ce serait trop simple.

Deux poteaux.

Deux joueurs d'osselets.

Clément, et un autre. Et pourquoi pas ? Clément n'était pas seul au monde, bon sang. Il y avait peut-être même des milliers de joueurs d'osselets dans Paris.

Non, certainement pas des milliers. C'était un jeu rare et démodé. Mais Marc n'avait pas besoin de milliers de joueurs, il en voulait deux, juste deux. Clément, et un autre.

Marc fronça les sourcils. Le Sécateur ? Le Sécateur pouvait-il jouer aux osselets ? Ils n'en avaient pas vu dans sa sacoche, ni dans sa cabane, mais ça prouvait quoi ? Et ce vieux salaud de Clairmont ?

Marc secoua la tête. En quel honneur ces deux types auraient-ils joué aux osselets ? Ça ne tenait pas debout.

Bien sûr, ça tenait debout. Ils avaient tout de même tous habité ensemble, nom d'un chien, à l'époque de l'Institut de Nevers… Et un jeu, ça s'apprend, ça se répand, ça se partage… Quoi de plus probable que les deux jardiniers et le vieux Clairmont en train de rouler les osselets sur une table, le soir, chez l'un, chez l'autre ? Clément leur aurait appris, tout simplement. Et lui…

Et lui…

Marc s'immobilisa, la main serrée sur le poteau de survie.

Il sortit du métro un peu hagard, et rejoignit d'un pas vacillant la ruelle du Soleil d'or.

Et lui, Clément…

Marc prit son poste à l'angle de la ruelle, calé sur un réverbère. Pendant plus d'une heure, il surveilla les passants en aveugle, tournant autour du réverbère, s'adossant pour quelques minutes, puis reprenant sa ronde, allant et venant dans un rayon de cinq mètres. Ses pensées étaient bouchonnées comme des poings, et il s'efforçait de les repasser comme les jupes de Mme Toussaint.

Parce que enfin, il fallait bien que Clément…

À neuf heures, Marc abandonna son réverbère, fit brusquement demi-tour et se mit à courir dans l'avenue de Vaugirard, guettant le va-et-vient des voitures. Il repéra un taxi libre et se rua vers lui en agitant le bras. Et pour une fois, son bras se révéla efficace. La voiture s'arrêta.

40

Moins d'un quart d'heure plus tard, Marc s'éjecta du taxi. L'obscurité n'était pas encore tombée et il chercha anxieusement une planque. Il n'y avait qu'un kiosque à journaux fermé, il faudrait s'en débrouiller. Il s'y appuya, un peu haletant, et commença l'attente. S'il devait faire ça chaque soir, il lui faudrait trouver un refuge moins hasardeux. La voiture de Louis, par exemple. Il souhaitait ardemment pouvoir appeler Louis, mais l'Allemand était à Belleville, posté rue du Soleil, injoignable. Appeler *L'Âne rouge*, et prévenir le parrain ? Mais si Clément se tirait pendant ce temps-là ? Et comment prendre le risque de lâcher sa planque, serait-ce quelques minutes ? Il n'y avait aucune cabine téléphonique en vue, et d'ailleurs, il n'avait pas de carte. Déplorable préparation des troupes, aurait dit Lucien. De la chair à canon, une vraie boucherie.

Marc frissonna et s'arracha la peau des doigts avec ses dents, le long des ongles.

Quand l'homme sortit de chez lui, trois quarts d'heure plus tard, à la nuit, Marc cessa brusquement de paniquer. Le suivre tout doucement. Ne pas le lâcher, ne pas le perdre, surtout. Peut-être n'allait-il qu'au bistrot du coin, mais ne pas le perdre, par pitié. Ne pas se faire repérer, rester loin. Marc lui emboîta le pas, laissant des passants entre eux deux, marchant tête baissée et yeux levés. L'homme passa devant une brasserie sans y entrer puis devant la station de métro sans y descendre. Il avançait sans se presser, mais avec on ne sait quoi de tendu, de voûté dans le dos. Il avait revêtu une sorte de pantalon de travail, et balançait un vieux cartable en cuir au bout du bras. Il dépassa une file de taxis sans s'y arrêter. Visiblement, on partait à pied. Alors, on n'allait pas très loin. Et donc, ni rue de la Lune, ni rue du Soleil ou du Soleil d'or. On allait ailleurs. L'homme ne se promenait pas au hasard, il allait droit devant lui, sans hésiter. Une seule fois pourtant, il s'arrêta pour consulter brièvement un plan, et poursuivit sa marche. Où qu'on aille, on s'y rendait donc sans doute pour la première fois. Marc serra ses poings dans ses poches. Cela faisait presque dix minutes qu'ils marchaient l'un derrière l'autre, d'un pas trop déterminé pour une simple flânerie.

Marc commença à regretter sérieusement de n'avoir emporté aucune sorte d'outil offensif. Dans le fond de sa poche, il n'y avait qu'une gomme, que ses doigts tournaient et retournaient. Il n'allait certes pas aller bien loin avec une gomme, si c'était bien ce qu'il redoutait, et s'il fallait intervenir. Il se mit à inspecter les trottoirs, dans l'espoir d'y trouver ne serait-ce qu'une pierre. Espoir vain, rien n'étant plus rare à Paris que les pierres errantes, ou même les modestes cailloux, de ceux que Marc recherchait pour les pousser de la pointe du pied au long de ses parcours. En tournant dans la rue Saint-Dominique, il découvrit, à moins de quinze mètres de lui, une magnifique benne à gravats, avec, peinte en blanc sur son flanc vert, l'irrésistible mention *Fouilles interdites*. D'ordinaire, il y avait toujours trois ou quatre gars juchés au sommet, à la recherche fiévreuse de vieux bouquins à revendre, de fils de cuivre, de matelas, de vêtements. Ce soir, il n'y avait pas preneur. Marc jeta un coup d'œil à l'homme qui le précédait et se hissa d'un rétablissement dans la benne. Il écarta en hâte des blocs de plâtre, des pieds de chaise et des rouleaux de moquette et tomba sur une formidable mine de rebuts de plomberie. Il empoigna un court et solide tuyau de plomb et sauta au sol. L'homme était encore en vue, de justesse, traversant l'esplanade des Invalides. Marc courut sur une trentaine de mètres et freina l'allure.

La balade dura cinq minutes encore, puis l'homme ralentit, baissa la tête, et tourna à gauche. Marc ne connaissait pas ce quartier. Il leva les yeux vers la plaque de rue et porta son poing à ses lèvres. L'homme venait de s'engager dans la petite rue de la Comète... Nom de Dieu, une comète... Comment avaient-ils pu passer à côté quand ils avaient étudié le plan de Paris ? Du travail bâclé. Ils n'avaient pas dépouillé les quatre mille noms de rues de la capitale. Ils s'étaient contentés, en picorant, de chercher une lune, de chercher un soleil, un astre. Une recherche de dilettante. Et personne n'avait pensé à une comète, une boule filante de glace et de poussière, une apparition lumineuse, un soleil noir... Et pour faire bonne mesure, la petite rue était à un jet de pierre du carrefour de la Tour-Maubourg. La Tour abolie, la Comète... une évidence qui aurait crevé les yeux de n'importe quelle mouche commune.

Marc sut alors avec certitude qu'il était en train de talonner le tueur aux ciseaux, sans arme, sans aide, avec un stupide tuyau de plomb. Son cœur s'accéléra, et ses genoux fléchirent. Il eut la claire sensation qu'il ne ferait pas les derniers mètres.

Julie Lacaize sursauta quand on sonna chez elle à dix heures cinq. Bon sang, elle n'aimait pas qu'on l'interrompe au milieu d'un film.

Elle se dirigea vers la porte et regarda à travers l'œilleton. Il faisait nuit, elle ne distinguait rien. Depuis la courette, une voix d'homme ferme et tranquille lui exposa une affaire technique d'émanation de gaz, à la hauteur de l'immeuble, au niveau de la section 47, il procédait à des vérifications d'urgence dans tous les appartements.

Julie ouvrit sans hésiter. Les pompiers et les employés du gaz sont créatures sacrées, présidant aux destinées chancelantes des tuyauteries souterraines, conduits occultes, cheminées de feu et volcans de la capitale.

L'homme, l'expression soucieuse, demanda à inspecter la cuisine, que Julie lui indiqua tout en refermant la porte.

Deux bras s'abattirent en étau sur son cou. Incapable de crier, Julie fut tirée en arrière. Ses mains s'accrochèrent au bras de l'homme, dans un mouvement de désespoir convulsif et vain. À la télévision, le fracas des balles des Boxers emplissait la pièce.

Marc appuya brutalement l'extrémité du tuyau de plomb sur la colonne vertébrale du tueur.

— Lâche-la, Merlin, nom de Dieu ! hurla-t-il, ou je te troue les reins !

Marc avait gueulé d'autant plus fort, lui sembla-t-il, qu'il se sentait inapte à trouer les reins, la tête ou le ventre de quiconque. Merlin lâcha la fille et se retourna d'un bloc, sa tête de crapaud convulsée de rage. Marc se sentit agrippé à la nuque et aux cheveux et il projeta violemment sa barre de plomb sous le menton du tueur. Merlin porta ses mains à sa bouche avec un gémissement, et tomba sur les genoux. Hésitant à frapper à la tête, Marc attendait son sursaut, en criant à la fille d'appeler les flics. Merlin s'accrocha au fauteuil pour se redresser et Marc, visant le cou, s'élança vers lui, le tuyau tendu à deux mains. Merlin bascula sur le dos, Marc pressa la barre de plomb sur sa gorge. Il entendit la jeune femme donner son adresse aux flics d'une voix perçante.

— Ses pieds ! De la corde ! cria Marc, arc-bouté sur le gros homme. Il comprimait le cou du crapaud mais la barre de plomb tremblait sous ses mains. L'homme était puissant et donnait de sérieuses secousses. Marc se sentait désespérément léger. S'il lâchait sa prise, Merlin aurait aisément le dessus.

Julie n'avait pas de corde, et se débattait inutilement autour des jambes de l'homme avec du scotch de déménageur. Marc entendit les flics débarquer par la fenêtre ouverte, moins de quatre minutes plus tard.

41

Assis sur le canapé les bras ballants, les jambes douloureuses, Marc regardait les flics s'occuper de Paul Merlin. Il avait demandé qu'on avertît aussitôt Loisel, et qu'on passe chercher Louis Kehlweiler, actuellement posté rue du Soleil. Julie, assise à côté de lui, semblait, sans être allante, être en bien meilleure forme que lui. Il lui réclama trois aspirines ou n'importe quel truc qui lui tomberait sous la main pour calmer la migraine atroce qui lui démontait l'œil gauche. Julie lui glissa le verre d'eau dans la main et lui passa un à un les cachets, si bien qu'un des flics arrivé tardivement crut que Marc avait été l'agressé.

Quand sa migraine leva un peu sa tenaille, Marc regarda Merlin qui, encadré de deux flics, remuait ses lèvres de batracien de manière incohérente et mécanique. Une mouche dans le casque, à n'en pas douter, une monstrueuse mouche aussi effarante que celle qu'il avait dessinée à Nevers. Ce spectacle conforta Marc dans sa terreur des crapauds, encore qu'il sût confusément que cela n'avait rien à voir. Julie était jolie au possible. Elle se mordait les lèvres, le regard malin, les joues violettes d'émotion. Elle n'avait pas pris d'aspirine ou quoi que ce soit, et Marc était franchement épaté.

On attendait Loisel.

Il arriva avec trois de ses hommes en escorte, bientôt suivi de Louis qu'une voiture de flic était passée chercher. Louis se précipita vers Marc, qui, un peu froissé, lui fit signe que ce n'était pas lui, la victime, mais la jeune femme assise à ses côtés. Loisel emmena Julie dans la pièce voisine.

— Tu as vu où on est ? dit Marc.

— Rue de la Comète. On est des vrais cons.

— Et tu as vu qui c'est ?

Louis regarda Merlin et hocha la tête avec gravité.

— Comment es-tu arrivé jusqu'ici ?

— Avec tes osselets. Je te raconterai ça plus tard.

— Raconte maintenant.

Marc soupira, se frotta les yeux.

— J'ai remonté le chemin des osselets, dit-il. Clément joue. Qui lui a appris à jouer ? Voilà la bonne question. Ce n'est pas Marthe, elle n'y connaît rien. À l'Institut, il y avait un gars qui jouait avec lui, à la bataille, aux dés, à des « trucs simples »…

Marc leva les yeux vers Louis.

— Tu te souviens que Merlin te l'a raconté ? Clément jouait avec Paul Merlin. Et Paul Merlin jouait aux osselets, c'était certain. Dans son bureau, il se coinçait des pièces de monnaie entre les doigts, tu te rappelles cette manie ? Puis il les rassemblait dans le creux de sa grosse patte, et il les recoinçait. Comme ça, comme ça, dit Marc en appuyant sur les jointures de ses doigts. J'ai foncé chez Merlin, et je l'ai attendu.

Les flics emmenaient Merlin, et Marc se leva. Personne n'avait songé à éteindre la télévision et Charlton Heston bataillait durement sur les murailles du fort. Marc ramassa le tuyau de plomb qui était resté par terre.

— Tu étais venu avec ça ? demanda Louis un peu effaré.

— Oui. Une sacrée bonne arme.

— Cette merde en plomb ?

— Ce n'est pas une merde, c'est la canne-épée de mon arrière-grand-père.

42

La matinée était déjà chaude et Marc s'était installé dans le jardin arrière de la maison, assis en tailleur sur la vieille planche réservée à cet usage, à l'ombre de l'ailante, le seul arbre digne de ce nom de l'essart. Il faisait tourner une petite cuiller dans un bol de café, en essayant d'aller le plus vite possible sans rien répandre à côté. Le vieux poste de radio constellé de taches de peinture blanche grésillait à ses pieds. Toutes les demi-heures, Marc réglait la fréquence pour attraper les dernières informations. La nouvelle de l'arrestation du tueur aux ciseaux avait déjà fait le tour des ondes. La jeune femme aux yeux malins s'appelait Julie Lacaize et Marc fut bien content de l'apprendre. Elle lui plaisait, et il se demandait à présent s'il n'avait pas commis une grosse erreur stratégique en geignant après une aspirine, après une telle action d'éclat. Aux infos de dix heures, on avait parlé de lui et on l'avait qualifié de «courageux professeur d'histoire». Marc avait souri en arrachant quelques herbes à ses pieds et remplacé la formule par «Inconscient du danger, un homme de ménage hystérique se rue sur un amphibien». À quoi ça tient. La gloire est pavée d'ignorance, aurait dit Lucien.

Louis avait appelé Pouchet dès la première heure, puis avait rejoint le commissariat de Loisel où se déroulait l'interrogatoire de Paul Merlin. Il téléphonait régulièrement à *L'Âne rouge*, où Vandoosler le Vieux faisait la courroie de transmission. Loisel, en contact avec les flics de Nevers et les familles des victimes, croisait les informations pour acculer Merlin.

À onze heures, il devint évident que Merlin lui-même avait commandé le viol de Nicole Verdot, bien qu'il n'y eût pas moyen de le lui faire clairement reconnaître, ni d'obtenir les noms de ses exécutants. Merlin devenait délirant et sauvage dès qu'il s'agissait d'évoquer la jeune femme de Nevers. À midi, il fut aisé de reconstituer son désir et sa haine de Nicole Verdot, qui, après une nuit imprudemment accordée, refusait depuis ses avances et menaçait de quitter l'établissement. *Mon front est rouge encor du baiser de la reine, J'ai rêvé dans la grotte où nage la sirène…*

À l'abri d'un arbre, Merlin avait contemplé le viol punitif. Peut-être espérait-il récupérer la jeune femme terrassée, peut-être même jouer les sauveurs et, à force de prévenances, l'amener à céder. Mais cet abruti de Vauquer était intervenu comme un halluciné avec sa lance d'arrosage, dévastant tout le plaisir et les projets du chef d'établissement. Pire, il avait arraché la cagoule de Rousselet, et Nicole Verdot avait reconnu son agresseur. Rousselet était une brute et un lâche, il parlerait, il livrerait le nom de son commanditaire. Dans la nuit, Merlin tuait Nicole à l'hôpital et noyait Rousselet dans la Loire. Clément Vauquer paierait pour cela.

Ma seule étoile est morte…

Vers trois heures, Merlin avait reconnu les meurtres de Claire Ottissier, Nadia Jolivet, Simone Lecourt, et Paule Bourgeay. Louis expliqua comment Merlin avait savouré l'agonie de Nicole Verdot, élément déclencheur d'un engrenage de plaisir et d'assouvissement dans la violence meurtrière, ce que Vandoosler le Vieux résuma en disant que le type y avait pris goût et qu'il ne pouvait plus se retenir. *Les soupirs de la sainte et les cris de la fée…* Le poème l'avait croisé par trois fois un matin, après une nuit sans sommeil. Il lui avait tracé la route.

Vers quatre heures trente, Louis donnait des détails sur la manière simple et brillante dont Paul Merlin repérait ses victimes. Grâce à son poste de haut fonctionnaire à la Recette-Perception de Vaugirard, il recherchait dans les fichiers informatiques les rues qu'il désirait, et y sélectionnait les femmes célibataires sans enfant de moins de quarante ans.

Merlin avait projeté deux autres meurtres après celui de Julie Lacaize : l'un, rue de la Reine-Blanche, et l'autre, le dernier, rue de la Victoire. Marc fronça les sourcils, alla récupérer le plan de Paris abandonné sur le buffet de la cuisine et revint s'asseoir sur sa vieille planche. Rue de la Reine-Blanche... *Mon front est rouge encor du baiser de la Reine...* Choix parfait, la Reine blanche, la pureté immaculée, l'évidence même. Pour la mouche bien sûr, la mouche monstrueuse aux yeux aux mille facettes. Et la rue de la Victoire en clôture. *Et j'ai deux fois vainqueur traversé l'Achéron...* Un impeccable raisonnement de mouche. Marc examina le plan du 9e. Rue de la Victoire, à deux pas de la Tour-des-Dames, elle-même croisant la rue Blanche, le tout à deux cents mètres de la Tour-d'Auvergne, elle-même croisant la rue des Martyrs. Et ainsi de suite. Marc posa le plan dans l'herbe. Un jeu de piste terrifiant, où tout finit par faire sens et s'emboîter sans faille jusqu'au vertige. L'infaillible logique de la mouche, et Paris qui finit en bouillie.

Cinq heures, Marc régla la fréquence. Le sort de Clément Vauquer avait été réglé avec soin. Tenu à l'ombre dans un recoin de l'hôtel particulier après les trois premiers meurtres, Merlin l'aurait suicidé après celui de la rue de la Victoire. Mais l'abruti lui avait échappé, il y a un dieu pour les imbéciles. Merlin avait dû poursuivre avec des risques accrus. Le crime final accompli, dans les règles, avec le coup de la chance pour le sanctifier, il aurait posé les armes et vécu dans la jouissance de ses souvenirs.

Louis, Loisel et le médecin psychiatre qui était sur les lieux pensaient tous que l'homme n'aurait jamais pu s'arrêter.

— Une seule mouche peut réduire Paris en poudre, dit Marc à Lucien, qui s'affairait à la préparation du repas du soir.

Lucien acquiesça d'un signe. Il avait récupéré ses ciseaux et tailladait un bouquet de fines herbes. Marc s'assit et le regarda faire en silence.

— Cette femme, reprit Marc après de longues minutes, Julie Lacaize. Elle a été charmante avec moi. Étant donné que je lui ai sauvé la peau, c'est un peu normal.

— Et ensuite ?

— Ensuite rien. Et à parler franc, je n'ai pas eu la sensation que cela pouvait me mener très loin.

— Mon ami, dit Lucien sans s'interrompre, tu ne peux pas à la fois avoir fait acte d'intelligence et de bravoure et te ramasser la fille en plus.

— Et pourquoi non ?

— Parce que ce ne serait plus un fait héroïque, ce serait un vaudeville.

— Ah bien, dit Marc à voix basse. À choisir, il me semble que j'aurais préféré le vaudeville.

43

En fin d'après-midi, Louis sortit du commissariat, abruti et soulagé. Il laissait à Loisel le soin d'achever l'histoire. Lui, de son côté, avait une maille à boucler.

Le Sécateur râtelait les allées du côté nord du cimetière. Il s'immobilisa en voyant arriver Louis.

— Je me doutais que tu referais surface, dit Louis. Tu as su qu'on avait stoppé le tueur, n'est-ce pas ?

Le Sécateur donna de petits coups de râteau inutiles sur le sable.

— Et tu as pensé que tu pouvais remettre le nez dehors ? Que je ne te collerais plus le grappin dessus ? Mais le viol ? Tu l'as oublié, le viol ?

Le Sécateur crispa ses mains sur le manche.

— Je n'ai rien à y voir, cracha-t-il. Si le patron a dit que j'y étais, il a menti. Il n'y a pas de preuves. Personne croira la parole d'un assassin.

— Tu y étais, asséna Louis. Avec Rousselet et un copain que tu avais recruté. Merlin vous avait payés.

— Je ne l'ai pas touchée !

— Parce que tu n'en as pas eu le temps. Tu te vautrais sur elle au moment où Clément Vauquer t'a détrempé. Ne te fatigue pas, va. Merlin n'a rien dit, mais il y a un témoin. Clairmont vous observait à la jumelle depuis son atelier.

— Le vieux salaud, gronda Thévenin.

— Et toi ? Tu le sais ce que tu vaux, toi ?

Le Sécateur jeta un œil haineux à Louis.

— Je vais te le dire, ce que tu vaux, le Sécateur. Tu ne vaux pas trois clous et ça me serait facile de te coller au trou. Mais Nicole Verdot est morte et on ne peut plus rien pour la soulager. Et puis tu vaux autre chose aussi. Tu vaux le napperon que t'a laissé ta mère. Et à cause de lui, rien qu'à cause de lui, tu m'entends bien, je te foutrai la paix, rien que pour son espoir, à ta mère. T'as de la chance qu'elle t'ait protégé.

Le Sécateur se mordit la lèvre.

— Et je te laisse cette foutue bouteille de sancerre que j'ai trimballée tous les jours pendant ta fugue. Quand tu la boiras, pense à cette Nicole, et arrange-toi pour regretter.

Louis posa la bouteille aux pieds du Sécateur et s'éloigna par l'allée centrale.

Ce soir, Louis allait dîner à la baraque pourrie. Quand il entra dans le réfectoire, il trouva la pièce vide et sombre et, à travers les fentes des volets tirés, il aperçut Marc et Lucien assis dans l'herbe clairse-mée de l'essart.

— Où est la poupée de Marthe ? demanda-t-il en les rejoignant. Envolé vers la lumière ?

— Ah non, dit Marc. Clément n'est pas sorti. Je lui ai proposé d'aller courir dans les rues, mais il m'a expliqué posément qu'il préférait quant à lui aller recoller personnellement de la caillasse à la cave.

— Bon sang, dit Louis. Il va falloir le pousser dou-cement dehors.

— Oui, doucement. On a tout le temps.

— Vous n'avez pas rouvert les volets ?

Lucien tourna les yeux vers la baraque.

— Tiens, dit-il. Personne n'y a pensé.

Marc se leva et courut vers la maison. Il ouvrit en grand les trois fenêtres du réfectoire et repoussa les battants de bois. Il déverrouilla la barre qui bloquait les volets de la chambre où dormait Clément et laissa la chaleur entrer à flots dans la pièce.

— Voilà, cria-t-il à Louis en passant sa tête par la fenêtre. Tu as vu ?

— Parfait !

— Eh bien, je referme maintenant, sinon on va crever de chaud dans cette baraque !

— Qu'est-ce qui lui prend ? dit Louis.

Lucien étendit la main.

— Ne contrarie pas le sauveteur, dit-il d'une voix grave. Il aurait voulu un épilogue amoureux, et il n'a qu'un tas de linge à repasser.

Louis s'adossa à l'ailante en secouant la tête. Lucien renifla, et enfonça les mains dans ses poches.

— Il est toujours austère, murmura-t-il, le retour des soldats du front.

44

Depuis sa porte d'immeuble de la rue Delambre, la grosse Gisèle se décida, à titre exceptionnel, à franchir les trente mètres qui la séparaient de la jeune Line, son journal sous le bras.

Parvenue à sa hauteur, elle agita le journal sous ses yeux.

— Eh bien! brailla-t-elle. C'était qui donc qu'avait raison? C'était-y le petit de Marthe qu'avait tué ces pauvres filles ou c'était-y *pas* le petit de Marthe?

Line secoua la tête un peu craintivement.

— J'ai jamais dit ça, Gisèle.

— La ramène pas! Pas plus tard qu'il y a deux jours, tu voulais encore le balancer aux flics, je m'excuse. Qu'il a fallu que je m'en mêle une fois de plus. C'est pas des façons de faire, ma petite Line, que ça te serve de leçon. Le petit de Marthe, il avait l'éducation, tu comprends? Et c'était le petit de Marthe. Et ça, il n'y avait pas à le discuter.

Line baissa la tête et la grosse Gisèle s'éloigna en ronchonnant.

— C'est tout de même malheureux, bougonna-t-elle, qu'il faille toujours gueuler pour avoir raison.